Ina Hörmeyer

Nora Brix – Hexenjagd

AF237088

Ina Hörmeyer

Nora Brix
Hexenjagd

1. Auflage 2020
Copyright © 2020, Ina Hörmeyer
c/o AutorenServices.de
Birkenallee 24, 36037 Fulda
ina.hoermeyer@t-online.de

Lektorat: Melanie Naumann
Lektorat/Korrektorat: Anna Mechler
Cover: Eileen Sinnhöfer

Herstellung und Verlag: BoD – Books on Demand,
Norderstedt

ISBN: 978-3-7519-2999-8

Bibliografische Information der Deutschen Nationalbibliothek:
Die Deutsche Nationalbibliothek verzeichnet diese Publikation in der
Deutschen Nationalbibliografie; detaillierte bibliografische Daten
sind im Internet über http://dnb.dnb.de abrufbar.

KAPITEL 1

Leise öffnete sich die schmale Verbindungstür und der Strahl einer Stirnlampe tastete sich in den dahinter liegenden Laden. Der Lichtkegel glitt über das dunkle Parkett, streifte achtlos den Eingangsbereich, in dem sich die Rollwagen mit den Mängelexemplaren drängten, verharrte kurz an den roten Polstern der Leseinseln, bis er schließlich das erste Regal erreichte. Rücken an Rücken drängten sich dort all die Bücher, die nur darauf zu warten schienen, endlich gelesen zu werden und die Menschen mit ihren Geschichten zu verzaubern.

Die Buchhandlung ihres Vaters war schon tagsüber Noras Lieblingsort. Doch nachts, wenn keine Kunden die Regale versperrten oder kleine Kinder vor ihren Füßen spielten, hatte Nora den Laden für sich allein. Dann konnte sie in aller Ruhe stöbern und es sich mit einem Stapel Bücher in der Leseecke bequem machen. Zwar hatten ihre Eltern ihr verboten, nachts allein in die Buchhandlung zu gehen, doch überwachten sie diese Regel nicht allzu streng. Der Schlüssel zur Verbindungstür, durch die man von der Privatwohnung der Familie Brix in die Buchhandlung gelangte, hing immer offen am Schlüsselbrett.

Normalerweise schlich sich Nora einmal im Monat hierher, bevorzugt an den Wochenenden, so dass sie am nächsten Morgen ausschlafen konnte. Diese Nacht betrat sie die Buchhandlung allerdings schon das zweite Mal in dieser Woche, und das, obwohl sie zur Schule musste. Das hatte aber auch einen guten Grund. Nachdem sie am Abend ein paar Minuten zu spät nach Hause gekommen war und ihre Mutter sie deshalb zusammengefaltet hatte, konnte sie einfach nicht einschlafen. Also hatte sie beschlossen, dass sie genauso gut an ihrem Geschichtsaufsatz arbeiten konnte, den sie nächste Woche abgeben musste. Und dazu war es dringend notwendig, in diesem neuen Buch über den Ersten Weltkrieg nachzulesen, ob ihr Aufsatz ungefähr in die richtige Richtung ging. Der Aufsatz lag halb fertig auf ihrem Schreibtisch und Nora hatte keine Ahnung, wie sie ihn beenden sollte.

Nora schloss die Verbindungstür und wandte sich zum hinteren Bereich des Ladens, wo sich die Sachbücher befanden, als das Licht ihrer Stirnlampe ein paar kunstvoll verzierte Buchrücken streifte.

Hm, Harry Potter!

Nora blieb stehen und sah zu den Büchern. Ihr Vater hatte vor zwei Tagen eine wahnsinnig aufwendige Schmuckausgabe der Harry-Potter-Bücher bekommen und Nora hatte noch keine Zeit gehabt, sich die Bände anzusehen. Dabei liebte sie die Bücher und las die Reihe jedes Jahr aufs Neue. Sollte sie die Gelegenheit nutzen und ganz kurz einen klitzekleinen Blick hineinwerfen? Das Geschichtsbuch würde schließlich die ganze Nacht auf sie warten. Und ob sie ein paar Minuten länger im Laden blieb, würde ebenfalls keine Rolle spielen – müde wäre sie morgen in jedem Fall. Sie drehte sich zur Kinderbuchabteilung und wollte einen Schritt in Richtung der glänzenden Illustrationen machen, als sie einen kühlen Lufthauch auf ihrer Wange spürte. Irritiert drehte sie den Kopf zur Ladentür. Hatte jemand vergessen, die Tür zuzumachen? Sie lief ein paar Schritte Richtung Eingang und tatsächlich – die gläserne Tür war ein paar Zentimeter geöffnet und bewegte sich sachte im Wind. Schnell zog Nora die Tür zu und griff nach dem Schlüssel in ihrer Strickjacke, um abzuschließen. Wie leichtsinnig! Zum Glück schien niemand den offenen Laden bemerkt zu haben, um die Gelegenheit für einen Einbruch zu nutzen. Nora überlegte, wer von ihren Eltern gestern als letzter in der Buchhandlung gewesen war und versäumt hatte die Tür zu schließen. Ihre Mutter? In dem Fall würde sie am besten Stillschweigen über die Angelegenheit bewahren, denn wenn sie ihre Mutter darauf ansprechen würde, müsste sie zugeben, dass sie sich nachts in die Buchhandlung geschlichen hatte. Und nachdem sie schon diesen riesigen Ärger fürs Zuspätkommen bekommen hatte, wollte sie weiteren Stress unbedingt vermeiden.

Nora ließ den Schlüssel wieder in ihre Tasche gleiten und drehte sich um. Auf dem Weg zur Kinderbuchabteilung fiel ihr Blick auf den Kassenbereich, der ziemlich unordentlich wirkte. Papiere lagen zusammen mit Büchern und Stiften auf der Theke herum. Nora zog die Augenbrauen hoch. Ihre Mutter musste gestern ganz schön durch den Wind gewesen sein, wenn sie die Buchhandlung so chaotisch verlassen hatte. Wenn sie genauer darüber nachdachte, dann hatte sie auch am Abend, als Nora nach Hause gekommen war, ein bisschen überdreht gewirkt. Immerhin war sie nur ein paar Minuten zu spät gekommen. Kein Grund, so aus dem Häuschen zu geraten. Nora zuckte die Achseln und schlich weiter. Die Unordnung würde sie auf keinen Fall beseitigen. Hinter der Kasse blieb sie stehen und seufzte auf. Ihre Mutter hatte die einzelnen Harry Potter Bände dekorativ auf dem Regal angeordnet, so dass man zum Teil die bunten Cover, zum Teil die detailreichen Illustrationen in den Büchern bewundern konnte. Nora traute sich kaum, einen der Bände in die Hand zu nehmen – weil sie wusste, dass sie niemals in der Lage sein würde, ihn auf die gleiche Weise wieder zurückzustellen – und griff in ein weiter oben gelegenes Regalbrett. Dort hatte ihr Vater eine zweite Ausgabe der Bände hingestellt, um den Schuber zu präsentieren, in dem die einzelnen Bücher steckten und der ebenfalls mit Szenen aus den Geschichten um Harry Potter verziert war. Nora drehte den Schuber herum und zog den dicksten Band, den *Orden des Phönix*, behutsam heraus.

Sobald sie das Buch in der Hand hatte, merkte sie, dass irgendetwas nicht stimmte. Das Gewicht war ungleichmäßig verteilt und wenn sie ihre Hand bewegte, rutschte etwas im Inneren des Buches herum. Nora zog das Kinn zur Brust, so dass sie besser im Lichtstrahl der Stirnlampe sehen konnte, und schlug das Buch auf. Was war das denn? Empört schnaubte sie durch die Nase und betrachtete das Massaker, das irgendjemand mit dem armen Buch veranstaltet hatte. Die ursprünglichen Seiten waren herausgeschnitten worden, so dass in der Mitte des Buches ein großes, rechteckiges Loch klaffte. Gerade groß genug, so dass ein weiteres, etwas kleineres Buch hineinpasste, das ein wenig in seinem Versteck hin und her rutschte.

Sakrileg! Das war der erste Gedanke, der Nora in den Kopf kam. Wie konnte jemand so ein wundervolles Buch so brutal zerstören? Und dann ausgerechnet diese Schmuckausgabe! Wer tat so etwas? Und vor allem, warum? Welchen Sinn hatte es, ein Buch in ein anderes Buch zu stecken? Nora wog den Band in ihren Händen. Nun ja, die Antwort lag natürlich auf der Hand. Jemand hatte versucht, das kleinere Buch zu verstecken. Und als Versteck war der *Orden* wirklich hervorragend geeignet. Keiner der Kunden würde zu dem Schuber greifen, da alle Einzelbände ja bereits ausgestellt waren. Allerdings drängte sich die Frage auf, woher der unbekannte Täter dies hätte wissen können. Ganz zu schweigen von der Frage, warum irgendjemand auf der Welt ausgerechnet hier ein Buch verstecken wollte.

Vorsichtig griff Nora nach dem ledernen Einband, befreite das Buch aus seinem Versteck und legte die Harry-Potter-Hülle zur Seite. Das Buch, das Nora jetzt in der Hand hielt, sah ganz anders aus als all die Bücher, die hier in der Buchhandlung verkauft wurden. Es machte den Eindruck, als wäre es schon durch hunderte Hände gegangen. Mindestens. Es hatte einen alten, speckigen Ledereinband ohne Titel oder Abbildung, einzelne Seiten hingen lose heraus und der Geruch, der Nora entgegenschlug, erinnerte sie eher an vermodertes Laub als an Papier. Das hier war mit Sicherheit keine Neuerscheinung.

Nora schlug den Einband auf. Auf vergilbtem, fleckigem Papier stand dort in alter Schrift der Titel des Buches, *Hexenhammer*. Direkt darunter erkannte Nora den Namen des Verfassers, einen gewissen Heinrich Institoris. Nora blätterte weiter. Auf den ersten Seiten, die genauso fleckig und morsch schienen wie die Titelseite, waren Zeichnungen abgebildet, die Nora den Mund verziehen ließen. Frauen mit Warzen auf den Nasen und entblößtem Oberkörper flogen auf Besen durch die Luft. Darunter waren Männer abgebildet, die unter schwerem Hautausschlag zu leiden schienen sowie Kälber mit fünf Beinen oder grünem Fell. Interessant.

Mit einer Mischung aus Faszination und Ekel blätterte sie weiter. Auf die Zeichnungen folgte sehr viel Text, den Nora kaum entziffern konnte, was zum einen an der verblichenen Schrift und zum anderen an der seltsamen Sprache lag. War das vielleicht Latein?

Nora schüttelte den Kopf. Sie hatte immer noch keine Ahnung, warum jemand dieses alte Buch hier versteckte. Gut, die Zeichnungen waren ziemlich dilettantisch und lange nicht so hübsch anzusehen wie die Harry-Potter-Illustrationen, aber das war doch kein Grund, ein Buch auf so ausgeklügelte Weise zu tarnen. Eine ganze Weile blätterte sie weiter in dem kuriosen Fund herum, bis sie das Buch seufzend wieder zusammenklappte. Sie war schließlich nicht zum Spaß hier und hatte noch etwas zu tun. Den *Hexenhammer* packte sie wieder in den *Orden*, den *Orden* in den Schuber und den Schuber ins Regal. Sie gab sich große Mühe, alles genau so herzurichten, wie sie es vorgefunden hatte. Morgen, nach der Schule, würde sie dann so tun, als entdeckte sie das geheime Buch zum ersten Mal. Auf diese Weise würde niemand merken, dass sie nachts in die Buchhandlung geschlichen war und sie würde keinen Ärger bekommen. Ha! Wie genial sie doch war.

Zufrieden mit sich selbst gab sie dem Schuber noch einen kleinen Dreh in Richtung linke Regalecke, als die Buchhandlung plötzlich in taghellem Licht erstrahlte.

»Nora?«

Oh nein, das war ihre Mutter.

»Nora, bist du hier unten?«

Das durfte doch nicht wahr sein.

»Nora, dein Bett ist leer und die Stirnlampe liegt nicht auf deinem Nachttisch.«

Mist. Warum musste ihre Mutter auch alles merken.

Nora hörte, wie sich die Schritte ihrer Mutter langsam durch die Buchhandlung bewegten und schaltete ihre Stirnlampe aus. Sollte sie versuchen, sich zu verstecken? Das war wahrscheinlich ziemlich aussichtslos. Zwar kannte sie alle Verstecke in der Buchhandlung in- und auswendig, aber das Gleiche galt auch für ihre Mutter. Außerdem würde sie vielleicht nicht ganz so ausflippen, wenn Nora nicht auch noch vor ihr davonlief. Vielleicht hatte sie sogar Verständnis. Immerhin tat sie das hier ja nur für die Schule. Seufzend trat sie hinter dem Regal hervor.

»Ich bin hier, Mama«, sagte sie und Luisa Brix, gekleidet in einen rosa Häschenschlafanzug und mit wirren blonden Locken, drehte sich zu ihr um. »Ich habe nur was für Geschichte recherchiert.«

Luisa musterte Nora mit zusammengekniffenen Lippen und warf einen bedeutungsvollen Blick auf das Regal hinter ihr. »Bei den Kinderbüchern?«

»Ich wollte …«, begann Nora, doch Luisa schnitt ihr mit einer Handbewegung das Wort ab.

»Ich habe gerade echt keine Lust zu diskutieren, Nora«, sagte sie müde. »Du gehst jetzt sofort hoch ins Bett und wir reden morgen früh darüber.«

Nora zögerte einen Moment, doch dann nickte sie. Wenn sie jetzt versuchte, ihre Mutter zu überzeugen, würde diese wahrscheinlich wütend werden. Vielleicht war es wirklich besser bis zum Morgen zu warten, wenn sie alle halbwegs ausgeschlafen waren. Mit hängenden Schultern ging sie an Luisas ausgestrecktem Zeigefinger vorbei, der in Richtung Verbindungstür deutete. Na toll! Das war ja mal ein richtiger Reinfall gewesen. Nicht nur, dass sie das Geschichtsbuch überhaupt nicht in der Hand gehalten hatte. Jetzt hatte sie auch noch ihre Mutter bei den Kinderbüchern erwischt. Zusammen mit dem Zuspätkommen gestern Abend würde das bestimmt Hausarrest geben. Das hatte sie sich echt anders vorgestellt.

»Nora, komm bitte noch einmal her.«

Nora verzog den Mund. Was war denn jetzt schon wieder los? Sollte sie nicht möglichst schnell ins Bett gehen, damit sie morgen nicht völlig übermüdet war? Sie drehte sich um und sah, wie Luisa an die Kassentheke getreten war. Nora hatte das Chaos schon wieder völlig vergessen und wunderte sich nicht, dass ihre Mutter bei diesem Anblick erstarrt war. Selbst ihr war klar, dass man den Laden nicht auf diese Weise hinterlassen konnte.

Doch seltsamerweise war Luisas Blick nicht auf die verstreuten Papiere und die unordentlichen Bücherstapel gerichtet. Stattdessen starrte sie die Kasse an, die, wie Nora jetzt erst auffiel, nicht komplett geschlossen war.

Okay, das war allerdings wirklich überhaupt nicht gut. Egal, wie eilig man es am Abend hatte, die Kasse sollte man immer, ohne Ausnahme, geschlossen halten. Es sei denn, man war …

Schnell trat Nora neben ihre Mutter, die ihre Hand ausgestreckt hatte, um die Kasse vollständig zu öffnen. Nora hielt den Atem an. Die Lade war leer. Es war kein einziger Schein mehr in der Kasse.

Nora stieß den Atem zwischen ihren Zähnen hervor. Sie wusste, dass die Kasse jeden Abend größtenteils geleert und das meiste Geld in einem Tresor aufbewahrt wurde, bevor ihre Eltern es auf die Bank brachten. Aber ein bisschen Geld ließen sie immer in der Kasse, damit am nächsten Tag sofort Wechselgeld bereit lag. Eine komplett leere Kasse konnte nur bedeuten, dass jemand eingebrochen war, um das Geld zu stehlen. Schnell huschte Noras Blick von dem Chaos auf dem Thekenbereich hinüber zur Eingangstür, die sie vorhin geschlossen hatte. Sie hatte angenommen, dass ihre Mutter vergessen hatte, die Tür zu schließen. Aber was, wenn sie mit ihrer Annahme falsch gelegen hatte? Was, wenn ihre Mutter überhaupt nicht vergessen hatte, die Tür zu schließen?

»Warst du das?«

Nora schreckte auf. Sie war so in Gedanken versunken, dass sie gar nicht bemerkt hatte, wie Luisa sich zu ihr umgedreht hatte und sie nun musterte. Nora wich einen Schritt zurück. Sie wusste nicht, warum ihr der Anblick ihrer Mutter so ein Unbehagen bereitete, bis ihr auffiel, dass Luisas Mimik wie erstarrt wirkte. So, als hätte jemand ein Foto von ihr gemacht und würde ihr dies jetzt vor das Gesicht halten. Sie blinzelte noch nicht einmal.

»Was?«, fragte sie verwirrt.

»Ich habe gefragt, ob du das warst.« Luisas Stimme klang emotionslos, fast beiläufig, und passte so überhaupt nicht zu der Frage, die sie gestellt hatte.

»Meinst du das ernst?« Nora suchte nach einem Zeichen von Humor in Luisas Gesicht. Nahm ihre Mutter sie auf den Arm? Erlaubte sie sich einen seltsamen Scherz mit ihr, als eine Art Strafe für ihren nächtlichen Besuch in der Buchhandlung?

Aber alles, was Nora sah, war diese beängstigend starre Maske, die wirkte, als hätte Luisa die Kontrolle über ihre Gesichtsmuskeln verloren.

Bevor Luisa etwas erwidern konnte, ertönte auf der Treppe im Flur lautes Gepolter und ein paar Sekunden später stand Noras Vater Bernd in der Buchhandlung, der von den Geräuschen im Erdgeschoss aufgewacht sein musste. Er gähnte einmal ausgiebig und warf dann einen verwunderten Blick auf den Rest seiner Familie.

»Was ist denn hier los?«

Bernd Brix war ein großer, schlaksiger Mann mit leicht schütterem braunem Haar. Er trug einen karierten Schlafanzug und Nora fiel auf, dass er seine Nickelbrille aufgesetzt hatte. Niemand wäre auf die Idee gekommen, dass die Brillengläser aus Fensterglas bestanden und gar keine Stärke hatten. Warum sollte auch irgendjemand freiwillig eine Brille tragen, wenn seine Augen in Ordnung waren? Doch Luisa Brix war der Meinung gewesen, dass zu einem echten Buchhändler eine Nickelbrille gehörte, und so hatte sie ihren Mann schon vor einigen Jahren zu einem Optiker geschleppt, der ihm ein unscheinbares, völlig nutzloses Gestell verkauft hatte. Inzwischen hatte Bernd Brix sich an die Brille gewöhnt, doch ab und zu, wenn er sie einmal abgesetzt hatte, vergaß er, sie wieder aufzuziehen, und seine Stammkunden wunderten sich, ob er inzwischen Kontaktlinsen trug.

Als hätte die Stimme ihres Mannes irgendetwas in ihr ausgelöst, fing Luisas starre Maske plötzlich an zu bröckeln. Sie zwinkerte ein paar Mal, verzog den Mund zu einer Grimasse und schüttelte ihren Kopf, so dass ihre blonden Locken hin und her flogen. Als sie ihren Kopf wieder still hielt, blickte sie unsicher zu Bernd.

»Ich glaube, ich habe Nora erwischt, wie sie Geld aus unserer Kasse gestohlen hat«, sagte sie leise. Dabei runzelte sie die Stirn, als wäre sie selbst über ihre Worte überrascht.

Nora starrte sie an. Sie konnte nicht glauben, was ihre Mutter da gerade gesagt hatte. Dass sie diesen Verdacht, der die letzten Minuten in der Luft gehangen hatte, tatsächlich laut ausgesprochen hatte. Und zwar ohne jeglichen Anflug von Humor in der Stimme. Sie meinte das wirklich ernst!

»Aber … aber … ich … das ist doch …«, stammelte sie, bevor sie den Mund wieder schloss. Na toll, jetzt hörte sie sich auch noch verdächtig an. Erst nachdenken, dann sprechen, ermahnte sie sich selbst.

»Das ist doch Quatsch.« Sie sah zu ihrem Vater, der Luisa mit einem seltsamen Ausdruck in den Augen musterte. Er schien überhaupt nicht richtig gehört zu haben, was Nora gesagt hatte.

»Hm.«

»Papa?«

»Was?« Jetzt sah Bernd auf und blickte in Noras empörtes Gesicht. Schnell kam er durch die Buchhandlung gelaufen und blieb neben seiner Tochter stehen. »Ja, das ist natürlich«, er warf Luisa einen kurzen Blick zu, »eine starke Anschuldigung.« Er schob seine Fensterglasbrille in die Stirn, um besser sehen zu können und betrachtete das Chaos auf der Ladentheke. »Du lieber Himmel«, murmelte er, als sein Blick zur geöffneten Kasse wanderte. Nora konnte erkennen, dass er ziemlich blass unter seinen Bartstoppeln geworden war.

»Das war ich nicht.« Nora hatte zwar nicht das Gefühl, dass ihr Vater sie verdächtigte, aber sie wollte das hier einfach klarstellen. Sie warf einen Blick auf Luisa, die inzwischen völlig verwirrt zu sein schien und mit flackerndem Blick zwischen ihrem Mann und ihrer Tochter hin- und hersah.

»Natürlich nicht«, murmelte Bernd und sah zur Eingangstür hinüber.

Nora folgte seinem Blick. »Die Tür war auf«, sagte sie. Das hatte sie fast wieder vergessen. Was natürlich kein Wunder war bei all den Anschuldigungen. »Ich dachte, jemand hätte gestern Abend vergessen abzuschließen und habe sie wieder geschlossen.«

»Warst du das?«

Nora wandte ihren Kopf. Luisas Gesichtsausdruck war wieder maskenhaft geworden, ihre Stimme teilnahmslos, so dass Nora sich gar nicht sicher war, ob sie überhaupt gesprochen hatte.

»Was? Nein, ich habe doch gesagt –«

Bernd hob beschwichtigend den Arm und räusperte sich. Er sah Luisa besorgt an. »Luisa, Nora stiehlt kein Geld aus unserer Kasse«, sagte er leise, aber eindringlich. Er legte einen Arm um Luisas Schulter und Nora hatte den Eindruck, als würde er sie ganz sacht schütteln, wie ein kaputtes Spielzeug, in dem Versuch, es wieder zu reparieren.

Luisa blickte zwischen Nora und ihrem Mann hin und her. Die Maske war verschwunden und stattdessen wieder dieser verwirrte Ausdruck in ihre Augen getreten.

»Nicht?«, fragte sie. »Aber die Kasse ...?«

»Irgendjemand ist in die Buchhandlung eingebrochen«, erklärte Bernd. »Ich bringe dich jetzt zurück ins Bett und dann rufe ich am besten direkt die Polizei.« Er sah über Luisas Kopf zu Nora herüber. »Und du gehst am besten auch wieder ins Bett. Immerhin hast du morgen Schule.«

»Aber —« Nora wollte unbedingt dabei sein, wenn die Polizei käme. Das wäre doch mal eine aufregende Abwechslung, die ausnahmsweise nicht in einem ihrer Bücher spielte. Doch ihr Vater schnitt ihr das Wort ab.

»Kein aber. Du gehst ins Bett.« Er klang ruhig, aber so bestimmt, dass Nora wusste, dass weiteres Bitten zwecklos war. Er zog Luisa sanft aus der Buchhandlung hinaus und warf einen Blick zurück auf Nora. »Wir besprechen morgen alles in Ruhe.«

Nora blieb noch einen Augenblick lang stehen. Was für eine absurde Situation war das denn eben gewesen? War das wirklich passiert? Ihre Mutter verdächtigte sie, Geld gestohlen zu haben? Und wirkte dabei so völlig ... neben der Spur! Nora nahm die Stirnlampe vom Kopf, strich sich ihre Haare hinter die Ohren, die ihr sofort zurück in die Stirn fielen, und folgte ihren Eltern durch die Verbindungstür aus der Buchhandlung in ihre Wohnung. Bernd und Luisa waren schon auf der Treppe zum ersten Stock, trotzdem konnte Nora hören, wie ihre Mutter leise murmelte: »Wenn sie meine richtige Tochter wäre, dann würde sie so etwas niemals machen.«

Nora blieb abrupt stehen. Ein eisiges Gefühl lief ihren Rücken hinunter und breitete sich in ihrem gesamten Körper aus. Das hatte ihre Mutter noch nie gesagt. Noch kein einziges Mal in ihrem ganzen Leben.

Bevor Nora mit zitternden Beinen den Fuß auf die unterste Treppenstufe setzte, flackerten die Lichter hinter ihr in der

Buchhandlung plötzlich. Ein paar Mal wurde es hell und dunkel, bis das Licht schließlich ganz erlosch und Nora seufzend ihre Stirnlampe anknipste. Ein Stromausfall war genau das, was ihr noch gefehlt hatte in diesem ganzen Chaos.

KAPITEL 2

»Das hat sie nicht gesagt.« Fassungslos blieb Mark stehen und starrte Nora an. Er schien nicht zu bemerken, dass Nora zusammen mit ihrem Regenschirm zwei Schritte weitergegangen war und er nun mitten im Regen stand. Schon nach wenigen Augenblicken klebten seine blonden Haare auf der Stirn und auf seiner Brille prangten dicke Wassertropfen. Obwohl Mark über ein Jahr älter als Nora war, waren sie seit dem Tag, als er mit seinem Vater in ihr Nachbarhaus gezogen war, beste Freunde. Seitdem gingen sie jeden Morgen zusammen zur Schule – und jeden Mittag zusammen nach Hause. Heute hatte Mark eine Stunde später Unterricht gehabt, so dass Nora ihm die Ereignisse von letzter Nacht erst auf dem Heimweg erzählen konnte. Nora wusste, dass Mark sie verstehen würde. Er hatte selbst eine ziemlich verkorkste Beziehung zu seinem Vater und beklagte sich ständig über dessen Desinteresse an seinem Leben.

»Doch, hat sie«, sagte Nora müde. Nach Luisas Wutausbruch hatte sie lange im Bett wachgelegen und über die Worte ihrer Mutter nachgedacht, die sie mehr getroffen hatten, als sie sich selbst eingestehen wollte.

Nora war im Alter von wenigen Wochen von Bernd und Luisa Brix adoptiert worden, doch diese Tatsache hatte für sie und ihre Eltern nie, wirklich niemals, eine Rolle gespielt. Natürlich hatte Nora sich manchmal als kleines Mädchen überlegt, wer ihre leiblichen Eltern wohl sein mochten und sich allerlei fantastische Geschichten über sie ausgedacht. Zum Beispiel, dass ihre leiblichen Eltern König und Königin eines fernen Landes waren, aus dem sie hatten fliehen müssen. Und ihre kleine Tochter hatten sie noch schnell über die Amme in Sicherheit bringen lassen. Oder sie stellte sich vor, dass ihre Eltern Zirkusartisten waren und durch die ganze Welt reisten. Oder Geheimagenten, die ein Leben voller Gefahren und Abenteuer lebten, in dem für ein kleines Mädchen kein Platz war. Aber im Grunde hatten ihre leiblichen Eltern keine Rolle in ihrem Leben gespielt und Nora hatte ein ganz normales Familienleben mit Mutter und Vater gehabt.

Bis letzte Nacht.

»Oh Mann, und ich dachte immer, ich wäre derjenige mit der seltsamen Familie«, sagte Mark mitleidig, der als Scheidungskind einiges an Erfahrung zu diesem Thema mitbrachte.

Nora ging wieder zurück zu ihrem Freund und hielt den Regenschirm über sie beide, auch wenn Mark inzwischen tropfnass war.

»Hast du noch mal mit Luisa geredet?«

Nora schüttelte den Kopf. »Sie hat heute Morgen noch geschlafen.«

Beim Frühstück hatte sie kurz mit ihrem Vater gesprochen, der meinte, Luisa fühle sich nicht so gut in den letzten Tagen und dass sie krank wirkte. Vielleicht war das die Erklärung für ihr Verhalten. Sie hatte irgendeinen seltsamen Infekt, der zu Paranoia und Aggressivität führte.

»Komm, lass uns weitergehen«, sagte sie und hakte sich bei Mark unter. Dann stutzte sie. Auf der gegenüberliegenden Straßenseite stand eine ganz in Rot gekleidete Frau und blickte in ihre Richtung. Wobei Nora genau genommen nur sehen konnte, dass ihr Kopf in ihre Richtung zeigte, da sie zu ihrem roten Trenchcoat einen riesigen roten Hut trug, dessen Krempe sie ins Gesicht gezogen hatte. Nur ihre langen, tiefschwarzen Haare konnte man darunter hervorlugen sehen. Bei diesem grauen Regenwetter fiel die Frau auf wie ein einzelner Klatschmohn im Weizenfeld. Nora blieb wieder stehen, so dass Mark stolperte und seine Schultasche von der Schulter rutschte.

»Siehst du die Frau in den roten Klamotten dort drüben?«, fragte sie und deutete unauffällig mit dem Kinn auf die andere Straßenseite. Mark folgte ihrem Blick.

»Was ist mit ihr?«

»Ich habe sie schon vorhin an der Schule gesehen«, sagte Nora. »Und ich habe das Gefühl, dass sie uns beobachtet.«

Mark sah sie stirnrunzelnd an. »Also, manchmal glaube ich, du liest zu viele Krimis«, sagte er. »Warum sollte ausgerechnet uns beide jemand beobachten?«

Nora zuckte mit den Schultern. »Vielleicht hat Mama mir eine Detektivin hinterhergeschickt, um sicher zu sein, dass ich nichts anstelle«, sagte sie. »Oder sie gehört zu den Einbrechern von letzter Nacht.«

Mark zog seine Schultasche wieder über die Schulter. »Und nachdem sie gestern eure Kasse leergeräumt hat, verfolgt sie dich jetzt, weil …?«

Nora kniff die Augen zusammen. Holte die Frau ein Handy aus ihrer Tasche?

»Vielleicht spioniert sie mich aus, um über mich an weitere Informationen zur Buchhandlung zu kommen«, murmelte sie. »Vielleicht war sie gestern noch gar nicht fertig mit ihrem Einbruch und sie plant noch mehr.«

Ihr Vater hatte erzählt, dass die Polizei keine Fingerabdrücke gefunden hatte. Und bestimmt rechnete niemand damit, dass die gleiche Bande zweimal im selben Laden einbrechen würde. Garantiert verfolgte die Frau einen total ausgeklügelten Plan.

Mark schwieg einen Moment und Nora spürte förmlich, wie er die Augen verdrehte. Spielverderber.

»Dann geh doch zu ihr rüber.«

»Was?« Nora starrte ihren Freund an.

»Na, wenn es dich wirklich interessiert, dann geh doch zu ihr rüber und frag sie, ob sie was von uns will. Wenn sie vor dir wegrennt oder sich in irgendwelche Ausflüchte stürzt, dann weißt du, dass etwas faul ist, und wir können es deinem Vater erzählen.«

Nora öffnete den Mund, um zu widersprechen, überlegte es sich dann aber anders. Warum eigentlich nicht? Was hatte sie schon zu verlieren? Nun gut, wahrscheinlich würde sie sich ziemlich lächerlich machen. Zumindest würde sie selbst einigermaßen irritiert reagieren, wenn sie jemand mit den Worten: »Entschuldigen Sie, kann es sein, dass Sie mich und meinen Freund verfolgen?«, ansprechen würde. Aber das konnte ihr egal sein. Schließlich kannte sie die Frau überhaupt nicht. Und es wäre nicht das erste Mal, dass sie sich irgendwo blamierte. Andererseits hatte sie im Moment schon genug Dinge, um die sie sich Gedanken machen musste, da war eigentlich kein Platz mehr für irgendwelche abenteuerlichen Verfolgungsgeschichten. Wenn sie genauer darüber nachdachte, dann kamen ihr ihre Ideen selbst ein bisschen abenteuerlich vor. Und überhaupt: Mit so einem auffälligen Outfit würde man doch niemanden verfolgen!

Sie drehte sich wieder zu Mark um. »Vergiss es«, sagte sie seufzend und warf einen kurzen Blick auf ihr Handy, das in der Hosentasche steckte. »Komm, lass uns aus dem Regen verschwinden. Der Computerladen macht um ein Uhr Mittagspause.«

Mark hatte seinem Vater versprochen, sich um dessen Tablet zu kümmern, das nicht mehr so funktionierte, wie Herr Lehmkuhl sich das vorstellte. Deshalb machten sie an diesem Freitagmittag einen Abstecher zu einem Computerladen, der in der Nähe des Hauptbahnhofs und damit auf ihrem Heimweg lag. Der Laden war voller Menschen, die einen warmen, trockenen Unterschlupf gesucht hatten und nun durch die Regalreihen stöberten. Mark lief zur Informationstheke, zog das Tablet aus der Schultasche und legte einem der Mitarbeiter sein Problem dar. Marks Vater, ein erfolgreicher und arbeitswütiger Anwalt, war ziemlich ungeschickt im Umgang mit Computern und Technik und wurde schnell ungeduldig, wenn etwas nicht so funktionierte, wie es sollte. Zum Glück war sein Sohn ein kleines Technik-Genie und konnte ihm in den meisten Fällen helfen. Und wenn nicht, so wusste er zumindest, wen er fragen konnte.

Während Mark mit dem Mitarbeiter diskutierte, schaute Nora sich ein wenig im Laden um. Dabei hielt sie absichtlich Abstand zum Thekenbereich, wo sich die meisten Kunden aufhielten und ein strenger Geruch nach nassen Kleidungsstücken und alten Gummistiefeln herrschte. Vor dem Regal mit den Laptops blieb sie stehen und stieß einen sehnsüchtigen Seufzer aus. Schon seit Langem wünschte sie sich einen neuen Computer, doch ihre Eltern waren der Meinung, dass ihr alter, stationärer Rechner völlig ausreichte. Dieser hatte früher in der Buchhandlung gestanden. Er war alt und langsam und Nora wurde jedes Mal fast verrückt vor Ungeduld, wenn sie an ihm arbeitete. Sie hatte deswegen endlose Diskussionen mit ihrer Mutter geführt, doch die blieb hartnäckig. Solange an ihrem Computer irgendwelche Lichter blinkten, wenn man ihn einschaltete, würde es keinen neuen geben.

Nora strich sich frustriert eine Haarsträhne hinter das Ohr und überlegte, dass sie sich besser andere Dinge ansehen sollte, die keine großen Sehnsüchte in ihr weckten, zum Beispiel Bildschirmkabel oder Computermäuse. Sie hob ihren Kopf, um sich im Laden umzublicken, als sie mitten in der Bewegung innehielt. Im Eingangsbereich, keine fünf Meter von ihr entfernt, stand die rot gekleidete Fremde, die sie vorhin auf der Straße bemerkt hatte, und blickte sich suchend um. Nora runzelte die Stirn. Okay, so langsam wurde die ganze Sache merkwürdig. Das war jetzt schon das dritte Mal innerhalb einer halben Stunde, dass ihr die Frau auffiel. Ein bisschen viel Zufall für Noras Geschmack. Während die Dame in Rot sich weiter im Laden umsah, schob sie ihren breitkrempigen Hut nach oben, um besser sehen zu können. Sie hatte ein kantiges Gesicht, dessen hohe Wangenknochen und dunkle Augen durch Make-up betont wurden. Ihr Blick hatte etwas raubvogelartiges, als würde sie in großer Höhe über einem Feld kreisen und nach einer Maus Ausschau halten, die sie fangen könnte.

Nora wusste nicht, ob es an diesem Blick lag, doch mit einem Mal stellten sich die Härchen in ihrem Nacken auf und sie bekam eine Gänsehaut. Sie hatte immer noch keine Ahnung, ob die Frau sie beschattete, aber inzwischen war sie überhaupt nicht mehr scharf darauf, es zu erfahren. Was immer der Grund war, es konnte nichts Gutes verheißen. Schnell duckte sie sich hinter das Regal mit den Laptops, bevor der Blick der Frau über diesen Teil des Ladens hinweg glitt. Nora wurde sich immer sicherer, dass die Frau keine Mitarbeiterin einer Modelagentur war, die sie gerade entdeckt hatte. Sie sah eher so aus, als ob sie kleine Kinder zum Frühstück verspeiste oder ihnen ihr Lächeln abkaufte oder so etwas in der Art. Jedenfalls machte sie keinesfalls den Eindruck, als ob sie an Noras Wohl interessiert wäre.

Hektisch sah Nora sich um. Wo konnte sie sich verstecken? Außer den großen Pappausstellern, auf denen für Computer geworben wurde, gab es keine wirklich brauchbaren Verstecke in diesem Laden. Außerdem konnte sie in ihrer geduckten Haltung auch nicht mehr erkennen, wo die Frau gerade war. Auf dem Weg zum nächsten Pappaussteller würde sie ihr möglicherweise geradewegs in die Arme laufen. Vielleicht sollte sie besser den direkten Weg wählen und in Richtung Kasse gehen, wo die meisten Kunden und die Mitarbeiter waren. Dort würde ihr bestimmt jemand helfen, falls sie wirklich Hilfe brauchen sollte. Nora atmete tief ein und richtete sich wieder auf.

Und zuckte erschrocken zusammen.

Die Dame in Rot tauchte auf der rechten Seite der Regalreihe auf und sah in den Gang, in dem Nora stand. Sie legte ihren Kopf schief und kniff die Augen zusammen. Einen Moment lang kreuzten sich ihre Blicke. Nora sah direkt in die kalten, stechenden Raubvogelaugen. Dann kräuselten sich die Lippen der Frau und verzogen sich zu einem abfälligen Lächeln. Nora hielt den Atem an. Ihr Herz pochte wie wild, doch sie war unfähig irgendetwas anderes zu tun, als wie ein Reh mitten im Scheinwerferlicht zu stehen. Sie konnte weder schreien noch wegrennen, sondern stand einfach nur da und sah zu der fremden Frau auf.

Und dann war der Spuk vorbei. Die Dame in Rot ließ ihren Blick weiter über die Laptops schweifen, bevor sie sich schwungvoll umdrehte und ihren roten Trenchcoat herumwirbelte – und wegging. Nora blinzelte. Die Frau lief weiter, ohne sie anzusprechen, ohne sie anzugreifen, ohne auch nur irgendetwas zu machen, was bewies, dass sie Nora überhaupt wahrgenommen hatte. Aber sie musste Nora gesehen haben. Sie hatte ihr direkt in die Augen geblickt. War die Frau doch nicht an ihr interessiert? Hatte sie wirklich nur nach irgendwelchem elektronischen Zubehör Ausschau gehalten? War diese ganze Sache doch nur ein dummer, völlig bedeutungsloser Zufall? Nora drehte sich um und sah gerade noch, wie die Tür hinter der rot gekleideten Frau zuschlug und sie sich hastig durch den Regen entfernte. Nora schüttelte den Kopf. Was war nur los mit ihr? Warum hatte sie plötzlich Angst vor fremden Leuten? Hatte sie in letzter Zeit wirklich zu viele gruselige Thriller gelesen? Sollte sie doch mehr von diesen zuckersüßen Liebesromanen lesen, die ihre Mutter ihr immer empfahl und die sie selbst einfach nur langweilig fand?

Nora sah zur Theke, um nach Mark Ausschau zu halten, als hinter ihrem Rücken ein Knacken ertönte, das sie herumfahren ließ. Sie schaute die Laptops an, die vor ihr standen. Das Knacken war eindeutig von einem der Geräte gekommen. Sie bückte sich ein Stück und beugte sich vor, um besser zu hören.

Da! Schon wieder. Und es war eindeutig aus dem Computer vor ihr gekommen. Sie ging mit dem Gesicht näher heran, so dass ihre Nase fast den Bildschirm berührte. Und jetzt konnte sie es ganz klar hören: Ein feines, immer stärker werdendes Geräusch, das direkt aus dem Inneren des Laptops zu kommen schien. Fasziniert hob sie ihr Gesicht wieder ein bisschen an. Sie musste einem Mitarbeiter Bescheid geben, denn diese Geräusche wirkten nicht so, als ob ein nagelneuer Laptop sie produzieren sollte.

In dem Augenblick begann das H auf der Tastatur des knackenden Geräts zu ruckeln und zu wackeln, bis es sich plötzlich von seinem Platz zwischen dem G und dem J löste und im hohen Bogen davonflog. Irritiert blickte Nora zunächst dem fliegenden Buchstaben hinterher, um dann die entstandene Lücke auf der Tastatur zu betrachten. Aus dem Loch, das die fehlende Taste hinterlassen hatte, qualmte es und ein winziger Funke trat hervor, flog ein wenig wie ein Glühwürmchen hin und her und verpuffte dann.

Leider blieb dieser Funke keineswegs der einzige. Als hätte er nur nachgesehen, ob die Luft rein war, folgte ihm mit einem Mal ein ganzer Schwarm an roten, grünen und gelben Funken, eingebettet in eine Menge Qualm und Rauch, so dass der Laptop den Eindruck eines obskuren Tischfeuerwerks bot. Nora war so gefesselt von dem Geschehen, dass sie ihre gefährlich nahe Position vor dem Rechner erst bemerkte, als sich ein Funke in eine ihrer braunen Haarsträhnen verirrte. Fluchend sprang sie zurück und klatschte ihre Hände mit der betroffenen Strähne dazwischen zusammen, bis sie sicher sein konnte, dass der Funke erloschen war. Der Geruch von verkohltem Haar stieg in ihre Nase, aber glücklicherweise schien kein sichtbarer Schaden entstanden zu sein.

In der Zwischenzeit war von dem Laptop nichts mehr zu sehen außer einer immer größer werdenden Wolke aus Rauch und buntem Funkengewitter, aus der hin und wieder mal eine weitere Taste oder eine kleine Schraube flog. Und anscheinend war die Krankheit, die den Rechner befallen hatte, ansteckend. Nora sah, wie zuerst die Computer links und rechts neben der Rauchwolke und dann sämtliche in der Reihe stehenden Computer anfingen, Funken zu sprühen und Rauch auszustoßen. Dabei knallte und pfiff es ohrenbetäubend.

Nora stand immer noch wie versteinert und starrte auf das Inferno, so dass sie den Trubel gar nicht bemerkte, der um sie herum entstanden war. Menschen schrien wild durcheinander und versuchten, ins Freie zu gelangen, als die Funken auf weitere Regalreihen übersprangen und dort begannen, den Kunststoff in Brand zu setzen. Es entstand ein ziemliches Gedränge, denn die Fluchtwege waren durch die vielen Regale eng und die Menschen trampelten sich gegenseitig auf die Füße und schubsten sich aus dem Weg. Einer der Mitarbeiter riss Nora grob am Arm und zog sie durch eine dicke Rauchwolke als eine der letzten mit sich nach draußen, wo er sie sofort wieder losließ und hektisch zu seinen Kollegen rannte, die wild gestikulierend vor dem Laden standen. Drinnen war vor lauter Rauch fast nichts mehr zu erkennen, doch immer wieder leuchtete es auf, als ob ein verirrter Feuerwerkskörper losgegangen wäre, und manchmal konnte man lodernde Flammen an den Wänden lecken sehen. Nora hoffte, dass es alle Kunden und Mitarbeiter nach draußen geschafft hatten, denn drinnen war es nun lebensgefährlich.

Ein paar Minuten war sie wie gebannt. Dann fiel ihr Mark ein und schnell schaute sie sich in dem Trubel vor dem Laden nach ihrem Freund um. Die Kunden standen in Grüppchen zusammen und tuschelten aufgeregt miteinander, deuteten auf sich selbst und auf die explodierenden Computer. Niemand achtete auf den strömenden Regen, dafür war das Spektakel einfach zu außergewöhnlich.

Meine Güte, dachte Nora, die meisten schienen die Aufregung fast zu genießen. Anscheinend passierte wohl sonst nichts Spannendes in ihrem Leben. Plötzlich ertönte das heulende Geräusch einer Sirene und im nächsten Moment bogen gleich drei große Feuerwehrfahrzeuge um die Ecke und hielten mit quietschenden Reifen vor der Menschenmenge, die sich teilte und den in voller Montur bekleideten Feuerwehrleuten Platz machte. Die waren ja schon ziemlich mutig, dachte Nora beeindruckt und konnte den Blick kaum von den Feuerwehrleuten abwenden, die mitten in den rauchenden Laden stürmten. Doch sie musste Mark finden und sichergehen, dass ihm nichts zugestoßen war. Sie glaubte zwar nicht, dass ihr Freund so verplant war, dass er es verpasste, aus einem brennenden Laden zu rennen, aber man konnte schließlich nie wissen. Sie griff in ihre hintere Hosentasche und zog ihr Smartphone hervor. Vielleicht hatte Mark schon versucht, sie anzurufen oder ihr eine Nachricht geschrieben. Sie nahm das Telefon in die Hand und drückte kurz auf die Power-Taste.

Und starrte auf ein schwarzes Display.

Egal, welche Tasten sie drückte oder wie oft sie über das Display wischte, das Handy blieb schwarz und gab keinen Mucks von sich. Dann löste sich plötzlich ein einsamer grüner Funke aus der Stelle, an der das Ladekabel angeschlossen wurde, und flog im Zick-Zack, wie ein betrunkenes Insekt, durch den Regen, bis er verpuffte.

Entsetzt starrte Nora auf ihr Smartphone. War ihr Telefon etwa von dem gleichen Virus befallen worden wie die Computer im Laden? Gab es so etwas wie ansteckende Krankheiten unter elektronischen Geräten überhaupt? Oder war etwas ganz anderes Schuld am kollektiven Explodieren der Technik?

Während sie weiter auf ihr kaputtes Handy starrte und vor sich hin fluchte, hörte sie hinter sich ein Rufen. Sie drehte sich um und sah einen Jungen, ungefähr in ihrem Alter, der ein wenig abseits unter einer Kastanie stand und sie ungeniert musterte. Er war groß und schlank und hatte eine lustige Frisur, an den Seiten kurz und mit dunklen Locken oben, die ihm bis in die Augen fielen. Er trug eine schwarze Lederjacke und stand lässig an den Stamm der Kastanie gelehnt, deren Blätter ihn vor dem gröbsten Regen schützten. Die Arme hatte er vor dem Körper verschränkt und die Augen auf das Inferno gerichtet. Als er Noras Blick bemerkte, grinste er und machte eine Bewegung mit dem Kinn, als wolle er sie auffordern zu ihr zu kommen.

Verblüfft sah Nora sich um. Meinte dieser Typ etwa sie? Vermutlich – es standen zwar ein paar andere Menschen in ihrer Nähe, doch die sahen alle zum brennenden Laden, so dass sie den Fremden gar nicht bemerkt haben konnten. Sie blickte zurück zum Jungen, der immer noch grinsend die Augen verdrehte und dann mit dem Finger auf sie zeigte und heftig nickte.

Nora zögerte. Sie war neugierig, was der Fremde wohl ausgerechnet von ihr wollte. Abgesehen davon sah er wirklich ... nett aus und ein wenig positive Ablenkung konnte ihr nicht schaden. Andererseits war Nora langsam besorgt um Mark und sie wollte sich unbedingt vergewissern, dass es ihrem Freund gut ging. Sie ließ ihr unbrauchbares Handy in die Hosentasche gleiten, zuckte bedauernd mit den Schultern und drehte sich um, um Mark zu suchen, als sie einen erleichterten Aufruf an ihrer Seite hörte.

»Hier bist du«, rief Mark, »ich habe dich überall gesucht.«

Nora atmete auf. Mark war, genau wie sie selbst, vom Regen inzwischen völlig durchnässt und seine Brille saß schief auf der Nase, aber ansonsten schien er unversehrt zu sein. Nora lächelte ihn erleichtert an. Sie wollte den Schirm aufspannen, auch wenn der jetzt nicht mehr viel nützte, als sie feststellte, dass sie ihn gar nicht mehr in der Hand hielt. Sie musste ihn in der Aufregung im Laden vergessen haben.

»Ist alles in Ordnung mit dir?«, fragte Mark besorgt. »Du hast doch mitten zwischen den Computern gestanden, als es losging.«

Nora fuhr sich über die Stirn und erzählte ihrem Freund, wie die Rechner plötzlich angefangen hatten Funken zu sprühen. »Ich sag dir, das war total verrückt«, beendete sie ihren Bericht. »Als würden die Dinger eins nach dem anderen beschließen ihre Arbeit niederzulegen. Und zwar mit einem gewaltigen Feuerwerk.«

Mark runzelte die Stirn. »Von so etwas habe ich noch nie gehört«, sagte er und sah zum rauchenden Laden herüber. »Das hört sich ja fast nach Sabotage an.«

Sie beobachteten die Feuerwehrleute, die inzwischen dicke Wasserschläuche ausgerollt hatten und den Laden sowie die nebenstehenden Gebäude großzügig mit Wasser versorgten. So wie es aussah, würde nicht nur das Computergeschäft mit den Folgen des Brandes zu kämpfen haben, dachte Nora und bemerkte einen Mitarbeiter aus dem benachbarten Schuhgeschäft, der sich buchstäblich die Haare raufte.

»Wer würde denn so was tun?«, fragte Nora zweifelnd. Von brennenden Computern hatte doch niemand etwas. Außer irgendwelche Gegner von Elektrosmog. Aber ob die so einen ausgeklügelten Sabotageakt hinbekommen würden?

In dem Moment fiel ihr der fremde Junge wieder ein und sie drehte blitzschnell den Kopf. Aber der Platz unter der Kastanie war leer. Der Junge war verschwunden. Schade! Jetzt, wo Mark unversehrt neben ihr stand, hätte sie gerne mit ihm gesprochen.

»Suchst du jemanden?«, fragte Mark. Er hatte endlich seine tropfnasse Brille von der Nase genommen und putzte sie an seiner ebenso nassen Jeansjacke ab.

»Da war vorhin so ein Typ, der mich sprechen wollte«, sagte Nora und sah sich weiter um. Wo steckte er nur?

»Dieser komische Kerl mit der Lederjacke?«

»Ja, genau der.« Nora sah zu Mark und stellte verwundert fest, dass dieser eine abweisende Miene aufgesetzt hatte. Kannte er den Jungen etwa? Doch bevor sie Mark danach fragen konnte, hörte sie aufgeregtes Stimmengewirr hinter sich. Sie drehte sich um und sah zwei der Mitarbeiter aus dem Computerladen auf sich und Mark zukommen.

»Das ist sie«, sagte der eine und deutete mit dem Finger auf sie. Nora erkannte ihn. Er war es gewesen, der sie aus dem Laden gezerrt hatte. Er sah jung aus, höchstens Anfang zwanzig, und hatte lange blonde Haare, die er zu einem Pferdeschwanz zusammengebunden hatte. Der andere Mann war mindestens doppelt so alt wie sein Kollege. Er hatte dünnes Haar, das in der Mitte seines Schädels zu schwinden begann, und ein rundes, rotes Gesicht, das vor unterdrückter Wut zitterte. Anklagend deutete er mit einem wurstigen Finger auf Nora und Mark.

»Ihr kommt jetzt mit«, sagte er drohend, packte die Beiden an den Schultern und schob sie vor sich her. Mark schaute fragend zu Nora, die jedoch nur den Kopf schüttelte. Sie hatte keine Ahnung, was hier los war, aber irgendwie vermutete sie, dass die beiden sie nicht zum Kaffee einladen wollten.

»Ich war das nicht.« Nora merkte selbst, dass ihre Stimme inzwischen müde klang. Sie hatte diese vier Wörter so oft wiederholt, dass sie sich wie eine alte Schallplatte vorkam, die immer wieder die gleiche Stelle abspielte. Aber das war ihr egal. Sie würde die Wörter auch noch hundertmal aussprechen, wenn es sein musste. Und offensichtlich musste es sein.

Es hatte nicht lange gedauert, und Nora und Mark wussten, was die beiden Mitarbeiter von ihnen wollten. Sie hatten sie in die Hinterräume des benachbarten Schuhgeschäfts geführt. Dort hatte doch tatsächlich ein Polizist auf sie gewartet, der ihnen eine Reihe von Fragen stellte, die Nora unmissverständlich klar machten, dass man sie verdächtigte, für den Brand im Laden verantwortlich zu sein. Und das alles nur, weil sie sich in der Regalreihe mit den Computern befunden hatte, in der der Brand ausgebrochen war.

Nora hatte zunächst an einen Scherz geglaubt, doch ein Blick in das hochrote Gesicht des älteren Mitarbeiters, der sich als der Geschäftsführer entpuppte, zeigte ihr, dass zumindest dieser Mann nicht zu Scherzen aufgelegt war. Die Leute hier meinten es bitterernst. Sie, Nora Brix, wurde offiziell verdächtigt und von der Polizei verhört. Und Mark hielt man für ihren Komplizen, der die Mitarbeiter an der Ladentheke hatte ablenken sollen, während Nora in Ruhe an den Laptops herumzündelte. Die Frage, warum die beiden so eine Tat überhaupt ausführen sollten, konnten weder der Polizist noch die Mitarbeiter beantworten. Offensichtlich hielt man sie einfach für böswillig und ein laut getöntes »Die Jugend von heute!« von Seiten des Geschäftsführers reichte den anderen offensichtlich als Erklärung aus.

Irgendwann, nach gefühlten Stunden, in denen der Polizist immer wieder die gleichen Fragen gestellt hatte, klopfte es an der Tür des kleinen Büroraums. Der Geschäftsführer grunzte irgendetwas Unverständliches und im nächsten Moment öffnete sich die Tür und Noras Mutter und Marks Vater erschienen im Türrahmen.

Luisa Brix wirkte abgehetzt. Sie war akkurat gekleidet, in einen eleganten grauen Rock und einen altrosa Blazer, doch die rosa Haarspange, mit der sie ihre blonden Locken hochgesteckt hatte, saß schief auf ihrem Kopf. Außerdem hatte sie wohl ihren Regenschirm in der Aufregung vergessen, so dass ihre Haare an der Stirn klebten. Sie erinnerte Nora an einen rosafarbenen Pudel, der sich in einen Teich gestürzt hatte. Einen Moment lang war Nora verunsichert. Ihr stand die Erinnerung an letzte Nacht noch lebhaft vor Augen und sie hatte keine Ahnung, wie ihre Mutter mit dieser Situation umgehen würde. Doch sobald Luisa ihre Tochter erblickt hatte, machte sie schnell die fehlenden Schritte auf Nora zu und nahm sie in den Arm.

»Oh Gott, ist dir auch nichts passiert?«, fragte sie und strich Nora die angesengte Haarsträhne aus der Stirn. »Geht es dir gut?« Sorge stand in ihrem Gesicht, als sie Nora auf Armeslänge von sich hielt und sie von oben bis unten musterte.

»Ja, ja, alles in Ordnung«, murmelte Nora, die spürte, wie sämtliche Anwesenden sie anstarrten.

»Was genau wird unseren Kindern denn nun vorgeworfen?«

Die allgemeine Aufmerksamkeit richtete sich auf Marks Vater, der das Wort ergriffen hatte. Im Gegensatz zu Noras Mutter wirkte Matthias Lehmkuhl so kühl und distanziert wie immer. Er schien lediglich leicht genervt, dass er wegen dieses unerwarteten Ereignisses in Stress geraten war. Er steckte seinen Kalender in die Tasche des tadellos sitzenden Anzugs und sah in die Runde, wobei er auch Mark nur kurz streifte, als ob ihn das Schicksal seines Sohnes nicht sonderlich interessierte. Jedenfalls nicht mehr als das aller anderen beteiligten Personen. Mark seufzte leise.

»Sie haben doch wahrscheinlich ein Protokoll aufgenommen«, wandte sich Herr Lehmkuhl an den Polizisten. »Vielleicht können Sie uns eine kurze Zusammenfassung der Ereignisse geben.«

Wenn Marks Vater sprach, waren alle anderen Menschen im Raum still, eine Fähigkeit, die er wahrscheinlich in seinem Beruf als Anwalt erworben hatte. Auch jetzt verfehlte seine Stimme nicht die gewohnte Wirkung. Selbst der zornesrote Geschäftsführer wagte es nicht, das Wort zu ergreifen, sondern überließ es dem Polizeibeamten, Herrn Lehmkuhl die Lage zu schildern. Herr Lehmkuhl musste hin und wieder nachfragen, aber alles in allem schaffte es der Beamte, die Geschehnisse recht übersichtlich darzustellen. Marks Vater schien zumindest zufrieden zu sein.

»Bis zur Durchsicht der Überwachungskameras liegen also keinerlei Beweise für die Schuld unserer Kinder vor«, fasste er zusammen.

Der Polizist zögerte kurz, nickte aber dann so heftig, dass seine Polizeimütze wackelte.

Der Geschäftsführer schnaubte. »Keine Beweise«, polterte er. »Von wegen keine Beweise. Die Kleine da ist doch in flagranti erwischt worden!«

Herr Lehmkuhl drehte seinen Kopf in Richtung des Geschäftsführers, setzte seine Brille ab und begann diese in Seelenruhe zu polieren. »Nach Aussage Ihres Mitarbeiters stand das Mädchen lediglich direkt in der Regalreihe, in der das Feuer ausbrach. Ein Beweis für ein Eingreifen ihrerseits liegt nicht vor.« Herr Lehmkuhl trat einen Schritt auf den Geschäftsführer zu und Nora meinte, so etwas wie unterdrückte Wut in seinen Augen zu erkennen. »Und falls Sie es wagen sollten, Gerüchte über die Schuld meines Sohnes oder seiner Freundin zu verbreiten, dann zeige ich Sie wegen übler Nachrede an.« Er drehte sich um und wandte sich das erste Mal direkt an seinen Sohn. »Komm, Mark. Ich bring dich nach Hause.«

Er schritt zielstrebig aus der Bürotür, gefolgt von Mark, der Nora einen aufmunternden Blick zuwarf und mit einer Geste andeutete, dass sie später telefonieren würden. Nora nickte grinsend. Sie hatte das kindische Bedürfnis, dem Geschäftsführer die Zunge herauszustrecken, konnte sich aber gerade noch beherrschen.

»Wenn Sie noch Fragen haben, wenden Sie sich bitte an meinen Anwalt«, sagte sie nur leichthin, schnappte sich ihre Schultasche und zog ihre Mutter mit sich, nicht ohne einen letzten Blick auf den tobenden Geschäftsführer zu werfen.

»Ha, nimm das, du blöder Computer-Mann«, murmelte sie und atmete tief ein, als sie endlich draußen im Regen standen. Es roch immer noch nach Rauch und verbranntem Kunststoff und trotzdem genoss Nora das Gefühl von frischer Luft und Freiheit.

»Warst du das?«

Nora zuckte zurück und schloss die Augen. Nein, dachte sie, nicht schon wieder. Sie öffnete die Augen und drehte sich zu ihrer Mutter um. Okay, offensichtlich hatte sie sich zu früh gefreut. Aus Luisas Gesicht war die Sorge gewichen und hatte dieser seltsamen Maske Platz gemacht, die sie schon letzte Nacht in der Buchhandlung getragen hatte. Sie starrte ihre Tochter an, ohne zu blinzeln und ohne die Regentropfen wegzuwischen, die sich in ihren Wimpern verfangen hatten.

»Das ist nicht dein Ernst, oder?« Nora streckte die Arme aus, ließ sie aber auf halbem Weg zu ihrer Mutter wieder sinken. Sie hatte das Bedürfnis, Luisa zu schütteln, um sie aus dieser komischen Starre zu holen, aber sie brachte es nicht über sich.

»Warst du das, Nora?«

Nora atmete tief durch. Am liebsten würde sie sich umdrehen und abhauen. Sogar die Gegenwart des wütenden Geschäftsführers wäre ihr im Moment lieber gewesen als diese versteinerte Version ihrer Mutter, die tatsächlich an ihren Worten zu zweifeln schien. Offensichtlich hielt Luisa sie nicht nur für eine Diebin, sondern auch für eine Brandstifterin. Und das wollte sie sich im Moment wirklich nicht anhören. Andererseits wirkte ihre Mutter im Moment ziemlich neben der Spur und Nora wollte sie ungern hier allein lassen.

»Komm, Mama«, sagte sie zwischen zusammengepressten Zähnen und zog ihre Mutter am Arm. »Ich bring dich nach Hause.«

KAPITEL 3

Der Wasserkocher brodelte und dampfte vor sich hin, doch niemand nahm Notiz davon. Es war auch nicht so, als ob irgendjemand Lust auf den Tee gehabt hätte, den Bernd Brix bereits vorbereitet hatte, als seine Frau und seine Tochter mit versteinerten Mienen nach Hause gekommen waren. Die ganze Familie saß um den Küchentisch in der kleinen Küche. Bernd Brix hatte eilends die Buchhandlung verlassen, in der im Moment die einzige nicht familiäre Mitarbeiterin die Stellung hielt, eine freundliche alte Dame namens Margarete Lustig. Mit ernstem Blick schaute Herr Brix zwischen Luisa und Nora hin und her.

»Würde mir bitte einmal jemand verraten, was passiert ist?«, fragte er.

Luisa saß am Ende des Tisches, wie die Vorsitzende eines Straftribunals, und hielt die Arme vor der Brust verschränkt. Ihre rosa Haarspange saß immer noch schief und die inzwischen wieder getrockneten Locken standen wirr von ihrem Kopf ab. Nora, die diesen Anblick von ihrer sonst wie aus dem Ei gepellten Mutter nicht kannte, musste sich beherrschen, um nicht hysterisch zu kichern. Dabei war ihr wirklich nicht zum Lachen zumute. Ihre Mutter hatte während des ganzen Wegs nach Hause kein einziges Wort mit ihr gesprochen. Auch Nora hatte geschwiegen, weil sie keine Lust auf dieses blöde Spiel hatte. Wenn Luisa ihr etwas sagen wollte, dann sollte sie das tun.

»Unsere Tochter wird verdächtigt einen Computerladen zerstört zu haben«, sagte Luisa mit gefährlich ruhiger Stimme. Die Maske war von ihr abgefallen. Jetzt wirkte sie ernst und wütend und Nora beunruhigte das mehr als das kalte Starren. Luisa schien plötzlich wieder so … normal zu sein. »Sie wurde heute von der Polizei verhört.«

Einen Moment lang sah Bernd Brix erschrocken aus und Nora glaubte, dass er kurz zusammenzuckte. Allerdings war sie sich nicht sicher, denn im nächsten Moment zog er seine Augenbrauen zusammen und sah höchst irritiert zu Nora.

»Stimmt das?«, fragte er. »Du sollst einen … Laden zerstört haben? Einen ganzen Laden?« Und bevor Nora antworten konnte, begannen seinen Mundwinkel zu zucken. »Das ist ja lächerlich«, schnaubte er. »So einen Quatsch hab ich noch nie gehört.«

Sein Lachen wirkte allerdings ein wenig angespannt. Anscheinend wusste auch er, dass die ganze Situation im Grunde nicht lustig war. Trotzdem fühlte sich Nora gleich viel besser. Wenigstens ihr Vater schien von ihrer Unschuld überzeugt zu sein.

Im Gegensatz zu ihrer Mutter. Sie war von ihrem Stuhl aufgesprungen und hielt aus unerfindlichen Gründen eine Gabel in der Hand.

»Das soll lächerlich sein?« Sie tastete mit ihrer freien Hand nach der Tischkante, als ob sie sich festhalten müsste. »Unsere Tochter wird verdächtigt, einen Laden in die Luft gesprengt zu haben. Ein ganzes Gebäude – einfach zerstört. Unsere Tochter«, ihre Stimme kippte, »ist eine Attentäterin.«

Das Herz rutschte Nora schwer in den Magen und zerquetschte dieses kleine freudige Gefühl, das Bernds Lachen in ihr ausgelöst hatte. Jetzt war es raus. Die Worte, die Luisa wahrscheinlich schon die ganze Zeit im Kopf herumgeschwirrt waren, waren nun endlich ausgesprochen.

Bevor Nora sich überlegen konnte, wie sie darauf reagieren sollte, krachte es scheppernd und Luisa fasste sich wimmernd an den Kopf. Irgendwie war eine der leeren Keksdosen, die auf dem Küchenschrank standen und dort auf die Vorweihnachtszeit warteten, abgerutscht und zuerst auf Luisas Kopf und dann auf dem Küchenboden gelandet. Und obwohl sich der Schmerz wahrscheinlich in Grenzen hielt, jammerte und schluchzte Luisa, als wäre sie von einem Ziegelstein getroffen worden.

»Au, au«, schrie sie und schlug Bernds Hand zur Seite, der sie offensichtlich beruhigen wollte. »Alles geht hier den Bach runter. Alles. Und daran ist nur sie Schuld.« Anklagend zeigte sie auf Nora.

Das war eindeutig zu viel. Über die Sache mit dem Attentat konnte man ja vielleicht noch diskutieren. Aber dass sie jetzt auch noch für fliegende Keksdosen verantwortlich gemacht wurde, brachte das Fass zum Überlaufen.

»Du spinnst doch«, rief Nora und merkte, wie ihre Stimme anfing zu zittern. Das war doch alles nicht wahr. Das konnte ihre Mutter doch nicht ernst meinen. Sie sprang auf und stolperte zur Tür hinaus.

»Halt Nora, wo willst du denn hin?«, rief Bernd.

»Ja, lauf ihr ruhig hinterher«, keifte Luisa. »Du bist doch sowieso immer auf ihrer Seite.«

Nora hörte, wie ihr Vater irgendetwas Beruhigendes erwiderte, aber es war ihr egal. Sollte er doch bei Luisa bleiben. Sie musste auf jeden Fall raus aus dem Haus. Hier drinnen hielt sie es keine Sekunde länger aus.

Draußen regnete es immer noch, wenn auch nicht mehr so stark, und Nora bemerkte kaum, wie der feine Regen ihr

Gesicht und ihre Hände benetzte. Sie rannte auf die Straße und wäre beinahe vor ein Auto gelaufen, dessen Fahrer zuerst eine Vollbremsung machte und dann anfing zu hupen. Nora rappelte sich auf und sah durch die Windschutzscheibe einen zornigen jungen Mann, der wild gestikulierte.

»Tschuldigung«, murmelte sie, obwohl der Mann sie nicht hören konnte. Schnell lief sie weiter auf den Gehweg und das Auto fuhr mit quietschenden Reifen davon.

Nora fühlte sich elend. Am liebsten hätte sie sich jetzt in eine Höhle verkrochen, wo sie ganz für sich allein sein konnte. Aber da sie keine Höhle in der näheren Umgebung kannte, blieb sie erst einmal unschlüssig im Regen stehen. Ihr war sowieso alles egal. Da machte es auch nichts mehr aus, wenn sie nass würde.

Was um Himmels Willen war nur mit ihrer Mutter los? Nicht, dass das Leben mit ihr einfach war. Luisa war kritisch und es hatte immer wieder Phasen gegeben, in denen Nora das Gefühl gehabt hatte, dass sie ihrer Mutter nichts recht machen konnte, egal wie sehr sie sich anstrengte. Aber dabei hatte Luisa ihre eigene Tochter nie für eine Verbrecherin gehalten.

Nora schniefte. Inzwischen wurde der Regen definitiv ein wenig ungemütlich. Da sie nicht zurück ins Haus wollte, stellte sie sich unter einen Baum, um sich vor dem gröbsten Regen zu schützen. Mit verschränkten Armen lehnte sie sich an den feuchten Baumstamm. Es war ihr egal, ob ihr Pulli Flecken von der Rinde bekam.

»Hey du!«

Erschrocken fuhr Nora herum. Sie war so in ihre Gedanken vertieft gewesen, dass sie nicht bemerkt hatte, dass noch jemand unter dem Baum stand. Erstaunt stellte sie fest, dass es sich um den Jungen mit der Lederjacke und den Locken handelte, der ihr schon vor dem Computerladen aufgefallen war. Er grinste sie mit einem leicht spöttischen Gesichtsausdruck an. Was machte der denn hier? War er ihr etwa gefolgt?

»Was willst du?«

Der Junge hob eine Augenbraue. Nora fiel auf, dass er zwei unterschiedliche Augenbrauen hatte, die eine war dunkler als die andere, als würde er sie färben. Das hätte komisch aussehen müssen, dachte Nora, aber das tat es nicht. Es führte vielmehr dazu, dass seine tiefliegenden blauen Augen betont wurden, die sie in diesem Moment anfunkelten.

»Oh ha, da hat aber jemand schlechte Laune«, sagte er.

Nora zwang ihren Blick von seinen Augenbrauen.

»Lass mich in Ruhe«, sagte sie und drehte sich um. Sie sah sich nach einem anderen Ort um, wo sie sich unterstellen konnte, doch irgendwie spürte sie, dass der Fremde ihr folgen würde.

»Hey, ich will nur ein bisschen mit dir plaudern«, erwiderte der Junge. »Immerhin hast du vorhin so eine wahnsinnig aufregende Show geliefert.«

Stirnrunzelnd drehte Nora sich wieder um. »Show? Was für eine Show?«, fragte sie verblüfft.

Der Junge hatte immer noch diesen spöttischen Blick aufgesetzt, doch er sah gleichzeitig wachsam aus, so, als würde er sich wappnen vor dem, was kam.

»Na, deine Explosionskünste vorhin im Computerladen.«

Nora schloss für einen Moment die Augen. Das durfte doch jetzt nicht wahr sein.

»Das war ich nicht«, sagte sie beherrscht. Erst der Geschäftsführer, dann ihre Mutter und jetzt auch noch dieser wildfremde Typ. Warum schien die halbe Welt zu glauben, dass sie in ihrer Freizeit nichts Besseres zu tun hatte, als Geschäfte in die Luft zu jagen? Hatte sie etwa das Wort *Pyroma-*

nin auf ihrer Stirn stehen? Sie starrte den Jungen einen Augenblick lang an, als ihr etwas einfiel.

»Moment mal, woher weißt du eigentlich davon?«

Der Junge schnaubte. »Ich stand vor dem Laden«, erklärte er. »Ich habe das Feuer gesehen.«

Nora schüttelte den Kopf. »Das meine ich nicht«, sagte sie. »Woher weißt du, dass ich es gewesen sein soll?« Sie trat einen Schritt auf den Fremden zu. »Davon wissen nur die Mitarbeiter des Ladens. Und es stimmt sowieso nicht!«

Sie hatte die Hände in die Hüften gestemmt und war so nah an den Jungen herangetreten, dass dieser einen Schritt in den Regen zurückwich. Er nahm seine Hände aus der Lederjacke und hob sie beschwichtigend.

»Schon gut, schon gut. Ich habe gesehen, wie dieser schwitzende Typ dich in den Schuhladen gezerrt hat. Da habe ich mir eben eins und eins zusammengereimt.«

Nora sah ihn misstrauisch an. Irgendetwas kam ihr an der ganzen Geschichte komisch vor.

»Und warum bist du jetzt hier? Das ist doch kein Zufall, oder?«

Jetzt sah der Junge definitiv ein bisschen verlegen aus. Mit der rechten Hand schob er seine Locken aus der Stirn und sah zu Boden.

»Nein, das ist kein Zufall. Ich bin dir und deiner Mutter gefolgt.«

»Und warum? Du weißt schon, dass man so etwas eigentlich nicht macht, oder?« Nicht, dass sie sich jetzt auch noch mit einem Stalker herumschlagen musste.

Der Junge sah zur Seite und kaute auf seiner Unterlippe herum. »Das ist ein bisschen schwierig zu erklären«, meinte er. »Und ich bin mir auch nicht ganz sicher, ob ich es dir wirklich sagen sollte und nicht erst Bescheid geben … Andererseits, wenn ich warte, könntest du ziemlichen Schaden anrichten.«

Nora wurde immer verwirrter. Was faselte der Junge da nur? Was für Schaden sollte sie anrichten? Glaubte er etwa, sie plane schon ihr nächstes Attentat?

Der Junge schien sich einen Ruck zu geben. »Okay, versuchen wir es. Aber ich muss dich warnen, ich habe so etwas noch nie gemacht, normalerweise übernimmt Frau Berglund solche Gespräche.«

»Was für Gespräche und wer ist Frau Berglund?«, fragte Nora. Sie merkte, wie sie fast gegen ihren Willen neugierig wurde. Doch der Junge schien ihre Nachfragen nicht zu hören. Er sah einen Moment lang unschlüssig in den Regen, bevor er entschlossen eine Hand ausstreckte.

»Also gut, ich bin Jo, Jo Goldt.«

»Ich bin Nora Brix«, erwiderte Nora automatisch, bevor ihr einfiel, dass sie diesem Jungen nicht unbedingt ihren Namen verraten sollte. Immerhin war er ihr heimlich gefolgt und sie wusste immer noch nicht, warum.

Der Junge fuhr fort: »Ich habe dich im Computerladen beobachtet. Oder vielmehr habe ich beobachtet, wie du die Computer zum Explodieren gebracht hast.«

Nora kam es vor, als würden sie sich im Kreis drehen. »Ich habe die Computer nicht zum Explodieren gebracht«, fuhr sie ihn an. »Wie oft muss ich das denn heute noch sagen? Das ist ein Missverständnis!« Meine Güte, hatte Jo ihr nicht zugehört?

Aber Jo schüttelte den Kopf. »Doch, hast du wohl«, behauptete er. »Du hast es bloß nicht bemerkt.«

Nora sah ihn fassungslos an. War er jetzt völlig durchgedreht? Vielleicht gehörte dieser Jo ja zu irgendwelchen Verschwörungstheoretikern. Auch, wenn er nicht wie einer aussah. Und obwohl Nora wusste, dass man sich mit solchen

Leuten auf keine Diskussionen einlassen sollte, konnte sie nicht anders, als ihm zu widersprechen.

»Ich habe nicht bemerkt, wie ich den Laden zerstört habe? Wie ich die Computer zum Brennen, Rauchen und Funkensprühen gebracht habe?«, fragte sie ungläubig. »Das ist nicht dein Ernst.«

Entschlossen drehte sie sich um. Sie würde jetzt nach Hause gehen. Also ernsthaft – da stritt sie sich lieber mit ihrer Mutter, als sich so einen Unsinn anzuhören. Doch Jo hielt sie am Ärmel fest.

»Warte«, sagte er hektisch. Nora sah ihn an und stellte zu ihrer Verwunderung fest, dass er ein wenig um Fassung rang. »Lass es mich erklären.«

Etwas in seiner Stimme ließ Nora innehalten. Doch jetzt, da sie ihm wieder ihre Aufmerksamkeit schenkte, schien Jo nicht so recht zu wissen, wie er beginnen sollte. Er fuhr sich mit einer Hand durch die wirren Locken, wodurch er noch zerzauster aussah, und verlagerte sein Gewicht von einem Bein auf das andere.

»Also, das hört sich jetzt vielleicht etwas seltsam an«, begann er schließlich, »aber als du in dem Laden warst, da ist etwas passiert, das dazu geführt hat, dass die Rechner kaputt gegangen sind.«

Er machte eine Pause. Nora sah ihn abwartend an.

»Und was wäre das?«, fragte sie, als Jo nicht sofort weitersprach.

»Nun ja«, murmelte Jo, »also, ehrlich gesagt … du hast gezaubert.«

Nora blickte Jo verständnislos an. Sie musste sich verhört haben. Sie hatte doch tatsächlich verstanden, dass Jo »zaubern« gesagt hatte. Wie absurd!

»Wie bitte?«, fragte sie, als Jo sie abwartend anblickte.

Jo verzog den Mund. »Tja, du hast Magie benutzt. Du hast gezaubert. Und das vertragen elektronische Geräte einfach nicht, verstehst du?«

Nora starrte ihn einen Augenblick lang an. Dann drehte sie sich endgültig um. Was für ein Quatsch! Sie waren hier immer noch in Freiburg und nicht in der Winkelgasse. Entweder nahm Jo sie auf den Arm oder er war verrückt. Und in beiden Fällen wollte sie nichts mit ihm zu tun haben.

Nora trat unter dem Baum hervor und wäre fast in Marks Vater gerannt. Herr Lehmkuhl hatte anscheinend gerade erst das Haus verlassen, um wieder zur Arbeit zu gehen. Also hatte er sich doch Zeit genommen, um mit seinem Sohn über die Geschehnisse im Computerladen zu sprechen, dachte Nora.

Herr Lehmkuhl trat rasch einen Schritt zur Seite. »Hoppla«, sagte er, als Nora hervorgestürzt kam und ließ vor Schreck seinen Regenschirm fallen.

»Entschuldigung«, murmelte Nora und bückte sich, um den Schirm wieder aufzuheben.

Herr Lehmkuhl nahm ihn wortlos entgegen, sah auf seine Armbanduhr und kniff die Augen zusammen, als überlege er, ob er Zeit hätte, um mit Nora zu plaudern.

»Gut dass wir uns treffen«, sagte er dann und sah Nora durch seine randlose Brille an. Nora betrachtete das graue Gesicht mit den drei markanten Falten auf Stirn und Wangen und suchte, wie so oft, nach Ähnlichkeiten mit ihrem besten Freund. Bisher hatte sie noch keine gefunden.

»Ich hätte heute Abend sowieso bei euch angerufen«, fuhr Herr Lehmkuhl fort. »Ich wollte euch meine juristische Unterstützung anbieten, falls diese nötig sein sollte.« Er hielt einen Augenblick inne und betrachtete Nora etwas genauer.

»Ist alles in Ordnung?«, fragte er zögernd.

Nora fuhr sich über die Augen und nickte. »Ja, alles okay.«
Marks Vater runzelte die Stirn, sagte aber nichts. Dann sah er
über Noras Schulter hinweg und das Stirnrunzeln vertiefte
sich.

»Belästigt dich dieser junge Mann?«

»Was?« Nora drehte sich um. Hinter ihr stand Jo, immer
noch unter dem schützenden Blätterdach des Baumes, und
hob grinsend die Hand, als er ihren Blick bemerkte.

»Der?« Nora sah wieder zu Herrn Lehmkuhl. »Nein, das
ist nur … ich meine, nein.«

Herr Lehmkuhl sah nicht aus, als wäre er von Jos Unschuld überzeugt. »Ich denke, du gehst am besten wieder
zurück ins Haus«, sagte er langsam. »Du wirst noch ganz
nass.«

Nora rang sich ein Lächeln ab. »Ja. Das mache ich.«

Sie ging ein paar Schritte Richtung Straße, bevor sie ihren
Kopf noch einmal drehte. »Und vielen Dank für das Angebot.«

Nora trat an die Straße und schaute diesmal nach rechts
und links, bevor sie loslief. Sie hoffte, dass Jo ihr nicht folgte,
sie hatte keine Lust sich weiter mit diesem Spinner herumzu-
schlagen. Zauberei, also wirklich! Was hatte der Typ nur für
ein Problem? Andererseits hatte sie ebenso wenig Lust weiter
mit ihrer Mutter zu streiten. Aber Herr Lehmkuhl hatte recht,
sie konnte nicht ewig im Regen stehen bleiben. Außerdem
würde sie früher oder später mit ihrer Mutter reden müssen.
Und möglicherweise hatte dieses seltsame Verhalten gar
nichts mit ihr zu tun. Vielleicht kam Luisa in die Wechsel-
jahre und Nora hatte gehört, dass diese Zeit ähnlich schwierig war wie die Pubertät. Bestimmt hatte ihr Vater sie in der
Zwischenzeit etwas beruhigen können und sie konnte wieder
vernünftig mit ihr reden.

Nora setzte einen Fuß auf die Straße, als sie innehielt. Sie blinzelte. Das war doch nicht wahr! Gegenüber auf der anderen Straßenseite, keine zwanzig Meter von ihr entfernt, hastete die Dame in Rot über den Bürgersteig. Sie hatte den Kragen ihres Trenchcoats hochgeklappt und den Hut wieder tief in die Stirn gezogen, so dass Nora ihr Gesicht nicht sehen konnte. Dennoch lief ihr ein Schauder über den Rücken, als sie an den raubvogelartigen Blick der Frau dachte, durch den sie sich wie ein kleines Beutetier vorgekommen war. Diesmal blickte die Fremde jedoch nicht suchend um sich, sondern lief zielstrebig zur Buchhandlung ihres Vaters. Nora blieb mitten in der Bewegung stehen, immer noch einen Fuß in der Luft haltend. Erst das leise Klingeln der Türglöckchen, das ertönte, als die Frau in die Buchhandlung trat, ließ sie einen Schritt zurücktreten.

Okay, die fremde Frau war definitiv hinter ihr her. Daran gab es keinen Zweifel mehr. Sie war ihr von der Schule bis zu ihrem Elternhaus gefolgt und befand sich genau in diesem Moment in der Buchhandlung, wo sie jeden Augenblick auf ihre Eltern traf. Aber was wollte die Frau von ihr? Warum folgte sie ihr? Und, wenn sie tatsächlich hinter ihr her war, warum hatte sie dann nicht schon im Computerladen mit ihr gesprochen?

Und was sollte sie jetzt am besten tun? In die Buchhandlung gehen und die Dame in Rot zur Rede stellen? Sie hatte immer noch dieses ungute Gefühl, wenn sie daran dachte, wie die Fremde sie angesehen hatte. Nora zog fröstelnd die Schultern hoch. Ihr war überhaupt nicht wohl bei dem Gedanken, dass diese seltsame Person gerade mit ihren Eltern sprach. Was, wenn die Frau wirklich gefährlich war? Dann waren ihre Eltern jetzt in Gefahr, ohne es überhaupt zu wissen.

Entschlossen lief Nora los. Sie würde ihre Eltern nicht mit dieser Frau allein lassen, egal, was sie mit ihr vorhatte. Sie würde sie schon nicht in Gegenwart ihrer Eltern kidnappen oder so etwas. Doch gerade als sie die andere Straßenseite erreicht hatte, spürte sie, wie jemand sie an der Schulter packte und festhielt. Nora drehte ihren Kopf und sah in Jos Gesicht, der seinen Blick jedoch fest auf die Buchhandlung gerichtet hatte.

»Sag mal, spinnst du?«, fragte sie und versuchte seine Hand abzuschütteln. Jo hatte wirklich einen festen Griff. »Jetzt lass mich doch mal in Ruhe!«

Doch Jo schien sie gar nicht zu hören. Er sah immer noch zur Buchhandlung und kniff die Augen zusammen, als wolle er sehen, was sich im Inneren abspielte.

»Diese Frau in den roten Klamotten«, begann er schließlich langsam. »War die vorhin nicht auch im Computerladen, bevor du ... Ich meine, bevor es angefangen hat zu brennen?«

Nora blinzelte irritiert. Sie stolperte über einen Ast, den der Wind aus einem der Bäume geblasen hatte. Jo zog sie ein Stück zur Seite. Nora bemerkte, dass seine Haare jetzt nass an der Stirn klebten, aber das schien ihn nicht zu stören.

»Ja, genau«, sagte sie und musterte Jo. Sie hielt ihn immer noch für einen Spinner, aber seine Bemerkung über die Dame in Rot überraschte sie. Offensichtlich war ihm ebenfalls aufgefallen, dass die Fremde sie verfolgte und dass dies nicht unbedingt ein gutes Zeichen war. Warum sonst hätte er sie zur Seite ziehen sollen, wenn nicht, damit die Frau sie nicht draußen stehen sah?

»Das ist seltsam«, murmelte Jo vor sich hin und beobachtete weiter die Buchhandlung.

»Was?«

Jo wandte seinen Blick zu ihr. Er sah nachdenklich aus und auch ein wenig besorgt, was Nora mehr beunruhigte als die Tatsache, dass sie scheinbar verfolgt wurde.

»Die Frau«, sagte er. »Warum taucht sie ausgerechnet an dem Tag auf, an dem du Magie anwendest? Als ob sie etwas wüsste.« Jo hielt inne und betrachtete Nora nachdenklich. »Ich frage mich, ob sie vielleicht … aber das kann nicht sein.«

Nora verdrehte die Augen. »Kannst du dich vielleicht ein bisschen weniger kryptisch ausdrücken?«, fragte sie. »Kennst du diese Frau?«

»Nein«, murmelte Jo, »aber ich habe eine Ahnung, wer sie sein könnte.« Ein abenteuerlustiges Funkeln war in seine Augen getreten. »Lass uns versuchen, etwas mehr über sie herauszufinden.«

Da Jo direkt auf die Buchhandlung zusteuerte, folgte Nora ihm. Sie musste zugeben, dass sie gespannt war auf das, was er ihr zeigen wollte. Er schien so überzeugt zu sein von seinen kruden Vorstellungen, dass er Nora faszinierte. Wie konnte ein Mensch, der älter als sechs Jahre war, nur daran glauben, dass es Zauberei gab? Außerdem sah er gar nicht aus, wie jemand, der verrückt war, dachte Nora. Er hatte keinen Aluhut auf dem Kopf, der ihn gegen kosmische Strahlen schützte und trug auch sonst keine seltsamen Klamotten. Er sah ziemlich normal aus. Eigentlich sah er sogar ziemlich gut aus, fand Nora, mit seinen hohen Wangenknochen und den dunklen Locken. Auch wenn seine Frisur ein wenig gewöhnungsbedürftig war. Schade, dass er so verrückt war.

Jo hockte sich neben den Eingang der Buchhandlung, hinter einen großen Blumenkübel, und bedeutete Nora stumm, sich neben ihn zu knien. Von hier aus hatten sie einen Überblick durch die Schaufenster in den Laden hinein, konnten selbst aber so gut wie nicht gesehen werden. Nora sah über die Schaufensterauslage hinweg, die alle zwei Wochen wechselte. Im Moment lagen dort Liebesromane einer unbekannten Autorin, die vor zwei Tagen eine Lesung in der Buchhandlung Brix veranstaltet hatte. Nora mochte zwar keine Liebesromane, aber die Autorin war unglaublich nett gewesen und Nora hatte beschlossen, die kitschige Dekoration, die vor allem aus rosa Herzen bestand, geflissentlich zu ignorieren.

Hinter den großen Pappausstellern sah Nora, wie die Dame in Rot zielstrebig Richtung Kasse ging, wo ihre Eltern standen. Ihre Mutter redete wild gestikulierend auf Bernd ein und Nora hatte das unangenehme Gefühl, dass es sich bei dem Gespräch um sie drehte. Immerhin schien Luisa ein wenig Zeit vor dem Spiegel verbracht zu haben, denn ihre Haare standen nicht mehr wild in alle Richtungen ab, sondern waren ordentlich zu einem Zopf zusammengebunden. Auch ihr Make-up hatte sie aufgefrischt. Insgesamt wirkte sie wieder mehr wie die Luisa Brix, die Nora kannte, auch wenn nach wie vor hektische rote Flecken auf ihren Wangen prangten. Als die Frau an die Kasse trat, hörte ihre Mutter auf, zu gestikulieren, und sah die Fremde aufmerksam an, die eine Art Ausweis auf die Kassentheke legte, auf den ihre Eltern einen kurzen Blick warfen. Da die Frau mit dem Rücken zu Nora stand, konnte sie nicht erkennen, ob sie sprach, aber da ihre Eltern schweigend zu ihr sahen, ging sie davon aus, dass sie ihr zuhörten.

Während sie versuchte, von den Gesichtern ihrer Eltern abzulesen, was die Fremde von ihnen wollte, sah sie aus den Augenwinkeln, wie Jo über die Schaufensterscheibe strich. Stirnrunzelnd wandte sie sich um. Er hatte die Ärmel seiner Lederjacke hochgekrempelt und die Handflächen auf das Glas aufgelegt.

»Was machst du da?«, fragte sie. Jo sah einen Moment lang konzentriert auf die Scheibe und legte die Stirn in Falten.

»Auda ... ada ... adin ... ach, verdammter Mist«, murmelte er und schlug seine Hände frustriert auf die Knie. »Immer das Gleiche.«

Nora zog eine Augenbraue hoch. Also, das war jetzt wirklich seltsam. Jo legte einen Moment den Kopf in seine Hände und murmelte weiter vor sich hin, bevor er triumphierend die Faust reckte und die Hände wieder auf die Scheibe legte.

»Audire«, sagte er grinsend. Dann drehte er seinen Kopf zu Nora und legte den Finger auf den Mund. »Hör doch«, wisperte er.

Einen Moment lang hörte Nora nichts außer den leise auf den Asphalt prasselnden Regen. Doch dann, als würde sie direkt neben ihr stehen, hörte sie die Stimme einer Frau.

»Es geht um Ihre Tochter«, sagte die kalte Stimme, die garantiert zu der Dame in Rot gehörte. »Ich würde gerne mit ihr sprechen.«

Verblüfft starrte Nora zuerst zu Jo, dann zu der Frau in der Buchhandlung, dann wieder zu Jo. Sie war sich sicher, dass es die Frau gewesen war, die gesprochen hatte. Aber wieso konnte sie plötzlich verstehen, was sie sagte? Zwischen ihnen lagen dreifach verglaste Schaufensterscheiben und ein paar Meter Buchhandlung. Doch Jo grinste nur weiter und deutete mit dem Kopf auf die Menschen hinter dem Glas.

»Geht es um die Geschichte heute Nachmittag?«, fragte Noras Mutter. Sie klang angespannt und nervös, als hätte sie Angst, dass man ihre Tochter nun doch abführen wollte, weil sie die Rechner zerstört hatte. War die Fremde etwa eine Polizistin und wollte Nora verhaften?

Die Frau zögerte einen Augenblick, ehe sie reagierte. »Wo befindet sich Ihre Tochter im Moment?«

»Sie ist spazieren gegangen«, erwiderte Bernd Brix mit fester Stimme. Luisa sah ihren Mann einen Moment lang stirnrunzelnd an, als würde sie sich wundern, dass er die Fremde anlog. Obwohl er ja nicht direkt log, sondern vielmehr einen Teil der Wahrheit verschwieg. Nora fragte sich, warum er das tat. Wollte er sie etwa vor der Frau schützen? Hatte er ein ähnliches Gefühl wie sie und traute ihr nicht? Nora kniff die Augen zusammen und sah ihren Vater genauer an. Er hatte sich aufgerichtet und die ansonsten eher nach unten hängenden Schultern zurückgezogen. Er wirkte beinahe kämpferisch.

»Unserem Ermittlerteam liegt der Verdacht vor, dass Ihre Tochter Mitglied einer Jugendbande ist, die mit der mutwilligen Zerstörung von Einzelhandelsläden und öffentlichen Einrichtungen in Verbindung gebracht wird. Unter anderem zählen wir den Angriff auf den Computerladen heute Nachmittag dazu.«

Auf diese Ansage folgte Schweigen. Noras Eltern sahen sich perplex an. Damit hatten sie anscheinend nicht gerechnet. Und auch Nora war wie vor den Kopf gestoßen. Was sollte das denn?

»Da muss ein Irrtum vorliegen«, sagte ihr Vater resolut, »unsere Tochter ist gerade einmal sechzehn Jahre alt. Ich kann mir nicht vorstellen, dass Sie auf der Suche nach einem Schulkind sind.«

»Es tut mir leid, Herr Brix, aber genauso verhält es sich«, sagte die Fremde nun lauter als zuvor. »Die Bande, die wir verfolgen, besteht in erster Linie aus schulpflichtigen Kindern. Die Anführer sind zwar schon etwas älter, doch die jüngsten Mitglieder sind wahrscheinlich noch jünger als Ihre Tochter. Wir können verstehen, dass diese Neuigkeit ein Schock für Sie sein muss, aber glauben Sie mir, unser Verdacht ist nicht aus der Luft gegriffen.«

Noras Vater spitzte die Lippen, als ob er genau abwägen würde, was er als Nächstes sagen sollte.

»Hören Sie, das muss ein Missverständnis sein«, wiederholte er. »Unsere Tochter würde bei so etwas nie mitmachen. Und wir sollten doch zunächst einmal die Ergebnisse der Untersuchung abwarten, bevor wir falsche Schlüsse ziehen.«

Wow, ihr Vater konnte wirklich gut mit dieser Situation umgehen, dachte Nora. Trotz der Anschuldigungen, die gegen sie vorgebracht wurden, konnte sie nicht umhin, ihren Vater für sein Verhalten zu bewundern.

»Sehen Sie, Herr Brix, unsere Bemühungen sind Teil der Untersuchungen.« Die Fremde versuchte, einen beruhigenden Ton in ihre Stimme zu legen, was ihr jedoch nicht gut gelang. »Wir wollen doch nur mit Ihrer Tochter sprechen. Vielleicht lässt sich der Verdacht ja sofort wieder aus der Welt schaffen.«

Noras Vater sah die Frau skeptisch an. Nora konnte ihn verstehen. Sie hatte das unangenehme Gefühl, dass die Fremde, sollte sie sie erst einmal in der Hand haben, nicht mehr gehen lassen würde. Doch was Nora wirklich beunruhigte, war der Gesichtsausdruck ihrer Mutter. Im Gegensatz zu vorhin am Küchentisch machte Luisa jetzt gar keinen verrückten Eindruck mehr. Im Gegenteil. In ihrem Blick lag eine Klarheit, als ob sie endlich wüsste, was genau passiert war. Als hätten die Worte der fremden Frau sämtliche Zweifel aus ihren Gedanken gefegt. Nora wusste, dass ihre Mutter der Frau glaubte. Dass die Fremde ihr genau die Erklärung geliefert hatte, die sie gebraucht hatte, um die Geschehnisse einzuordnen. Luisa Brix war allem Anschein nach davon überzeugt, dass ihre Tochter schuldig war. Dass sie eine Verbrecherin war. Ein Mädchen, das mutwillig Gebäude und Gegenstände anderer Menschen zerstörte.

Nora prallte zurück. Das konnte nicht sein, dachte sie verzweifelt, das konnte einfach nicht sein. Glaubte ihre Mutter einer wildfremden Frau mehr als ihrer eigenen Tochter?

Erschrocken zuckte sie zusammen, als sie eine Hand auf der Schulter spürte. Sie sah in das angespannte Gesicht von Jo. Es dauerte einen Moment, bis sie sich daran erinnerte, dass sie nicht allein war.

»Ich glaube, wir haben genug gehört,« flüsterte Jo. »Das ist mit Sicherheit keine Polizistin. Wir müssen hier schleunigst verschwinden. Hey, Nora, was machst du denn?«

Nora erhob sich aus ihrer knienden Position, ohne auf Jo zu achten. Sie fühlte sich elend. Verfolgt von wildfremden Menschen. Verraten von ihrer eigenen Mutter. Sie wollte nur weg.

Im nächsten Moment geschahen mehrere Dinge gleichzeitig. Jo, der immer noch auf dem Boden hockte, versuchte Nora ebenfalls nach unten zu ziehen. Während Nora dabei war, seine Hand immer wieder abzuschütteln, fingen plötzlich die Lampen im Laden an zu flackern und erloschen eine nach der anderen – genau wie in der letzten Nacht. Doch dabei blieb es nicht. Nora, die inzwischen nicht mehr auf Jo achtete, sah, wie aus der elektronischen Kasse kleine Funken sprühten und leichter Rauch aufstieg. Es war genauso wie im Computerladen ein paar Stunden zuvor. Und obwohl Nora wusste, dass sie eigentlich etwas tun sollte, dass sie in den Laden rennen und einen Feuerlöscher holen müsste, blieb sie wie angewurzelt stehen und starrte auf das Spektakel. Auch ihre Mutter schien wie hypnotisiert von der explodierenden Kasse zu sein, doch immerhin reagierte Bernd augenblicklich: Er zog seinen Pullover aus und begann, wie wild auf die Funken einzuschlagen.

Die einzige Person, die überhaupt nicht beeindruckt schien, war die Dame in Rot. Als hätten ihr die flackernden

Lichter und die Funken sprühende Kasse einen Hinweis gegeben, drehte sie sich in aller Ruhe Richtung Schaufenster um und blickte direkt in Noras Gesicht. Doch diesmal waren es nicht ihre hasserfüllten Augen, die Nora die Luft anhalten ließen.

Es war die kleine Pistole, die wie aus dem Nichts aufgetaucht war und plötzlich in den Händen der Fremden steckte. Und die direkt auf Noras Gesicht zielte.

KAPITEL 4

Nora wirbelte herum und rannte los. Ihr war alles egal, sie wusste nur, dass sie hier wegmusste. Diese Frau wollte auf sie schießen. Sie wollte sie umbringen! Wenn sie noch irgendeinen Beweis dafür gebraucht hatte, dass die Fremde nichts Gutes mit ihr vorhatte, dann hatte sie ihn jetzt. Eine Pistole. Eine echte, mörderische Waffe. Auf sie gerichtet. Was um Himmels Willen passierte hier? Warum suchte eine bewaffnete Frau nach ihr und wollte sie erschießen?

Aber wollte sie das überhaupt? Einen Moment lang dachte Nora an ihren Vater und daran, wie er ein paar Minuten zuvor die Fremde ihretwegen angelogen hatte. Warum hatte er das gemacht? Und hatte die Dame in Rot gewusst, dass er sie anlog? Würde sie ihm deswegen etwas antun? Als sie den Lauf der Pistole gesehen hatte, war sie automatisch davon ausgegangen, dass sie das Ziel war, aber das hieß noch lange nicht, dass ihre Eltern nicht auch in Gefahr waren. Nora lief weiter, doch sie wurde langsamer. Sie warf einen Blick über die Schulter und sah, wie die Dame in Rot aus der Buchhandlung spurtete, als Jo sie anfuhr:

»Nicht umdrehen, verdammt. Das kostet nur Zeit.«

Nora sah wieder nach vorne und rannte weiter. Vielleicht hatte sie der kurze Blick Zeit gekostet, aber dafür wusste sie jetzt, dass ihren Eltern zumindest im Moment keine Gefahr drohte. Die Dame in Rot hatte ihre gesamte Aufmerksamkeit auf sie und Jo gerichtet. Auch wenn das nicht unbedingt ein Grund zur Freude war.

Nora folgte Jo die Straße entlang, mitten durch Pfützen hindurch und an parkenden Autos vorbei. Zum Glück war der Bürgersteig menschenleer, so dass sie schnell vorwärtskamen. Allerdings galt dieser Vorteil auch für ihre Verfolgerin. Entgegen Jos Rat drehte Nora ihren Kopf ein weiteres Mal nach hinten, nur um festzustellen, dass die Fremde aufgeholt hatte. Die Pistole hielt sie immer noch in der Hand, doch sie war nicht mehr auf die Flüchtenden gerichtet. Wahrscheinlich war es gar nicht so leicht, im Laufen auf eine andere Person zu zielen, dachte Nora. Und außerdem könnte jemand auf sie aufmerksam werden und die Polizei rufen. Falls die Dame in Rot nicht selbst zur Polizei gehörte. So ganz ausschließen wollte Nora diese Idee noch nicht. Sie beugte sich nach vorn und versuchte, mehr aus sich herauszuholen. Die Angst vor der Frau schien tief schlummernde Kräfte in ihr wachzurufen, denn sie konnte tatsächlich noch eine Spur beschleunigen. Jo quetschte sich zwischen zwei parkenden Autos hindurch und bog in eine Querstraße ein. Nora folgte ihm und rempelte dabei den wahrscheinlich einzigen Passanten an, der bei diesem Wetter draußen war.

»Entschuldigung«, rief Nora atemlos, ohne sich noch einmal nach dem fluchenden Mann umzusehen.

Inzwischen hatten sie den Theatervorplatz erreicht und Nora fragte sich, ob Jo Zuflucht in der gläsernen Bibliothek suchen würde. Jo sprang allerdings die Stufen der breiten Steintreppe in Richtung Platz der alten Synagoge hinunter. Als er unten auf der Straße angekommen war, sah er kurz zu Nora hoch und seine Augen weiteten sich vor Entsetzen.

Nora drehte den Kopf und sah direkt in das Gesicht der Fremden.

Das keine zehn Meter von ihr entfernt war.

Sie flog förmlich die Treppe hinunter, drei Stufen auf einmal nehmend. Plötzlich spürte sie, wie ihre Füße die unterste Stufe verfehlten und auf dem nassen Kopfsteinpflaster ausrutschten. Sie ruderte mit den Armen, um das Gleichgewicht zu halten, doch es war zu spät. Sie schaffte es, das Gewicht nach vorne zu verlagern, und einen Moment später landete sie schmerzhaft auf ihren Knien. Ohne auf den Schmerz zu achten, der ihre Beine hinaufschoss, sprang Nora auf. Jo war zu ihr geeilt und half ihr hoch. Er zog sie nach vorne, doch gleichzeitig spürte sie einen Widerstand an ihrem Rücken. Ihre Verfolgerin hatte sie eingeholt und krallte sich mit rotlackierten Fingern an ihrem Pullover fest. In ihrem kalten Raubvogelblick leuchtete Triumph auf – sie hatte ihre Beute erwischt. Nora spürte, wie eiskalte Panik in ihr aufstieg. Die Dame in Rot hielt sie fest, gleich würde sie ihre Waffe auf sie richten und dann …

Dann ließ der Widerstand plötzlich nach. Nora öffnete ihre Augen. Beinahe hatte sie erwartet, dass die Frau verschwunden war, doch sie stand immer noch direkt vor ihr und starrte sie an. Aber sie hielt Nora nicht mehr fest. Und etwas in ihren Augen sagte Nora, dass die Fremde im Moment ziemlich verwirrt war. Ihr Blick huschte unstet hin und her, glitt über Nora hinweg zu einem Punkt ein paar Schritte neben ihr, nur um dann wieder über ihr Gesicht zu wandern.

»Nora, lauf!«

Sie zuckte bei Jos Worten zusammen, drehte sich um und rannte weiter. Sie hörte, wie die Dame in Rot fluchte und wie im nächsten Augenblick die Alarmanlagen sämtlicher parkender Autos losgingen. Aber Nora hatte ihre Lektion gelernt. Diesmal sah sie sich nicht um, sondern folgte Jo und rannte hinter ihm in eine Seitenstraße. Ihre Knie und ihre Lunge schmerzten und ihr Herz pochte, als ob es bei nächster Gelegenheit aus ihrer Brust springen wollte. Doch Nora achtete nicht darauf. Wie ein schlecht geölter Roboter lief sie weiter. Nach ein paar Metern bog Jo erneut ab, in einen kleinen Fußgängerüberweg, der neben einem Bach entlanglief. Er zögerte einen Moment und kletterte dann über das Geländer direkt in das Bachbett hinunter. Nora hielt keuchend an und stützte sich auf ihren schmerzenden Knien ab.

»Muss das sein?«, murmelte sie, kletterte dann aber hinterher. Sie sprang neben Jo in das eisige Wasser, das ihr bis zu den Knien reichte. Normalerweise war der Bach nicht mehr als ein Rinnsal, doch nach dem Dauerregen der vergangenen Tage musste Nora sich an Jo festhalten, um nicht von dem Wasser umgerissen zu werden.

»Komm, weiter«, sagte Jo. Auch er atmete schwer und hatte rote Flecken im Gesicht. Doch trotz der Anstrengung hatte er nach wie vor dieses Funkeln in seinen Augen. Als ob er die Aufregung genießen würde.

Jo watete durch den Bach und half Nora auf der anderen Seite ans Ufer. Dort gab es keinen befestigten Weg, aber ein schmaler Trampelpfad führte am Wasser entlang. Nora schlitterte über den schlammigen Untergrund. Als sie einen weiteren Blick über die Schulter riskierte, war von der fremden Frau nichts zu sehen.

Hoffentlich haben wir sie abgehängt, betete Nora und prallte in Jos Rücken, der abrupt stehengeblieben war. Er stand vor einer schulterhohen Mauer, die den hinteren Teil eines Innenhofes umgab.

Nora stöhnte. »Da rüber?«, fragte sie atemlos.

Jo antwortete nicht, sondern hielt ihr seine verschränkten Hände als Räuberleiter hin. Nora atmete tief durch und drückte sich dann fest an Jos Händen ab. Sie zog sich die

Mauer hoch und ließ sich dann unelegant auf die andere Seite fallen. Einen Moment später landete Jo neben ihr.

Nora keuchte. Sie saß mit dem Po in einer Schlammpfütze, ihre Hose war an den Knien aufgerissen und dreckverschmiert, in ihren Schuhen quietschte kaltes Flusswasser und ihr Pullover hing an ihr herunter wie ein nasser Sack. Und trotzdem breitete sich auf ihrem Mund ein Lächeln aus. Sie waren der Dame in Rot entkommen. Alles andere würde sich schon ergeben.

Da Nora sich nicht in der Lage fühlte aufzustehen, blieb sie auf dem nassen Boden hocken und sah sich ihre Umgebung etwas genauer an. Sie befanden sich in einem Hinterhof, aus dem es nur einen Ausgang gab, wenn man die Mauer zum Bach nicht mitzählte, über die sie gekommen waren. Der Hof wurde von Häusern umschlossen, die alles andere als bewohnt aussahen. Die Fensterscheiben waren eingeschlagen oder mit Brettern vernagelt und überall lagen Schutt und Müll. Hier gab es mit Sicherheit niemanden, der ihnen helfen konnte!

Sie wollte Jo vorschlagen, möglichst schnell von hier zu verschwinden, als sie bemerkte, dass er gar nicht mehr neben ihr saß. Er stand ein paar Schritte von ihr entfernt, mitten auf dem Hof, und bot einen seltsamen Anblick. Er hatte den Kopf in den Nacken gelegt, so dass der Regen direkt auf sein Gesicht prasselte, und die Arme weit ausgestreckt. Er sah aus, als wäre er einer Werbung für Shampoo entsprungen, es fehlte nur noch, dass er sich mit beiden Händen durch die nassen Haare fuhr.

Nora sah schnell zur Seite, als sie bemerkte, dass sie Jo mit offenem Mund anstarrte. Aber er schien ihren Blick überhaupt nicht wahrgenommen zu haben, sondern verharrte weiterhin reglos in seiner seltsamen Position. Im nächsten Moment hörte Nora Schritte durch die Pfützen platschen.

Alarmiert sprang sie auf und sah sich um. Hatte die Dame in Rot sie etwa doch noch gefunden? Nora drehte sich um und machte sich bereit, den Weg zurück über die Mauer zu nehmen.

Eine junge Frau trat in den Hinterhof. Sie lief zielstrebig an Nora vorbei, ohne sie zu beachten, und baute sich vor Jo auf, der in der Zwischenzeit wieder eine normale Körperhaltung eingenommen hatte. Sie hatte lange blonde Haare, die sie zu einem Pferdeschwanz zusammengebunden hatte, und ein sympathisches Gesicht. Sie sah aus wie die erwachsen gewordene Gabi von TKKG, dachte Nora, die früher alle Abenteuer der vier Freunde gelesen hatte. Das Gesicht der jungen Frau war jedoch vor Wut verzogen, was Nora nicht so richtig in Einklang mit ihrer Vorstellung von Gabi bringen konnte. In ihrer Erinnerung hatte Gabi höchstens mal ein bisschen gemeckert, wenn die Jungs wieder einmal ohne sie losgezogen waren. Aber so richtig wütend geworden war sie nie.

Im Gegensatz zu der jungen Frau. Einen Moment lang war Nora davon überzeugt, dass sie Jo angreifen würde. Ihrem Gesichtsausdruck nach zu urteilen, war es jedenfalls genau das, was sie gerne tun wollte. Langsam trat Nora ein paar Schritte näher an die beiden heran, nicht ohne ihren Fluchtweg im Blick zu behalten.

»Was soll das?«, fuhr die Frau Jo an. »Warum bist du einfach abgehauen? Du kannst nicht immer machen, was du willst, ohne Bescheid zu geben. Ich habe mir Sorgen gemacht, ob du es glaubst oder nicht.«

»Ja, ja«, sagte Jo. »Tut mir leid, kommt nicht wieder vor.« Nora hatte nicht den Eindruck, als ob er seine Worte ernst meinte und auch die junge Frau schien seine Entschuldigung eher noch wütender zu machen.

»Ist dir eigentlich klar, dass ich die Verantwortung für dich trage, wenn wir zusammen unterwegs sind?«, fragte sie. »Du bist noch nicht erwachsen und bis es so weit ist, hältst du dich gefälligst an meine Regeln.« Ihr Blick fiel auf Nora. »Wer ist das Mädchen überhaupt?« Sie wandte sich wieder an Jo und senkte ihre Stimme, doch Nora hatte keine Probleme sie zu hören. »Hör mal, wenn du nur abgehauen bist, um ein Mädchen zu beeindrucken –«

Jo unterbrach sie. »Schau sie dir doch mal an. Sieht sie etwa beeindruckt aus?«

Die Frau drehte sich wieder zu Nora um und musterte sie. Nora spürte, wie sie unter ihrem Blick rot wurde. Sie musste einen ziemlich derangierten Eindruck machen in ihren nassen und schmutzigen Klamotten; wie ihre Haare aussahen, wollte sie gar nicht wissen.

»Äh, also ehrlich gesagt, sieht sie aus, als ob ihr –«

Sie brach ab und Jo schien zu bemerken, dass seine Frage in die falsche Richtung geführt hatte.

»Wir sind verfolgt worden, Diana«, sagte er hastig, doch Nora konnte erkennen, dass auch er leicht errötet war. »Oder eher gesagt, Nora ist verfolgt worden, ich habe ihr geholfen zu fliehen.«

»Okay«, sagte die junge Frau namens Diana gedehnt. Man sah ihr an, dass sie diese Information nicht für Jo einnahm. »Und warum ist sie verfolgt worden?«

»Hör zu, Diana.« Jo senkte die Stimme und trat näher an die junge Frau heran. »Ich habe beobachtet, wie Nora Magie angewendet hat. Starke Magie. Ein einwandfreier Verschleierungszauber. Sie hat einen ganzen Computerladen in die Luft gejagt. Und vorhin, als wir verfolgt wurden, da hat sie sich noch mal verschleiert.« Nora war sich nicht sicher, aber sie meinte, einen bewundernden Unterton in Jos Stimme zu hören. »Da war eine Frau, die schon den ganzen Tag hinter ihr her war. Nach der Sache im Computerladen ist sie Nora bis zu ihrem Elternhaus gefolgt und hat dort nach Nora gefragt. Und als wir abgehauen sind, ist sie hinter uns hergerannt.« Er machte eine dramatische Pause. »Mit einer Pistole.«

Diana runzelte die Stirn und sah zwischen Jo und Nora hin und her. »Was willst du damit andeuten, Jo?«, fragte sie. Ihre Stimme hatte jegliche Wut verloren. Stattdessen klang sie ungläubig und angespannt. Nora konnte es ihr nicht verdenken.

Jo fuhr sich durch die Haare. »Ich weiß, es klingt unglaublich. Aber ich glaube, hinter uns war eine Institorierin her.«

Nora runzelte die Stirn, wobei ihr ein kleiner Matschbrocken vor die Füße fiel. Nora achtete nicht darauf. Wer sollte die Dame in Rot gewesen sein? Eine Institutsleiterin? Aber eine Institutsleiterin wäre wohl kaum hinter ihr her gewesen. Wobei Jo nichts darüber gesagt hatte, was für ein Institut die Frau leiten sollte.

Diana hatte große Augen bekommen. Sie öffnete den Mund, als ob sie etwas sagen wollte, schloss ihn jedoch wieder. Schließlich kamen doch ein paar Worte über ihre Lippen, geflüstert zwar, aber für Nora deutlich zu hören.

»Die Institorier gibt es nicht mehr.«

Okay, wohl doch keine Institutsleiterin. Aber was zur Hölle waren Institorier?

Jo blickte grimmig. »Ich weiß. Aber im Moment habe ich keine andere Erklärung.« Er sah zu Nora hinüber. »Auf jeden Fall denke ich, dass wir Nora in Sicherheit bringen sollten. Sie muss sowieso zu Frau Berglund, ob es jetzt Institorier waren oder nicht. Sie weiß nämlich nicht, dass sie eine Hexe ist.«

»Sie weiß es nicht?« Diana schaute überrascht zu Nora.

Nora räusperte sich. »Äh, vor allem glaubt sie es nicht«, sagte sie. »Und sie ist auch nicht bereit, einfach so mit zwei …

Fremden mitzugehen.« Ihr hatte eine andere Bezeichnung für Jo und Diana auf der Zunge gelegen, aber sie hielt es für ratsam, die beiden nicht zu provozieren. Man konnte nie wissen.

Jo trat einen Schritt auf sie zu und sah sie ungläubig an. Seine Locken hingen ihm platt auf dem Kopf und seine Klamotten waren mindestens so nass und verdreckt wie Noras. Ihn schien das allerdings nicht zu stören.

»Und was willst du stattdessen machen? Zurück zur Buchhandlung gehen und darauf warten, dass dich diese durchgeknallte Tante mit ihrer Pistole erwischt?«

Nora schluckte. Auch wenn sie es ein wenig vermessen fand, dass Jo jemand anderen durchgeknallt nannte, so war die Tatsache doch nicht von der Hand zu weisen, dass die Dame in Rot immer noch frei herumlief und vielleicht irgendwo an der Buchhandlung auf sie lauerte.

»Außerdem schien zumindest deine Mutter gar nicht so abgeneigt, der Fremden zu glauben«, fuhr Jo fort.

Autsch! Das hatte gesessen. Der Gedanke an die Pistolenmündung hatte die Reaktion ihrer Mutter kurzzeitig aus ihrem Gedächtnis verbannt. Doch durch Jos Worte wurde die Erinnerung daran wieder erschreckend deutlich. Und Jo hatte recht. Selbst wenn sie es bis zur Buchhandlung schaffte, ohne dass die Dame in Rot sie erwischte, so war überhaupt nicht klar, was sie zu Hause erwartete.

Nora musterte Jo und Diana und schüttelte den Kopf. Immerhin hatten die beiden sie bisher weder bedroht noch ihr wehgetan. Das war zwar nicht unbedingt das überzeugendste Argument, aber die Alternative sah noch düsterer aus.

»Okay«, sagte sie seufzend, »ich komme mit euch.«

Bevor Nora wusste, wie ihr geschah, waren Diana und Jo auf sie zugekommen und nahmen sie an den Händen.

»Transvehere«, sagte Diana und im nächsten Moment ergriff Nora ein seltsames Gefühl. Sie fühlte sich leicht und schwerelos, so als ob ihr Körper sich auflösen würde. Dann verschwamm der Hinterhof vor ihren Augen und sie verlor jegliche Empfindung. Sie spürte nichts, nicht den Boden unter ihren Füßen, nicht die Hand von Diana – nichts. Kurz fragte sie sich, ob sie das Bewusstsein verloren hatte (was sie im Grunde nicht glaubte, da sie in dem Fall bestimmt nicht darüber nachdenken konnte), als sämtliche Empfindungen in schmerzhafter Form des harten Asphalts unter ihren Knien zurückkamen.

Nora blinzelte. Auch ihr Sehsinn funktionierte wieder, obwohl sie sich nicht sicher war, ob nicht irgendetwas mit ihren Augen passiert war. Denn sie sah nicht länger auf einen verlassenen Hinterhof, sondern auf einen kleinen, von Bäumen umsäumten Parkplatz, auf dem nur ein einziges Auto stand. Sie war wieder auf die Knie gefallen, ohne es zu bemerken. Ihre Jeans konnte sie getrost wegschmeißen, so oft, wie sie heute damit über den Boden gerutscht war. Immerhin standen Jo und Diana nach wie vor neben ihr und lösten ihre Hände voneinander. Während Diana schnell zu dem Auto eilte, um es aufzuschließen, half Jo ihr wieder auf die Beine.

»Was ist hier los?«, fragte Nora panisch und stieß Jo von sich. Was hatten die beiden mit ihr angestellt? Hatten sie ihr eine Droge verabreicht und waren dabei, sie zu entführen? Und wo war sie überhaupt?

Jo sah sie entschuldigend an. »Es tut mir leid, aber wir hatten keine Zeit für lange Erklärungen«, sagte er.

»Aber …«, stammelte Nora. »Was passiert hier?«

»Na ja«, sagte Jo und sein Mundwinkel zuckte ein wenig. »Das ist Magie.«

Nora starrte ihn entgeistert an. Nicht schon wieder.

Diana seufzte und warf Jo einen bösen Blick zu. Dann kam sie zurück und lächelte Nora vorsichtig an. »Jo hat recht, Nora. Wir können es dir jetzt nicht genauer erklären, aber Frau Berglund wird dir alles sagen, was du wissen musst.« Sie streckte ihre Hand aus. »Vertrau uns.«

Zögernd ergriff Nora ihre Hand. Sie hatte sich dazu entschieden, mit Diana und Jo mitzugehen, obwohl sie gewusst hatte, dass mit den beiden irgendetwas nicht stimmte. Aber an ihrer gesamten Situation stimmte im Moment so einiges nicht. Sie würde jetzt keinen Rückzieher machen. Sie würde mit ihnen mitgehen.

»Aber es können keine Institorier gewesen sein«, sagte Diana zum dritten Mal und umklammerte das Lenkrad so fest, dass ihre Knöchel weiß hervortraten. »Sie haben sich vor über hundert Jahren aufgelöst.«

Inzwischen hatte Nora sich den seltsamen Namen merken können, aber sie wusste immer noch nicht, wer oder was die Institorier waren. Nur dass es sie einerseits anscheinend nicht gab, Jo aber andererseits davon überzeugt schien, dass die Dame in Rot eine gewesen war. Nora hatte ein paar Mal versucht, eine Frage zu stellen, doch weder Jo noch Diana hatten darauf reagiert, so dass sie schließlich aufgegeben hatte und ihr Blick aus dem Fenster gewandert war. Sie befanden sich schon eine ganze Weile lang außerhalb der Stadt, in einer ländlichen Gegend. Sie fuhren über Serpentinen die Berge hoch und Nora wusste, dass sie bereits mitten im Schwarzwald sein mussten, auch wenn sie ansonsten jegliche Orientierung verloren hatte. Draußen regnete es inzwischen wieder so stark, dass sie das Gefühl hatte, keine zehn Meter weit sehen zu können. Ab und zu erhaschte sie einen verhangenen Blick auf einen Waldrand, der sich düster und unheimlich hinter Nebelschwaden versteckt hielt. Und obwohl sich Nora alles andere als sicher fühlte, war sie doch froh, im warmen und trockenen Auto zu sitzen. Wobei das Auto auch so eine Sache war. Sie kannte sich nicht gut mit Autos aus, aber ihr fiel auf, dass es sich hier um ein wirklich altes Exemplar handeln musste. Nicht, dass sie in einer heruntergekommenen Klapperkiste saß. Aber als sie nach vorne und Diana über die Schulter schaute, sah sie keinerlei Lämpchen leuchten oder eine Display-Anzeige. Es schien noch nicht einmal ein Radio zu geben, geschweige denn ein Navigationsgerät. Es gab nur ein Lenkrad, einen Schalthebel und etwas das aussah, wie eine Uhr; wahrscheinlich die Geschwindigkeitsanzeige. Das war alles. Dafür sahen die hellen Ledersitze, auf denen sie saß, und die mit Holz verkleideten Türen elegant und gepflegt aus, sicherlich saß sie in einem richtigen Oldtimer.

»Was hattest du überhaupt vor dem Computerladen zu suchen?«, fragte Diana, nachdem Jo auf ihre Bemerkung mit den Institoriern nicht eingegangen war. Nora horchte auf. Das würde sie allerdings auch interessieren.

Jo rekelte sich auf dem Beifahrersitz. »Ich wollte mich nach einem wasserdichten Tablet erkundigen«, sagte er schläfrig. »Ich würde gerne ein paar Experimente damit durchführen.«

Experimente mit wasserdichten Tablets? Nora schüttelte den Kopf. Sie würde ja wirklich gerne behaupten, dass sie Jos Verhalten immer besser einschätzen konnte, aber dann würde sie lügen. Erst sprach er die ganze Zeit von Magie und jetzt fing er auch noch mit irgendwelchen Experimenten an.

»Experimente?« Diana klang ebenfalls erstaunt.

»Um unser Problem mit der Elektronik zu umgehen«, erklärte Jo. »Magie zerstört Elektronik und fließendes Wasser stört Magie – also könnte eine magiefeindliche Umgebung dafür sorgen, dass elektronische Geräte geschützt werden.«

»Aha«, sagte Diana skeptisch. »Du willst also mit Taucherausrüstung in einen See steigen, damit du unter Wasser in Ruhe im Internet surfen kannst?«

»Äh, ja, so ungefähr hatte ich mir das vorgestellt.«

Diana fuhr rechts ran und stieg wortlos aus dem Wagen. Nora sah sich um. Sie waren in einem kleinen Dorf, das nur aus ein paar Häusern zu bestehen schien, die sich rechts und links neben die Landstraße drängten. Diana war schnurstracks durch den Regen gehuscht und in einer Telefonzelle verschwunden. Es handelte sich um eine alte, von der geschlossenen gelben Sorte, deren Glas bemalt worden war, so dass man von außen kaum erkennen konnte, ob jemand telefonierte.

»Wen ruft Diana an?«, fragte Nora.

»Frau Berglund, denke ich«, murmelte Jo. Er hatte die Augen geschlossen und schien langsam einzudösen.

»Wer ist Frau Berglund?«, fragte Nora weiter. Jo konnte doch jetzt nicht daran denken zu schlafen.

Jo seufzte. »Frau Berglund ist die Leiterin des magischen Vereins«, sagte er und verzog den Mund zu einem leichten Grinsen. »Und bevor du fragst: Ja, ich habe *magisch* gesagt und genau das meine ich.« Er sah wieder nach vorn und zu Diana hinaus, die ihr Telefonat beendet hatte.

Nora zwang sich, nicht weiter über Jos Worte nachzudenken. Sie hatte soeben beschlossen, erst einmal so zu tun, als wäre das alles völlig normal, als würde sie eine ganz gewöhnliche Unterhaltung mit Jo führen. Auf diese Weise würde sie am ehesten herausfinden, was hier gespielt wurde. Sie sah aus dem Fenster und wunderte sich, dass Diana immer noch nicht im Auto saß. Die junge Frau kniete ein paar Schritte von dem Wagen entfernt auf dem nassen Boden und strich über die schlammige Erde. Neugierig beugte Nora sich vor, um besser sehen zu können, was Diana da trieb. Aber sie schien nichts weiter zu machen, als konzentriert mit beiden Händen über den Boden zu fahren. Sie hatte die Augen geschlossen und ihr Gesicht hatte einen angestrengten Ausdruck angenommen. Im nächsten Moment schien die Luft unter ihren Händen zu wabern, als hätte sie sich verflüssigt. Diana selbst und alles, was sich hinter ihr befand, schien auseinanderzufließen, als wäre das ganze Dorf nur eine Luftspiegelung, die sich langsam auflöste. Dann wurde alles wieder fest und klar und Nora fragte sich, ob sie sich das Ganze nur eingebildet hatte. Diana sprang auf, wischte sich den Schlamm von den Knien und stieg schnell wieder zu ihnen ins Auto.

»Frau Berglund will mit euch reden«, sagte sie, als hätte sie nur kurz telefoniert und nicht noch seltsame Dinge mit der Luft angestellt. »Sie scheint dir zu glauben.« Sie warf Jo einen leicht verwunderten Blick zu, den dieser aber nicht mehr erwiderte. Wie Nora an dem leisen Schnarchen erkannte, war Jo endgültig eingeschlafen.

KAPITEL 5

Nachdem sie eine Weile gefahren waren, bog Diana in eine lange, gekieste Einfahrt ein, die sich zuerst durch ein kleines Wäldchen, dann durch eine parkähnliche Anlage schlängelte und schließlich vor einem großen Anwesen hielt. Einen Moment lang war Nora sprachlos. Das Haus, vor dem sie geparkt hatten, erinnerte sie an alte Landsitze aus englischen Liebesfilmen. Es war aus hellem Sandstein erbaut und hatte auf der ganzen Vorderseite bodentiefe Fenster. Im zweiten Stock entdeckte Nora ein paar Erker, die von wildem Wein umrankt waren. Das Dach bestand aus dunklem Schiefer. Wobei man genau genommen von mehreren Dächern sprechen musste, die wie spitze Hüte über den verschiedenen Teilen des Hauses thronten. Das große Haupthaus wurde von zwei etwas kleineren Gebäuden flankiert, die einmal Ställe gewesen sein mochten. Neben dem prächtigen Eingangsportal waren Rosenbüsche gepflanzt worden, die dem Anwesen sogar bei Regen einen romantischen Anstrich verliehen.

Während Nora sich fragte, ob sie hier vor einer Filmkulisse parkten, oder ob dieses Haus tatsächlich bewohnt war, fielen ihr nach und nach allerdings ein paar Dinge auf, die so gar nicht in das romantische Ambiente passten. Es war nicht so, dass das Anwesen ungepflegt wirkte, aber ein paar Sachen waren einfach kaputt. Und zwar so richtig kaputt. In einem der großen Fenster auf der Vorderseite prangte ein Loch, an dessen Rändern das Glas scharfkantig im Regen glitzerte. Die Öffnung war so groß, dass Nora nicht so sehr an einen unabsichtlich geschossenen Fußball, als vielmehr an einen durchs Fenster gesprungenen Menschen dachte. Ein nicht gerade beruhigender Gedanke.

Und das war nicht alles. Ein paar Schritte von ihrem Wagen entfernt standen weitere Autos und das letzte in der Reihe war eindeutig ausgebrannt. Seine Farbe changierte zwischen schwarzverbrannt und ascheweiß und durch die nicht mehr vorhandenen Fenster erkannte Nora die Reste verkohlter Sitze. Neben dem Autowrack lag ein großes, steinernes Etwas, das Nora als Schornstein identifizierte. Verstohlen sah sie nach oben, doch sie konnte nicht sagen, ob auf dem Dach ein Schornstein fehlte oder ob das Teil zu einem anderen Haus gehörte.

»So, wir sind da«, sagte Diana gutgelaunt und sprang aus dem Auto. Weder sie noch Jo schienen sich an den auffälligen Makeln zu stören, was Nora vermuten ließ, dass der Anblick für die beiden nichts Neues war. Offensichtlich schienen Unfälle hier an der Tagesordnung zu sein. Mit ein paar Metern Abstand folgte sie Diana und Jo durch den Regen auf das gigantische Eingangsportal zu und sah sich immer wieder um. Doch auf dem kurzen Weg zur Tür fiel ihr weder ein Teil des Hauses vor die Füße noch ging irgendein Strauch in Flammen auf. Stattdessen erwartete sie die nächste Überraschung im Inneren des Anwesens. In der geräumigen Eingangshalle, in der man das gesamte Erdgeschoss ihres Elternhauses hätte unterbringen können – inklusive Buchhandlung – fiel ihr sofort der kleinwagengroße Kronleuchter auf, an dem unzählige Kerzen befestigt waren. So ein Kronleuchter war an sich schon eine imposante Erscheinung, wenn er an dem für ihn vorgesehenen Platz an der Decke hing. Dieser hier war jedoch wirklich nicht zu übersehen, da er mitten auf dem Boden lag und ihnen den Weg versperrte. Fast das gesamte Parkett der Eingangshalle war mit kleinen Glassplittern und Kerzen übersät und es knirschte unter Dianas Schuhen, als sie den Schaden näher betrachtete.

»Meine Güte, wie ist das denn passiert?«, fragte sie stirnrunzelnd und hob den Kopf Richtung Decke, wo ein ordentliches Loch im Stuck prangte. Jo folgte ihrem Blick und zuckte mit den Schultern.

»Gregor?«, fragte er. »Obwohl das eigentlich eine untypische Stelle ist. Vielleicht gab es bei Paula einen Durchbruch.«

Zwar verstand Nora nichts von dem, was er sagte, doch beruhigte es sie ein wenig, dass dieser Kronleuchter auf dem Boden selbst für Diana und Jo etwas Außergewöhnliches darstellte. Auch wenn sie nicht übermäßig beeindruckt schienen.

Diana seufzte. »Okay, darum kümmere ich mich später.« Sie wandte sich an Nora, die weiterhin im Türrahmen stand. »Warte einen Moment hier, okay? Wir müssen kurz mit Frau Berglund sprechen, bevor du zu ihr gehen kannst.«

Sie drehte sich um und stakste über die Scherben auf eine Tür an der gegenüberliegenden Seite der Halle zu. Jo grinste Nora kurz zu und machte eine entschuldigende Handbewegung, als wüsste er, dass dieser Ort keinen allzu vertrauensvollen Eindruck machte. Dann folgte er Diana und verschwand mit ihr hinter der Tür. Nora starrte ihnen hinterher, bevor ihr Blick wieder auf den Kronleuchter fiel. Wo um Himmels Willen war sie hier nur gelandet? Immerhin hatte man bis jetzt noch keine Pistole auf sie gerichtet, so wie es die Dame in Rot getan hatte. Aber das war auch schon das einzig Positive, was ihr zu ihrer aktuellen Situation einfiel.

Sie überlegte, ob es nicht sicherer wäre, außerhalb dieses offensichtlich baufälligen Hauses zu warten, als ihr jemand die Haustür in den Rücken stieß. Schnell sprang sie zur Seite und presste sich nah an die Wand.

Eine Gestalt in einem schwarzen Umhang trat ins Haus und blieb abrupt stehen, als sie den Kronleuchter auf dem Boden sah. Sie hatte die Kapuze tief ins Gesicht gezogen, so dass Nora nichts von ihr erkennen konnte. Sie erinnerte Nora ein bisschen an die Nazgul aus dem Herrn der Ringe und sie versuchte sich vorsichtig an der Wand entlang zu schleichen, um ein wenig Abstand zu der Gestalt zu bekommen. Leider knirschte es auch unter ihren Schuhen und der Ringgeist drehte sich blitzschnell zu ihr um. Nora sah in das bleiche Gesicht eines jungen Mannes, der sie mit grimmiger Miene musterte. Sein Blick wanderte von ihr zurück zum Kronleuchter, als würde er überlegen, was sie mit der ganzen Geschichte zu tun hatte.

»Ich war das nicht«, platzte es aus Nora heraus, doch den Ringgeist schien das nicht weiter zu interessieren. Er warf ihr einen letzten bohrenden Blick zu und schlich dann auf der anderen Seite um den Kronleuchter herum, um auf der ausladenden Treppe in Richtung obere Stockwerke zu verschwinden.

Nora atmete tief durch. »Okay, es ist alles in Ordnung. Bisher hat dir niemand etwas getan. Der Typ sah nur gruselig aus«, sprach sie sich selber Mut zu. Trotzdem hielt sie unauffällig nach Fluchtwegen Ausschau – nur für alle Fälle.

Die Tür auf der anderen Seite der Halle öffnete sich und Diana und Jo kamen wieder heraus. Diana winkte sie zu sich herüber.

»Frau Berglund will jetzt mit dir sprechen«, sagte sie und lächelte ihr entgegen. »Du musst keine Angst haben, wir wollen dir wirklich helfen«, fügte sie hinzu, als Nora vorsichtig um den Kronleuchter herumging. Offensichtlich sah man ihr ihre Skepsis deutlich an.

Nora betrat den Raum und fuhr zusammen, als die schwere Tür hinter ihr ins Schloss fiel. Sie drehte ihren Kopf und stellte fest, dass Diana und Jo ihr nicht gefolgt waren. Seufzend wandte sie den Blick wieder nach vorne. In dem Zimmer, in dem sie stand, wurde eindeutig gearbeitet, ein großer massiver Schreibtisch nahm fast die Hälfte des Raumes ein. Auffällig war allerdings, dass es keinen Computer oder Laptop gab, stattdessen ein altmodisches Telefon mit Wählscheibe. Außerdem gab es in dem Büro jede Menge Papier und Stifte. Papier, das lose auf dem Schreibtisch lag, Papier, das aus halb geöffneten Schubladen hervorquoll und Papier, das in dickwandigen Ordnern steckte. Nora hatte noch nie so viel Papier auf einmal gesehen, noch nicht einmal in der Buchhandlung. In einem Regal stand ein Gerät, von dem Nora wusste, dass es sich um eine Schreibmaschine handelte. Eine mechanische Schreibmaschine, bei der man viel Kraft brauchte, um die einzelnen Tasten zu drücken. Ihre Mutter hatte auch so eine auf dem Dachboden stehen und aus Spaß hatte Nora sie einmal ausprobiert und nach ein paar Minuten aufgegeben, weil es ihr zu anstrengend wurde.

Zu allem Überfluss fielen ihr jetzt ein paar Gegenstände auf, die ihrer Erfahrung nach nichts in einem Büro zu suchen hatten. Auf einem Schemel standen drei dickwandige schwarze Kerzen neben einem Stapel verzierter Spielkarten sowie ein paar rosa glänzenden Schmucksteinen. Auf der Fensterbank thronte eine Kristallkugel auf einem scharlachroten Samtkissen und im Bücherregal – Nora blinzelte ein paar Mal, bevor sie sich sicher war – lag ein menschlicher Schädel und schien sie höhnisch anzugrinsen.

Vielleicht hatte sie doch ein wenig voreilig gehandelt, als sie sich entschloss, mit Jo und Diana mitzugehen, dachte sie.

Sie löste ihren Blick mit Mühe von dem blanken Schädel und betrachtete die beiden Personen, die hinter dem Schreibtisch standen. Die Frau – Nora nahm an, dass es sich um Frau Berglund handelte – machte einen strengen, aber gleichzeitig leicht exzentrischen Eindruck. Sie war klein und schmal und trug einen schlichten Hosenanzug. Ihre langen grauen Haare hatte sie zu einem sehr großen, sehr festen Dutt am Hinterkopf zusammengesteckt. Fast die Hälfte ihres Gesichts wurde von einer dunklen Hornbrille verdeckt, hinter deren Gläsern große, stechende Augen hervorsahen. Die schmalen Lippen hatte sie durch Lippenstift betont, aber ansonsten war sie ungeschminkt. Obwohl sie viel älter als Noras Eltern sein musste, hatte sie keinerlei Falten im Gesicht. Was eventuell daran liegen konnte, dass ihre Gesichtshaut durch die Frisur straff nach hinten gezogen wurde. Sie sah aus wie Noras alte Ballettlehrerin und Nora nahm automatisch eine geradere Haltung ein. Neben ihr stand ein kleiner, rundlicher Mann mit Halbglatze und einem riesigen Schnurrbart, der seinen Mund fast verdeckte. Er trug einen schief sitzenden Anzug und eine Krawatte mit Blümchenmuster. Auf seinem weißen Hemd waren Flecken von Tomatensoße verspritzt und das Ende seiner Krawatte sah aus, als hätte er es versehentlich in Kaffee getaucht.

Frau Berglund starrte Nora aus ihren durch die Brille vergrößerten Augen an und zog die Stirn in Falten.

»Kennen wir uns?«, fragte sie.

»Äh ... nicht dass ich wüsste«, erwiderte Nora verwirrt. Was war das denn für eine Frage? Woher sollte sie diese Leute kennen?

Auch der Mann schien irritiert. Er schaute abwechselnd zwischen Nora und Frau Berglund hin und her, bevor er mit den Schultern zuckte und Nora die Hand reichte.

»Du musst Nora sein«, sagte er und seine Stimme keuchte ein wenig. »Freut mich, freut mich! Das da«, er deutete auf die Dame neben sich, »ist Frida Berglund und mein Name ist Felix von Krummstein. Setz dich doch, setz dich doch.«

Automatisch folgte Nora seiner Aufforderung und setzte sich auf einen schweren Holzstuhl. Herr von Krummstein sah wieder erwartungsvoll zu Frau Berglund, die Nora jedoch weiterhin anstarrte. Nora fragte sich, ob sie Dreck im Gesicht hatte – wundern würde sie das nach der abenteuerlichen Verfolgungsjagd nicht – und wischte sich unauffällig mit dem Ärmel über die Nase.

Herr von Krummstein räusperte sich. »Äh … Frida? Vielleicht sollten wir anfangen.«

»Wie?« Frau Berglund schaute zur Seite und schien sich daran zu erinnern, dass sie nicht allein mit Nora in dem Raum war. »Ja, natürlich. Du hast recht.« Sie rückte ihre große Brille zurecht und setzte sich elegant auf den Schreibtischstuhl.

»Also, Nora«, sagte sie, während sie steif auf der äußersten Kante ihres Stuhls balancierte, »die zurückliegenden Ereignisse haben bestimmt viele Fragen aufgeworfen, die wir versuchen werden zu beantworten. Aber zunächst einmal möchten wir dich bitten, uns deine Version der Geschichte zu erzählen. Jo und Diana haben schließlich nur einen Teil davon mitbekommen.«

Nora zögerte einen Moment, doch nach einem aufmunternden Lächeln von Herrn von Krummstein begann sie zu berichten. Jetzt, mit ein bisschen Abstand, kamen ihr die Ereignisse noch viel unglaublicher vor, und sie fragte sich, ob sie alles wirklich so erlebt hatte oder ob sie bereits anfing, die Dinge auszuschmücken.

Nachdem sie geendet hatte, tauschten Frau Berglund und Herr von Krummstein einen langen, besorgten Blick aus, was Nora ganz und gar nicht gefiel.

Nora holte tief Luft. »Wer war denn jetzt diese rotgekleidete Frau? Und was wollte sie von mir?«

Frau Berglund beugte sich mit geradem Rücken ein Stück nach vorne, während Herr von Krummstein an seiner Krawatte nestelte. Er schien sichtlich nervös zu sein und Nora hatte das Gefühl, dass sein Gesicht langsam eine ungesund rote Farbe annahm. Hoffentlich bekam er keinen Herzinfarkt oder so was.

»Wir wissen es nicht genau«, erklärte Frau Berglund, »aber allem Anschein nach handelt es sich bei dieser Frau um eine Institorierin.«

Da. Schon wieder dieser komische Name.

»Möglicherweise aber auch nicht«, wandte Herr von Krummstein ein. »Möglicherweise war es auch nur eine ordinäre Kidnapperin. Das sollten wir nicht ausschließen.«

Frau Berglund kräuselte die Lippen. »Also bitte, Felix. Nach allem, was die drei erzählt haben? Sie schien mir ein bisschen zu viel zu wissen und ein bisschen zu gelassen zu sein für eine ordinäre Kidnapperin.«

»Was genau ist denn eine Institorierin?«, fragte Nora schnell. Nicht, dass die beiden jetzt anfingen zu diskutieren, ob die Frau eine Institorierin war oder nicht. Über diese Frage hatten sich schon Diana und Jo auf der Fahrt hierher gestritten und Nora hatte überhaupt nicht verstanden, worum es ging.

Herr von Krummstein schüttelte einmal seufzend den Kopf und begann dann, in dem kleinen Büro auf- und abzutigern.

»Die Institorier sind eine Gruppe von Hexenjägern«, erklärte Frau Berglund. »Gegründet wurden sie von Heinrich

Institoris, einem Mitglied der Inquisition und Wegbereiter der Hexenverfolgung der frühen Neuzeit. Die Institorier hatten es sich zur Aufgabe gemacht, die Welt von allem Magischen zu befreien. Wie du vielleicht aus deinem Geschichtsunterricht weißt, führte ihre Arbeit zu einer Welle von Hexenverbrennungen und anderen Gräueln gegenüber magischen oder angeblich magisch begabten Personen.«

Nora nickte mechanisch. Auch wenn es ihr nicht gefiel, in welche Richtung Frau Berglunds Erklärungen gingen, so hatte sie doch gleich das Bild von fanatischen Mönchen vor sich, die mit Kruzifixen und Feuer gegen Hexen und Zauberer vorgingen. Ihr Vater hatte als Historiker gearbeitet, bevor er die Buchhandlung übernommen hatte, und hatte sein Interesse an Geschichte immer gerne mit Nora geteilt, daher wusste sie in etwa, wovon Frau Berglund sprach. Die alte Dame nahm ihr Nicken zufrieden zur Kenntnis.

»Lange Zeit war es sehr still um die Institorier geworden. Die moderne Gesellschaft glaubte nicht mehr an Zauberei und es schien, dass die Institorier unter diesen Umständen nicht gut arbeiten konnten. Es gab niemanden mehr, der seine Nachbarin der Hexerei beschuldigte und keiner wollte mehr hilflose Frauen auf dem Scheiterhaufen sehen. Ein paar von uns«, sie warf einen bedeutungsvollen Blick auf Herrn von Krummstein, »glaubten sogar, dass die Institorier sich völlig aufgelöst hätten. Andere wiederum gingen davon aus, dass sie im Verborgenen weiterarbeiteten und sich eine neue Strategie überlegten, wie sie ohne die Mithilfe von Außenstehenden gegen Magier vorgehen konnten.« Frau Berglund hielt einen Moment lang inne und lehnte sich wieder ein Stück weit zurück. »Seit einigen Jahren nun gibt es immer wieder Vorfälle, die dafürsprechen, dass die zweite Annahme leider die richtige ist. Es gab ein paar gezielte Angriffe und ein paar Magier verschwanden spurlos. Die Ereignisse des heutigen Tages legen ebenfalls nahe, dass die Institorier immer noch aktiv sind.« Frau Berglund schwieg und legte ihre Finger aneinander. Herr von Krummstein hielt in seinen Bewegungen inne und wischte sich mit einem Taschentuch die Schweißperlen von der Stirn.

Nora starrte auf die kleine Pfütze, die ihre nassen Schuhe auf dem Parkett hatten entstehen lassen. Okay, jetzt hatte sie die Informationen zur Dame in Rot. Aber abgesehen davon, dass Frau Berglunds Erklärungen alles andere als glaubhaft waren, fehlten ihr die entscheidenden Puzzleteile, die das Geschehene mit ihr selbst in Verbindung brachten.

»Die Institorier sind also Leute, die Hexen jagen«, wiederholte Nora. Frau Berglund nickte. »Das bedeutet … Sie glauben … ich meine …«, Nora suchte nach den passenden Worten, »Sie wollen also sagen, dass es Hexen gibt?« Frau Berglund nickte wieder. Nora seufzte. Bis jetzt hatte sie gehofft, sich an irgendeiner Stelle ordentlich verhört zu haben. Aber dem war wohl nicht so.

»Die Dame in Rot gehört zu den Institoriern«, fuhr Nora fort und diesmal beugte sich Frau Berglund wieder weit nach vorne, als sie bestätigend nickte, und betrachtete Nora aufmerksam durch ihre Brille hindurch. »Und das wiederum heißt, sie hat mich verfolgt, weil ich … weil ich auch … also weil ich auch eine Hexe bin?«

Herr von Krummstein neigte den Kopf. »Das ist allerdings ein Punkt, der mir Sorgen bereitet«, sagte er. »Wenn du wirklich das erste Mal im Computerladen gezaubert hast, dann konnte sie noch gar nicht wissen, dass du eine Hexe bist.«

Nora starrte ihn an. *Das* war der Punkt, der ihm Sorgen bereitete? Herr von Krummstein schien ihren Blick nicht zu bemerken.

»Das bedeutet, dass sie dich entweder schon vorher bei einem unbemerkt ausgeführten Zauber beobachtet hat, oder sie war doch keine Institorierin und aus einem anderen Grund hinter dir her.«

»Aber …«, Nora konnte nicht fassen, dass er ihr Leben gerade in einem einzigen Nebensatz umgekrempelt hatte, »Sie glauben also wirklich, dass ich eine Hexe bin?«

Frau Berglund erhob sich aus ihrem Stuhl und trat neben Herrn von Krummstein, der Nora mitleidig musterte. »Exakt«, sagte Frau Berglund. »Ich weiß, dass dir das alles ziemlich unglaublich vorkommen muss, aber genauso verhält es sich.«

Nora blinzelte. *Ziemlich unglaublich* beschrieb nicht annähernd das Wirrwarr an Emotionen, das im Moment in ihrem Kopf herrschte. Diese Leute redeten von Hexen und Magie, als sei es völlig normal, ohne darauf Rücksicht zu nehmen, dass solche Dinge in Noras Welt bisher nur in Büchern und Filmen eine Rolle gespielt hatten. Wenn diese Leute also nicht verrückt waren, was sie immer noch nicht bereit war auszuschließen, dann … Nora schüttelte den Kopf. Sie konnte diesen Gedanken einfach nicht zu Ende denken.

Sie holte tief Luft. »Woher wollen Sie wissen, dass ich eine Hexe bin?«

Herr von Krummstein räusperte sich. »Jo hat beobachtet, wie du dich unsichtbar gemacht hast«, sagte er. »Im Computerladen, als die«, er zögerte kurz, »Institorierin dich gesucht hat. Und dann noch einmal, als sie dich während der Verfolgung beinahe erwischt hat.«

Nora runzelte die Stirn. Sie erinnerte sich daran, wie die Dame in Rot durch sie hindurchgesehen hatte, als sie in ihre Regalreihe gesehen hatte. Das war tatsächlich seltsam gewesen. Und wie sie Nora später auf den Stufen des Theatervorplatzes losgelassen und an ihr vorbeigesehen hatte, obwohl sie direkt vor ihr gestanden hatte. War das etwa … konnte es sein, dass …

»Vielleicht zeigst du es ihr einfach, Frida«, murmelte Herr von Krummstein. »Ich würde ja selbst, aber du weißt ja.«

Bevor Nora sich fragen konnte, was genau Frau Berglund ihr zeigen sollte, streckte die alte Dame ihre Hand aus mit der Handfläche nach oben.

»Lucere«, sagte sie deutlich und dann erschien eine leuchtende Kugel auf ihrer Hand.

Nora rutschte ein paar Zentimeter mit ihrem Stuhl nach hinten. Sie sah hoch zu Frau Berglund und dann wieder auf deren Hand.

Da war sie. Immer noch. Eine tennisballgroße Kugel, die einen Zentimeter oberhalb der Handfläche schwebte und ein helles, warmes Licht ausstrahlte. Jetzt stieg sie ein wenig höher und schwebte dann weiter Richtung Fenster, bog dann zum Bücherregal ab und ließ die Buchrücken erstrahlen, als würde Frau Berglund mit einer Taschenlampe leuchten. Nur dass es sich nicht um eine Lampe handelte, sondern eindeutig um ein frei schwebendes Licht.

»Das ist doch ein Trick«, sagte Nora und warf einen Blick auf Frau Berglunds Hände. Wie machte sie das? Gab es irgendwo einen winzigen Bildschirm, der das Bild der Kugel auf ihre Hände projizierte?

Frau Berglund reagierte nicht auf ihren Einwand. Sie hob die Hände ein wenig höher und ließ die Kugel damit steigen.

»Fieri«, sagte sie und vollführte großräumige Bewegungen mit ihren Armen.

Die leuchtende Kugel fing plötzlich an zu wabern und Blasen zu werfen, bevor sich kleine Leuchtbällchen von ihr abspalteten und nun ihrerseits in der Luft schwebten. Sie blieben jedoch nicht in ihrer kugelförmigen Gestalt, sondern fingen fast augenblicklich damit an, sich auszudehnen und in die Länge zu ziehen. Am oberen Ende erschien eine Art Kopf und an den Seiten und unten ploppten Arme und Beine aus den Kugeln, so dass Nora den Eindruck von schwebenden Lichtwesen hatte, die sich anmutig in der Luft bewegten. Mehr und mehr spalteten sich von der ursprünglichen Kugel ab, bis sich dutzende dieser kleinen Gestalten in der Luft vor dem Bücherregal bewegten.

»Saltare«, rief Frau Berglund und bewegte ihre Arme wie eine Dirigentin. »Canere.«

Orchestermusik dröhnte durch das kleine Büro und augenblicklich fingen die Lichtwesen an, einen Reigen zu tanzen.

»Coruscare.«

Ein Regen aus Glitzer und bunten Lichtern fiel auf die tanzenden Wesen hinab und durch sie hindurch bis auf den Boden.

»Multum.« Frau Berglund schrie nun beinahe. »Multum. Maxume.«

Die Musik wurde lauter. Die Bewegungen der Lichtwesen wurden großräumiger und komplizierter, sie fingen an, Figuren aus dem Ballett nachzustellen, warfen sich gegenseitig in die Höhe und fingen sich wieder auf.

Irgendwann während des Spektakels musste Nora von ihrem Stuhl aufgesprungen sein, denn sie merkte plötzlich, dass sie sich dicht an die Tür presste. Ihr Herz schlug so wild und laut, dass sie sich sicher war, man würde es hören können, wenn diese Orchestermusik nicht alles übertönen würde. Sie hatte es aufgegeben, nach Spuren von Zaubertricks zu suchen. Das hier war zu viel für einen Trick. Das hier war … das war einfach Wahnsinn! Wie von selbst suchten ihre Hände nach der Türklinke in ihrem Rücken. Sie musste hier raus, musste unbedingt weg aus dieser irren Welt. Doch obwohl ihre Hände immer wieder ins Leere griffen, war sie nicht in der Lage, die Augen von den Lichtwesen abzuwenden, die nun dabei waren, eine ausgefeilte Pyramide zu bilden. Nora spürte, wie sich Panik in ihrem Bauch bildete und sich langsam in ihrem ganzen Körper ausbreitete.

Plötzlich hielten die Lichtwesen in ihren Bewegungen inne. Sie schienen irritiert zu sein und nachdem Nora den Blick ein wenig zur Seite gerichtet hatte, erkannte sie auch, warum. Die Bücher in den Regalen fingen plötzlich an zu zucken, sie bewegten sich hin und her, als würde ein Riese an den Regalen wackeln. Dann flog das erste Buch laut zischend aus dem Regal heraus und mitten in die kleinen Lichtakrobaten hinein.

Ein Buch nach dem anderen flog jetzt explosionsartig heraus und die Lichtwesen stoben auseinander und versuchten sich vor den Geschossen zu schützen, die doppelt so groß waren, wie sie selbst. Sie flogen auf die Regale und hinter die Gardinen, versteckten sich unter dem Schreibtisch und hinter Frau Berglund, während der Glitzerregen weiterhin zwischen den Büchern auf sie hinab rieselte und Geigenmusik aus unsichtbaren Lautsprechern das Chaos romantisch untermalte.

»Desinere.« Herrn von Krummsteins Stimme schallte plötzlich durch den Raum und übertönte sogar die quietschenden Streicher. Er hatte beide Arme nach vorne ausgestreckt und augenblicklich war der ganze Spuk vorbei. Die Bücher flogen alle auf einmal auf ihre Plätze in den Regalen zurück, die Musik verstummte, der Glitzerregen und die Lichtwesen lösten sich auf und verschwanden.

»Das reicht jetzt«, sagte er. »Frida, du hast eindrücklich Magie vorgeführt und wir konnten uns selbst davon überzeugen, dass Nora eine Hexe ist.« Dann krümmte er sich zusammen und stöhnte, als ob er plötzlich Magenschmerzen hätte. Frau Berglund strich sich eine Haarsträhne aus der

Stirn, die sich aus ihrem Dutt gelöst hatte und führte Herrn von Krummstein zu einem kleinen Sessel, der vor dem Fenster stand. Mit aschfahlem Gesicht ließ dieser sich auf den Sessel fallen.

»Was meinen Sie damit, Sie konnten sich davon überzeugen, dass ich eine Hexe bin?« Nora war überrascht, wie normal ihre Stimme klang. Sie fühlte sich so unwirklich, so neben sich stehend, als würde sie sich selbst dabei beobachten, wie sie immer noch an die Tür gelehnt stand und diese seltsame Frage stellte.

»Er meint«, sagte Frau Berglund keuchend, und Nora wusste nicht, ob sie wegen all der Zauberei außer Atem war oder deshalb, weil sie den schweren Herrn von Krummstein gestützt hatte, »dass du gerade gezaubert hast. Diese wunderbare tanzende Elfenformation«, Herr von Krummstein ließ ein Hüsteln hören, »die war von mir. Aber der Angriff durch die Bücher«, sie hielt inne und bohrte ihren Blick direkt in Noras, »der war von dir, meine Liebe. Und wenn du dabei keine Magie angewendet hast, dann erklär mir mal, wie du das gemacht hast.«

Nora spürte plötzlich, wie ihre Beine sie nicht mehr trugen. Ihre Knie sackten zur Seite und fast teilnahmslos nahm sie wahr, wie ihr Po an der Tür entlang rutschte, bis sie auf dem Boden saß. Ihr war so schlecht, dass sie Angst hatte, sich in den überfüllten Papierkorb übergeben zu müssen, der unter Frau Berglunds Schreibtisch stand, doch sie war sich nicht sicher, ob sie diesen überhaupt erreichen würde. Also schluckte sie einmal heftig und ließ den Kopf gegen die Tür fallen.

Sie hatte gezaubert.

Daran ließ sich wohl nicht mehr zweifeln. Sie hatte Bücher auf diese blöden tanzenden Elfen gepfeffert, und das alles ohne es zu merken. Und wenn das stimmte, dann hatte sie sich im Computerladen vielleicht wirklich unsichtbar gemacht. Denn warum hätte Jo die Geschichte erfinden sollen? Und außerdem erklärte das auch, warum die Dame in Rot einfach wieder verschwunden war.

Ein plötzlicher Gedanke fegte ihren Schwächeanfall beiseite und ließ sie auf die Beine springen. Die Dame in Rot! Sie war immer noch auf freiem Fuß!

»Meine Eltern«, rief sie laut. »Was ist mit meinen Eltern? Sie sind doch bestimmt in Gefahr, oder nicht?«

Frau Berglund, die dabei war, ihren Dutt wieder zu richten, machte eine wegwerfende Handbewegung. »Sie sind nicht in Gefahr. Die Institorier sind nur hinter magisch begabten Menschen her, und deine Eltern können nicht zaubern, oder?«

Nora schüttelte den Kopf. »Das nicht, aber trotzdem! Und außerdem machen sie sich bestimmt Sorgen um mich. Ich muss unbedingt zurück nach Hause und mit ihnen sprechen.«

Frau Berglund verschränkte die Arme. »Das geht auf keinen Fall, Nora. Nach allem, was wir wissen, bist du in großer Gefahr. Auch wenn die Institorier nicht an deinen Eltern interessiert sind, so werden sie doch bestimmt euer Haus beobachten und darauf warten, dass du zurückkommst.« Sie schüttelte einmal energisch den Kopf. »Nein, das ist viel zu gefährlich. Du bleibst erst einmal hier bei uns.«

Nora wollte protestieren, doch Herr von Krummstein kam ihr zuvor. Er stand aus seinem Sessel auf, schob Frau Berglund ein wenig zur Seite und lächelte beruhigend. »Wir werden uns mit deinen Eltern in Kontakt setzen und ihnen alles erklären«, sagte er. »Wir werden noch heute Abend zu ihnen fahren und ihnen sagen, dass du heute Nacht am besten bei uns bleibst. Und außerdem werden wir ihr Haus mit Schutzzaubern belegen. Ihnen wird nichts passieren.« Er sah sie fragend an und nach ein paar Sekunden nickte Nora widerwillig. Vielleicht war es wirklich besser so. Nicht, dass sie ihre Eltern doch noch in Gefahr brachte.

Herr von Krummstein schien erleichtert. »Und deine Eltern haben wirklich keinerlei magisches Talent?«, fragte er interessiert. »Häufig wird so etwas nämlich vererbt, weißt du, so wie die Augenfarbe.«

Nora strich sich ihre Haare hinter die Ohren. »Nein«, sagte sie. »Mit Sicherheit nicht. Und selbst wenn sie Zauberer wären, hätten sie es nicht an mich weitervererben können. Ich bin nämlich adoptiert.«

Frau Berglund hob ihren Kopf ruckartig an und starrte Nora aus großen Augen an. Jegliche Farbe war aus ihrem Gesicht gewichen, so dass selbst der angeschlagene Herr von Krummstein gesünder wirkte, und sie klammerte sich mit ihren Händen am Schreibtisch fest, als ob sie Angst hätte, das Gleichgewicht zu verlieren.

Herr von Krummstein musterte sie besorgt. »Alles in Ordnung, Frida?«, murmelte er und trat neben Frau Berglund.

»Was?«, fragte sie und warf ihm einen kurzen Blick zu. »Oh, ja, ja. Natürlich. Alles in bester Ordnung.«

Nora hatte zwar nicht den Eindruck, dass mit Frau Berglund alles in Ordnung war, allerdings hielt sie die alte Dame ohnehin für ein wenig überspannt. Herr von Krummstein schien zumindest wieder ganz der Alte zu sein.

»Das ist interessant, Nora«, sagte er jetzt. »Weißt du, wer deine leiblichen Eltern sind?«

»Nein. Ich wurde anonym in einem Kinderheim abgegeben.«

Herr von Krummstein nickte nachdenklich. »Nun, wir werden diesbezüglich Nachforschungen anstellen. Es ist höchst wahrscheinlich, dass deine leiblichen Eltern ebenfalls magisch begabt waren. Allerdings müssen wir uns erst einmal um die anderen Dinge kümmern.« Er warf einen Blick auf die Uhr und seine Augen weiteten sich vor Schreck. »Oh je, schon so spät, schon so spät«, rief er. Dann wandte er sich wieder Nora zu. »Wenn du nichts dagegen hast, Nora, würden Frau Berglund und ich jetzt gerne ein paar Dinge ins Rollen bringen. Meine Tochter wartet draußen auf dich. Sie wird dir weitere Fragen beantworten können.«

Frau Berglund kam um den Schreibtisch herum und öffnete die Tür. Draußen wartete ein stupsnasiges Mädchen, das ungefähr in Noras Alter war. Sie war in der Eingangshalle auf und ab gegangen und hielt jetzt mitten in der Bewegung inne, um Nora neugierig zu betrachten. Ihre raspelkurzen hellbraunen Haare umrahmten ein rundes fröhliches Gesicht, das sie leicht schräg hielt. Ihre ausgefransten Jeans waren viel zu weit und schlackerten um ihre langen Beine und ihr T-Shirt war dermaßen verblichen, dass Nora beim besten Willen nicht mehr erkennen konnte, was ursprünglich mal darauf gedruckt war. Aus den Augenwinkeln sah Nora, dass Frau Berglund einen missbilligenden Blick auf das Mädchen geworfen hatte.

»Nora, das ist Paula von Krummstein, die Tochter von Herrn von Krummstein. Ihrer Familie gehört dieses Anwesen. Ich habe sie gebeten, dir zu zeigen, wo du schlafen kannst und sich ein wenig um dich zu kümmern. Außerdem kann sie dir vielleicht eine Hose leihen«, fügte sie mit Blick auf Noras zerschundene Knie hinzu. Dann musterte sie Paula von oben bis unten. »Wobei ich mir nicht so ganz sicher bin, ob das wirklich eine gute Idee ist«, murmelte sie leise. Sie sah Nora noch einmal ausdruckslos an und schritt dann wieder in ihr Büro, wo Herr von Krummstein auf sie wartete.

Nachdem sie die Tür hinter sich geschlossen hatte, standen Nora und Paula sich einen Moment lang unschlüssig gegenüber. Noras Kopf schwirrte von all den Dingen, die sie gerade erfahren hatte, und wenn sie ehrlich war, wünschte sie sich im Moment einfach nur nach Hause zu ihren Eltern zurück. Im Nachhinein erschien ihr sogar der Streit mit ihrer Mutter wie eine nette kleine Meinungsverschiedenheit, die sie gemütlich bei einer Tasse Kakao lösen könnten.

Das Mädchen lächelte sie weiterhin an, sagte jedoch nichts, als wartete sie darauf, dass Nora das Gespräch beginnen würde. Nora runzelte die Stirn. Irgendetwas stimmte hier nicht. Irgendetwas hatte sich verändert, seit sie in Frau Berglunds Büro getreten war, doch ihr fiel beim besten Willen nicht ein …

»Der Kronleuchter!«, platzte es aus ihr heraus. Das war es! Der gewaltige Kronleuchter, der vorhin die halbe Eingangshalle blockiert hatte, lag nicht mehr auf dem Boden, sondern hing an seinem ursprünglichen Platz an der Decke. Und nicht nur das – soweit Nora das auf die Entfernung beurteilen konnte, fehlte ihm keine einzige Kerze und auch ansonsten schien er völlig intakt zu sein.

Paula, die ihrem Blick gefolgt war, schien nicht sonderlich beeindruckt zu sein. »Ach das«, sagte sie. »Ja, den hat Diana vorhin wieder repariert.«

Nora kniff die Augen zusammen. Repariert? War das ein Fachwort für zaubern? Denn dass Diana gezaubert hatte, war offensichtlich. Wie sonst hätte sie in der kurzen Zeit dieses wuchtige Teil wieder an der Decke befestigen können.

»Wie ist er da denn überhaupt runtergekommen?«, fragte Nora.

Paula zuckte mit den Schultern und zog ihre Jeans hoch, die gefährlich weit nach unten gerutscht war. »Weißt du, so was passiert schon mal, wenn unkontrollierte Magie freigesetzt wird. Wir sind eben noch nicht alle voll ausgebildete Zauberer.«

Nora warf einen vielsagenden Blick auf das zerbrochene Fenster und den davor stehenden ausgebrannten Wagen. »Also das da ist auch … ?«, sie wusste nicht genau, wie sie den Satz zu Ende bringen sollte. Missglückte Zauberei? Ein magischer Unfall?

Paula schien allerdings keine Probleme zu haben, sie zu verstehen. »Ja, genau«, sagte sie und kniff die Augen zusammen. »Das Fenster könnte so langsam wirklich mal jemand reparieren«, murmelte sie, bevor sie sich wieder Nora zuwandte. »Komm, jetzt zeig ich dir dein Zimmer.«

Bevor Nora zustimmen konnte, hatte Paula sie schon am Ärmel gefasst und zog sie hinter sich her. »Unkontrollierte Magie«, murmelte Nora und es fühlte sich ziemlich seltsam an, diese Wörter auszusprechen. »Ich glaube, das ist mir heute auch passiert.«

Paula drehte sich zu ihr um. »Der Verschleierungszauber im Computerladen?«, fragte sie und Nora wunderte es nicht, dass sie offensichtlich über alles informiert war. Bestimmt war sie seit ihrer Ankunft das Gesprächsthema Nummer eins gewesen. »Ja, das ist sehr wahrscheinlich. Du hast unbewusst auf deine Magie zurückgegriffen, um dich vor der Institorierin zu schützen. Das ist wie ein Instinkt.«

Nora schwieg. Ein magischer Schutzinstinkt. Was es nicht alles gab!

Sie folgte Paula weiter, die große Treppe hinauf und in einen düsteren, nur von funzeligen Gaslampen erleuchteten Flur, an dessen Wänden Ölgemälde von nebligen Landschaften hingen. Bis auf die obligatorischen Schäden, die durch magische Unfälle entstanden waren und die niemand bislang behoben hatte, sah alles ziemlich gewöhnlich aus, dachte Nora. Und nach einiger Zeit fielen ihr die Risse in den Wänden, die zerbrochenen Lampen oder angesengten Teppiche gar nicht mehr auf. Allerdings bekam sie einen großen

Schreck, als direkt neben ihr einer dieser düsteren Ölschinken von der Wand rutschte und mit einem lauten Knall auf den Boden fiel.

»Huch«, rief sie und sprang einen Meter zur Seite. »War ich das?«

Paula lachte. »Ich glaub nicht. Aber selbst wenn, ist es echt egal.«

»Vielleicht warst du es ja auch«, meine Nora und betrachtete Paula hoffnungsvoll. Erstaunlicherweise lief Paulas Gesicht krebsrot an und sie murmelte etwas Unverständliches. »So, hier ist dein Zimmer«, sagte sie dann und öffnete eine dunkle Tür. »Es hat meiner Schwester gehört, als sie noch hier gewohnt hat. Inzwischen studiert sie in Hamburg.«

Nora trat ein und schaute sich um. Das Zimmer sah wie ein typisches Jugendzimmer aus, mit einem breiten Bett, einem Schreibtisch, Schrank und diversen Bücherregalen. Nichts wies darauf hin, dass in diesem Zimmer eine Hexe gelebt hatte. Aber vielleicht hatte Paulas Schwester den Zauberstab und den fliegenden Besen auch mit in ihre WG genommen.

Neben dem Bett stand ein schmaler Spiegel, in den Nora einen erschrockenen Blick warf. Sie erkannte sich kaum wieder! Nicht dass sie größeren Wert auf ihr Aussehen legte, aber sie konnte sich nicht daran erinnern, jemals so schmutzig und zerzaust gewesen zu sein. Ihre Haare standen in alle Richtungen ab, sie war von oben bis unten mit Schlammspritzern bedeckt und ihre Jeans war an den Knien aufgerissen.

»Frau Berglund meinte, du könntest mir ein paar von deinen Klamotten leihen?«

Paula nickte eifrig und sprang sofort auf, um in ihrem Zimmer nach Kleidung zu schauen, die sie Nora geben konnte. Währenddessen fing Nora an, ihre Hosentaschen zu leeren. Sie wollte nicht versehentlich etwas Wichtiges mit wegschmeißen, denn dass sie ihre Hose in den Müll stecken musste, stand außer Frage. Sie zog ein paar Taschentücher, ihren Haustürschlüssel, eine Kinokarte und ihr Smartphone hervor. Seufzend fuhr sie mit dem Finger über das Display, das schwarz blieb, egal welche Knöpfe sie drückte.

Mit Schwung öffnete sich die Zimmertür und flog donnernd gegen die Wand. Nora drehte sich um und sah Paula im Türrahmen stehen, die mit einem Berg Klamotten auf den Armen beladen war.

»Ich hab dir mal ein paar Sachen zur Auswahl rausgesucht«, sagte sie, bevor ihr Blick auf das nutzlose Handy in Noras Hand fiel. Sofort breitete sich Mitgefühl auf ihrem Gesicht aus.

»Ist bestimmt total hinüber, was?«, fragte sie, während sie den Kleiderstapel aufs Bett warf.

Nora sah sie irritiert an. »Woher weißt du das?« Von ihrem kaputten Smartphone hatte sie bisher noch niemandem erzählt. Ehrlich gesagt, hatte sie selbst bis eben nicht mehr daran gedacht. Es war einfach zu viel los gewesen.

Paula setzte sich schwungvoll aufs Bett und wackelte mit ihren Füßen. »Magie zerstört Elektronik«, erklärte sie, als wäre das eine allgemein bekannte Regel und Nora fiel ein, dass auch Jo schon davon gesprochen hatte. »Immer wenn gezaubert wird, reagieren die elektronischen Geräte in der unmittelbaren Umgebung darauf.« Sie zog die Beine aufs Bett und krempelte ihre Hose um. »Deshalb gibt es hier im Haus auch kaum Elektronik. Sie ist einfach zu anfällig.«

Noras Gedanken wanderten zu den Gaslichtern im Flur, dem uralten Telefon und der wuchtigen Schreibmaschine in Frau Berglunds Büro sowie dem Oldtimer, in dem Diana sie hergefahren hatte. Okay, zumindest dieser Teil ergab plötzlich Sinn. Doch dann dachte sie an die explodierenden Computer zurück und das Herz sank ihr in die Hose.

»Das Feuer im Computerladen«, murmelte sie und ließ sich neben Paula aufs Bett fallen. »Das war wirklich von mir? Weil ich gezaubert habe?«

Also war sie doch schuld an dem Brand. Sie hatte die Laptops zum Explodieren gebracht und den Arbeitsplatz zahlreicher Leute zerstört. Und ihre Mutter hatte vollkommen recht gehabt mit ihren Anschuldigungen.

Sie war eine Brandstifterin.

Paula kicherte. »Ach ja, das hat Jo erwähnt.« Sie sah Nora aus funkelnden Augen an. »Und du hast echt den ganzen Laden in die Luft gejagt?« Sie klang ein wenig beeindruckt.

»Das findest du lustig?«, fragte Nora ungläubig. Sie hätte bei der ganzen Aktion jemanden verletzen können. Und auch wenn glücklicherweise niemandem etwas passiert war, so hatte sie dennoch ordentlich Schaden angerichtet.

Paula machte eine wegwerfende Handbewegung. »Das ist uns allen schon mal passiert«, sagte sie gelassen. »Jo hat es mal geschafft, in einem Geschäft alle Rolltreppen gleichzeitig lahmzulegen, so dass ein paar Kunden übereinandergefallen sind. Und mein Bruder hat erst neulich so einen superteuren SUV in Brand gesetzt.« Sie sah Noras entsetztes Gesicht und fügte schnell hinzu: »Es ist niemandem was passiert. Und außerdem hat der magische Verein ein Budget für solche Unfälle. Wie eine magische Versicherung. Man wird also die Computer ersetzen.«

Nach Paulas Worten fühlte sich Nora ein bisschen besser. Also würde man für den Schaden aufkommen, den sie angerichtet hatte.

»Hast du auch schon mal was in Brand gesetzt?«, fragte sie neugierig. Sie war sich nicht sicher, aber sie hatte den Eindruck, als würde Paula wieder dezent rot anlaufen.

»Ja, schon«, murmelte Paula. »Also, so ein bisschen. Aber es war nicht so richtig schlimm.« Sie fuhr gedankenverloren mit der Hand über ihre Knie.

»Kannst du mir was vorzaubern?« Nora hatte zwar noch eindrücklich die Bilder von Frau Berglunds tanzenden Lichtelfen vor Augen, doch sie war begierig, noch mehr Magie direkt zu erleben, und nicht nur ihre Spuren in Form von kaputten Einrichtungsgegenständen.

»Ähm ... also, ich weiß nicht ...«, stotterte Paula unbeholfen. Jetzt bestand kein Zweifel mehr: Sie war knallrot bis zu den Ohrenspitzen und sah angestrengt auf ihre Füße. Nora hatte keine Ahnung, was los war, aber es wurde deutlich, dass Paula irgendetwas unangenehm war.

»Wenn du nicht willst, ist das auch okay«, sagte sie schnell und überlegte, wie sie möglichst elegant das Thema wechseln konnte. Vielleicht könnte sie Paula über Jo ausfragen. Wo war der überhaupt? Seit ihrer Ankunft hatte sie ihn nicht mehr gesehen. Doch bevor sie Zeit hatte, eine Frage zu stellen, hatte Paula sich zu ihr umgedreht und eine grimmige Miene aufgesetzt.

»Ach, was soll's«, sagte sie und schob sich die Ärmel ihres T-Shirts bis unter die Achseln. »Irgendwann kriegst du es sowieso heraus.«

Nora fragte sich, was sie wohl herausbekommen würde, doch Paula hatte sich schon wieder umgewandt und fixierte konzentriert den Schreibtischstuhl, wobei sie die Arme anhob und das Kinn leicht nach vorne schob.

»Superinpendere«, sagte sie deutlich und bewegte ihre Hände nach links, bevor sie die Finger nach unten klappte.

Nora wartete ab, gespannt darauf, was passieren würde. Nach ein paar Sekunden hatte sie das Gefühl, dass der Stuhl um ein paar Millimeter zur Seite rückte, aber sie war sich nicht sicher. Es konnte auch sein, dass sie einfach zu lange auf einen Fleck gestarrt hatte und ihr Blick verschwamm. Unsicher sah sie zu Paula, die ihre konzentrierte Haltung abgelegt und eine unbewegliche Miene aufgesetzt hatte.

»Und?«, fragte sie.

»Du hast den Stuhl bewegt?« Noras Tonfall geriet eine Spur fragender, als sie beabsichtigt hatte. Paula lächelte nachsichtig.

»Ja, hab ich.« Sie seufzte. »So ist es jedes Mal. Wenn ich irgendeinen Zauber wirke, muss man hinterher mit dem Lineal nachmessen.«

Nora wusste nicht genau, was sie dazu sagen sollte.

»Und woran liegt das?«

Paula zuckte mit den Schultern. »Nun ja, Diana meint, magisches Talent ist nicht bei allen Magiern gleich ausgeprägt. Es gibt Leute, die sehr große magische Fähigkeiten besitzen, und solche, die … also Leute wie mich, die eben nicht so viel Magie besitzen. Da kann man nicht viel machen.«

Draußen auf dem Flur ertönte ein Knall und die beiden Mädchen fuhren erschrocken zur Zimmertür herum. Nora hörte jemanden fluchen, gefolgt von dem Geräusch sich entfernender Schritte, die wirkten, als würde jemand den Flur entlang humpeln.

Nora sah Paula fragend an, doch die hob nur ihre Schultern. »Vielleicht mein Bruder«, meinte sie. »Ich hab ihn vorhin hier oben gesehen.« Sie schien die ganze Sache nicht sonderlich zu interessieren. »So, jetzt haben wir aber lang genug hier herumgesessen. Zieh dich um. Ich will dir den Rest des Hauses zeigen.«

KAPITEL 6

Das Anwesen der von Krummsteins wirkte von innen noch größer als es von außen ausgesehen hatte. In den oberen Stockwerken befanden sich hauptsächlich Schlaf- und Arbeitszimmer der verschiedenen Bewohner des Anwesens. Nora, die inzwischen ein Paar viel zu weiter Jeans sowie ein ausgeleiertes T-Shirt von Paula trug, folgte ihrer neuen Bekanntschaft durch das Haus. Sie erfuhr, dass neben der Familie von Krummstein, die aus Vater, Mutter, vier Kindern und einem Großvater bestand, noch Frau Berglund, Jo (ein Cousin der von-Krummstein-Kinder), Diana sowie ein Schweizer Zwillingspaar namens Beat und Rüdiger in dem Haus lebten.

Im Obergeschoss huschte Paula zu einem der Fenster und beugte sich über die von einem Vorhang halb verdeckte Nische, in der ein rundliches Geschöpf lag.

»Das ist Karl-Heinz«, sagte Paula strahlend, als sie sich wieder zu Nora umdrehte. Sie deutete mit ihrem Kinn auf den kugelrunden Mops, der in ihren Armen lag und selig schlummerte. Offensichtlich hatte er sich nicht in seinem Nickerchen stören lassen, als Paula ihn aufgehoben hatte.

Während der Hund in Paulas Armen döste, gingen sie zurück ins Erdgeschoss. Nachdem Paula Nora die imposante

Küche gezeigt hatte, in der sich kein einziges elektronisches Gerät befand (nach Paulas Aussage gab es eine Kühltruhe, doch die stand viele Meter unter der Erde in einem alten Gewölbekeller und war auf diese Weise vor dem Großteil der Magie geschützt), standen die beiden Mädchen wieder in der Eingangshalle.

»Und was jetzt?«, fragte Nora. Es mussten sich außer der Küche und Frau Berglunds Büro doch noch mehr Räume im Erdgeschoss befinden.

Paula setzte Karl-Heinz ab, der endlich aufgewacht war, und machte ein geheimnisvolles Gesicht. »Jetzt zeige ich dir die Bibliothek. Die habe ich mir extra bis zum Schluss aufgehoben, weil ich weiß, dass deine Eltern eine Buchhandlung besitzen. Ich dachte, da fühlst du dich bestimmt gleich wie zu Hause.«

Nora zuckte kurz zusammen. Bücher. Eigentlich war das eine super Idee von Paula, doch die Erwähnung ihrer Eltern und der Buchhandlung ließ sofort ein Gefühl von Heimweh in ihr entstehen.

Ein Schatten huschte durch Noras Augenwinkel und ließ sie herumfahren. Ein ungefähr zehnjähriger Junge mit strubbeligen braunen Haaren und einem grünen Strickpulli huschte durch die Eingangshalle auf das große Eingangsportal zu. Er öffnete die Tür, warf einen Blick nach draußen, stieß ein Seufzen aus und kam dann wieder in die Halle. Er warf einen neugierigen Blick auf Nora und hob schüchtern die Hand zum Gruß.

»Hallo«, sagte er mit einer erstaunlich hohen Stimme.

»Immer noch nichts?«, fragte Paula mitfühlend.

Der Junge schüttelte den Kopf und schlich dann mit hängenden Schultern die Treppe hoch.

»Das ist mein kleiner Bruder Konrad«, erkläre Paula. »Er ist vor zwei Wochen elf geworden und wartet seitdem jeden

Tag auf seinen Brief aus Hogwarts.« Sie seufzte. »Meine Eltern haben ihm erklärt, dass er vermutlich niemals einen bekommen wird, da es Hogwarts überhaupt nicht gibt, aber … na ja, er gibt die Hoffnung eben nicht auf.«

Nora sah dem Jungen hinterher. Offensichtlich flüchteten sich auch Zauberer in magische Fantasiewelten. Interessant.

Sie drehte sich wieder um und folgte Paula durch die Halle bis zu einer gigantischen hölzernen Flügeltür, die beinahe so groß war wie das Eingangsportal. Paula öffnete die Tür und Nora war auf den ersten Blick überwältigt. Meterhohe Bücherregale säumten die Wände und standen mitten im Raum, so dass sie ein eigenes Gangsystem bildeten. Die oberen Regalreihen waren nicht ohne Hilfsmittel zu erreichen und Nora stellte entzückt fest, dass an den Enden der Reihen Leitern befestigt waren, die auf Schienen an den Regalen entlangfuhren. Das hatte sie bisher nur in Filmen gesehen und sie hatte sich immer schon gewünscht, selbst an einer Reihe von Buchrücken entlang zu sausen. In den Gängen waren gläserne Vitrinen aufgestellt, in denen besonders alte oder wertvolle Bücher zu liegen schienen. Kurz gesagt: Es war ein Paradies für Leseratten. Nora trat in einen der Gänge hinein und begutachtete die Auswahl. Sie fragte sich, ob irgendjemand bewusst diese Sammlung an Büchern zusammengestellt hatte, oder ob sich hier einfach der Lesegeschmack von Generationen von Menschen angesammelt hatte. Es gab frühe Ausgaben von Klassikern wie Goethes Werther, die mit Sicherheit ein Vermögen kosteten und Seite an Seite mit billigen Groschenromanen und Sudoku-Büchern standen. Nora fand Kochbücher, Comics und Pflanzenbestimmungsbücher, reihenweise Lexika und Kunstbände sowie mit Buntstiften vollgekritzelte Bilderbücher.

»Wow«, sagte sie und drehte sich zu Paula um, die mit einem breiten Grinsen neben sie getreten war. »Gibt es hier auch Zauberbücher?«

»Klar.« Paula drehte sich um und lief zielstrebig zu einem der hinteren Gänge, wo sie mit ihrem Finger über die Buchrücken fuhr. »Hier gibt es eine ganze Reihe zum Thema zaubern lernen, oben findest du Ratgeber für Magie in verschiedenen praktischen Bereichen wie kochen, gärtnern oder …«, sie zog ein Buch heraus und sah stirnrunzelnd auf den Einband, »… angeln. Ah ja. In dieser Reihe gibt es einiges zu magischer Medizin und hier hinten«, sie ging tiefer in den Gang hinein, »findest du vor allem geschichtliche Abhandlungen.«

Nora hielt den Kopf schräg, um die Titel besser entziffern zu können, und las neugierig, worüber in der Welt der Magie so geschrieben wurde. Sie hätte sich nicht träumen lassen, in welchen Bereichen des Alltags überall gezaubert wurde (»Magie in meinem Garten – Gemüse und Co« oder »Magische Unterstützung der Selbstheilungskräfte«) oder über welche Themen wissenschaftlich geforscht wurde (»Die magischen Quellen der J.K. Rowling – Mythen und ihre Grundlagen in den Harry-Potter-Bänden«). Sie überlegte, welches Buch sie als erstes zum Lesen mitnehmen sollte, als sie plötzlich gegen einen Widerstand stieß. Vor lauter Bücher-Gucken hatte sie nicht auf ihre Umgebung geachtet und war gegen eine der Vitrinen gelaufen, die ihr schon in den anderen Gängen aufgefallen waren. Nora beugte sich über das Glas und betrachtete das alte Buch im Inneren. Der lederne Einband war im Laufe der Jahre stark nachgedunkelt und hatte Flecken bekommen, aber trotzdem konnte sie den Titel und den Namen des Verfassers erkennen.

»Der Hexenhammer«, stand da in altertümlich wirkender Schrift, »von Heinrich Institoris.«

Nora starrte auf das Buch und blinzelte. Halluzinierte sie gerade? War das ganze Gerede über Magie doch ein bisschen viel für ihren Verstand gewesen? Sie beugte sich näher über die Vitrine und las den Titel noch einmal.

Nein, ein Zweifel war ausgeschlossen. Dort unter dem Glas lag das gleiche Buch, das sie letzte Nacht in der Buchhandlung gefunden hatte. Der Hexenhammer.

Wie seltsam.

»Ist alles in Ordnung?« Paula war neben sie getreten und Nora wurde bewusst, dass sie schon eine ganze Weile lang nichts mehr gesagt hatte.

»Das Buch«, sagte sie langsam und richtete sich wieder auf. »Genau das gleiche Buch habe ich bei uns in der Buchhandlung gefunden.«

Paula sah skeptisch auf den alten Band. »Echt?«, fragte sie. »So etwas verkaufen deine Eltern?«

»Nein, nein«, erwiderte Nora. Sie strich sich die Haare hinter die Ohren, die ihr aber sofort wieder ins Gesicht fielen, da sie den Kopf immer noch vornübergebeugt hielt. »Es war nicht zu verkaufen. Es war versteckt – in einem anderen Buch. Ich habe es letzte Nacht entdeckt. Und ich glaube, die Ausgabe war sogar noch älter als diese hier.« Sie betrachtete den Einband noch einmal gründlich. Sie war keine Expertin, aber von ihrem Vater hatte sie doch das ein oder andere aufgeschnappt, wenn es um verschiedene Ausgaben von Büchern ging. Die Schrift des Titels war moderner und der Name des Verfassers war …

»Moment mal.« Nora starrte auf die verschlungenen Buchstaben. »Heinrich Institoris. War das nicht der Typ, der die Institorier gegründet hat? Der Hexenjäger?« Sie schaute zu Paula auf, die nun eindeutig interessiert wirkte.

»Ja, genau«, sagte sie langsam und nestelte mit ihrem Zeigefinger in einem Loch in ihrem T-Shirt. »Er war ein Mönch, glaube ich, und einer der größten Hexenverfolger zu seiner Zeit. Er hat dieses Buch geschrieben als eine Art Anleitung, wie man Magier erkennt und wie man mit ihnen umgehen sollte.« Sie deutete auf das Buch. »Man hat ihn damals nicht so richtig ernst genommen«, fuhr sie fort. »Selbst die Kirche hat sich von ihm distanziert. Und weil er in seiner gekränkten Eitelkeit mit dieser Ablehnung nicht umgehen konnte, hat er seine eigene Geheimgesellschaft gegründet und auf eigene Faust Magier gejagt.« Sie lachte kurz auf. »Der Typ ist hier ganz in der Nähe auf einem Friedhof begraben.« Nora sah auf.

»Echt?«

»Ja. Das war sogar mit ein Grund dafür, warum man die Zentrale des magischen Vereins hier eingerichtet hat. Die Leute hatten früher mal die Hoffnung, dass sich hier noch weitere Institorier herumtreiben, die man auf diese Weise besser im Blick haben könnte.« Paula gähnte. »Aber soweit ich weiß, ist hier schon ewig keiner mehr aufgetaucht.«

Nora schüttelte verwirrt den Kopf. So interessant die Tatsache war, dass es hier irgendwo ein historisch bedeutendes Grab gab, so gab es im Moment doch eine dringlichere Frage zu klären.

»Warum haben meine Eltern ein Buch von Heinrich Institoris in ihrer Buchhandlung? Und noch dazu in einem Versteck?« Nora wusste, dass ihr Vater in seiner Zeit als Historiker an der Humboldt-Universität in Berlin gearbeitet hatte. Und sein Spezialgebiet war die Zeit der Hexenverfolgung gewesen. Das würde sein Interesse an einem Werk wie dem Hexenhammer erklären. Aber nicht, warum er es in einer Schmuckausgabe von Harry Potter versteckte.

»Das ist wirklich seltsam«, stimmte Paula zu. Sie strich nachdenklich über das Glas der Vitrine. »Vor allem, weil am nächsten Tag die Institorierin aufgetaucht ist.«

Die Institorierin! Nora ließ sich auf einen Stuhl fallen, der neben der Vitrine stand, und versuchte die Bilder zu sortieren, die plötzlich alle in ihrem Kopf auftauchten. Der Hexenhammer. Die geöffnete Tür in der Buchhandlung. Die leere Kasse und das Chaos auf der Ladentheke. Und dann, keine zwölf Stunden später, tauchte diese seltsame Dame in Rot auf. Das konnte doch kein Zufall sein.

»Das waren sie«, murmelte sie und sah zu Paula auf, die sie besorgt musterte. »Der Einbruch – das müssen die Institorier gewesen sein. Sie haben das Buch gesucht.«

»Was für ein Einbruch?« Paula stützte sich mit den Ellbogen auf der Vitrine ab und betrachtete Nora aufmerksam. Ihr T-Shirt rutschte dabei ziemlich weit über die rechte Schulter, was sie aber nicht zu stören schien.

Nora holte tief Luft. »Letzte Nacht ist in unsere Buchhandlung eingebrochen worden. Die Diebe waren schon weg, als ich in den Laden kam und den Hexenhammer fand, aber die Tür stand offen und die Kasse war leer. Wir dachten, dass es sich um normale Einbrecher handelte, aber jetzt ...«, sie sah Paula eindringlich an. »Ich bin mir sicher, dass es die Institorier waren. Sie haben das Buch gesucht, konnten es aber nicht finden und haben noch schnell die Kasse geplündert, um von ihrem eigentlichen Ziel abzulenken.«

Paula zog ihr T-Shirt hoch. »Aber warum war die Frau dann hinter dir her, wenn sie eigentlich das Buch wollte?«

Nora lehnte sich in dem Stuhl zurück und dachte angestrengt nach. »Vielleicht waren sie nach dem Einbruch noch in der Nähe der Buchhandlung und haben mich beobachtet, wie ich in den Laden geschlichen bin. Vielleicht dachten sie, sie könnten über mich an das Buch gelangen.«

Je länger sie darüber nachdachte, desto logischer erschien ihr der Gedanke. Wieso sollte die Frau sonst hinter ihr her gewesen sein? Weil sie eine Hexe war? Das hatte sie doch gar nicht wissen können. Bis vor ein paar Stunden hatte Nora schließlich selbst nichts davon gewusst.

Nein, sicher wollte sie dieses seltsame alte Buch!

»Aber warum?«, wandte Paula ein. »Ich meine, es ist schließlich kein geheimes Zauberbuch, sondern das Buch von ihrem Chef. Sie müssen hunderte von Exemplaren davon besitzen. Man kann es bei Amazon bestellen.«

Nora zuckte mit den Schultern. »Dann muss es eine besondere Ausgabe sein. Vielleicht ist es sogar die Erstausgabe oder so etwas. Vielleicht hat Institoris ein spezielles Vorwort geschrieben. Irgendetwas muss es geben, das dieses Buch für die Institorier so wichtig macht.«

Nora sprang auf. Plötzlich war ihr ein Gedanke gekommen, der ihren Magen zusammenziehen ließ.

»Das Buch ist immer noch bei meinen Eltern.« Sie sah zu Paula, die jedoch nicht zu begreifen schien, was dieser Umstand bedeutete. »Paula, wenn sie gar nicht hinter mir her waren, sondern hinter dem Buch, dann …« Ihre Stimme kippte.

Auch Paula war merklich blasser geworden. »Dann werden sie es wieder versuchen.« Nora fuhr sich über die Augen. Sie dachte an die Dame in Rot und wie sie die Pistole auf sie gerichtet hatte. Nachdem sie ihr und Jo aus der Buchhandlung gefolgt war, war sie überzeugt davon gewesen, dass ihren Eltern keine unmittelbare Gefahr drohte. Aber wenn es gar nicht um sie ging? Wenn es in Wahrheit um das Buch ging, an das diese Verrückte unbedingt kommen wollte? Nora wollte den Gedanken nicht zu Ende denken. Entschlossen sprang sie von ihrem Stuhl auf.

»Wo willst du hin?« Paula löste sich von der Vitrine und setzte sich ebenfalls in Bewegung.

»Ich muss mit Frau Berglund sprechen«, sagte Nora. »Wir müssen zu meinen Eltern und das Buch holen.«

Nora rannte durch die Bibliothek und dann quer durch die Eingangshalle, bis sie vor Frau Berglunds Arbeitszimmer schlitternd zum Stehen kam. Sie hämmerte wie wild gegen die Tür, doch nichts rührte sich. Als sie versuchsweise die Klinke hinunterdrückte, stellte sie fest, dass die Tür abgeschlossen war.

»Mist.« Nora drehte sich zu Paula um. »Hast du eine Idee, wo sie sein könnte?«

Doch bevor Paula antworten konnte, erschallte ein lauter Gong durch die Eingangshalle.

»Abendessen.« Paula biss sich nachdenklich auf die Unterlippe. »Ich denke Frau Berglund wird auch zum Essen kommen. Und wenn nicht, so finden wir dort auf jeden Fall jemanden, der weiß, wo sie ist.«

Nora stöhnte auf. Abendessen. Dafür hatte sie jetzt wirklich überhaupt keinen Sinn! Aber was blieb ihr anderes übrig? Ohne Frau Berglunds Hilfe kam sie hier nicht weg. Also hoffte sie einfach, dass sie die Leiterin des magischen Vereins schnell würde sprechen können.

Nora folgte Paula in das schlichte Esszimmer, in dem sich nicht viel mehr befand als ein riesiger, runder Esstisch, der bereits gedeckt und mit Schüsseln voll dampfender Suppe beladen war. Zu Noras Enttäuschung saß Frau Berglund noch nicht am Tisch, dafür hatten sich ein paar andere Personen dort versammelt, von denen Nora die meisten schon kannte. Eine Frau, die eine elegante karierte Bluse und einen Rock trug, erhob sich bei ihrem Anblick. Sie hatte die gleichen braunen Haare wie Paula, nur trug sie diese schulterlang und mit einem Pony.

»Das ist meine Mama«, erklärte Paula, als Frau von Krummstein auf sie zukam und ihr die Hand reichte.

»Hallo Nora«, sagte sie. »Ich freue mich dich kennenzulernen. Setz dich doch.«

Nora schüttelte ihre Hand, wobei ihr auffiel, dass sie grüne Gummistiefel zu ihrem Rock trug.

Paula führte sie zu zwei freien Stühlen und Nora setzte sich zwischen Paula und Jo, der sie angrinste. Er sah aus, als hätte er in der Zwischenzeit geduscht und sich umgezogen. Seine Locken waren noch nicht ganz trocken, doch klebten sie nicht mehr platt auf seinem Kopf, sondern standen strubbelig in alle Richtungen ab.

»Schicke Klamotten«, sagte Jo und betrachtete die ausgeleierten Sachen, die Nora sich von Paula geliehen hatte. Nora ging nicht auf seine Stichelei ein.

»Danke«, sagte sie kurz und warf einen Blick in die Runde. Die einzig andere Person, die sie bisher noch nicht kennengelernt hatte, war ein alter Herr, der aussah, als wäre er eingenickt. Sein Kopf war nach vorne gesackt und Nora meinte, ein leises Schnarchen zu hören. Wahrscheinlich war das Paulas Opa, dachte Nora und ließ ihren Blick weiter wandern. Neben dem alten Herrn saß Diana, die Nora ein aufmunterndes Lächeln zuwarf, es folgten Frau von Krummstein und der kleine Konrad, der sich mit schwarzem Filzstift einen Blitz auf die Stirn gemalt hatte. Daneben standen ein paar leere Stühle; etwas verloren in der Mitte saß der Nazgul-Typ, der Nora bei ihrer Ankunft in der Halle begegnet war. Zwar hatte er seinen düsteren Umhang abgelegt, aber er hatte die Kapuze seines schwarzen Pullis übergezogen, so dass Nora auch jetzt nicht viel von seinem Gesicht sah. Er schaute nach unten auf seinen Teller und schien sich nicht für die Gespräche der anderen zu interessieren.

»Wer ist das?«, fragte Nora und stupste Paula in die Seite.

Paula warf einen Blick auf den Ringgeist. »Das ist Gregor, mein älterer Bruder.«

Die Tür öffnete sich und zwei völlig identisch aussehende junge Männer traten ein. Nora kannte sie schon von ihrer

Besichtigung der Küche. Die Zwillinge hießen Beat und Rüdiger und waren für die Zubereitung der Mahlzeiten zuständig. Ihr Eintreten musste so etwas wie das Startsignal zum Essen gewesen sein, denn sobald sie sich auf ihre Stühle gesetzt hatten, fingen die anderen an, sich Suppe auf ihre Teller zu schaufeln. Nora, die unruhig auf ihrem Stuhl herumzappelte, wollte eigentlich überhaupt nichts essen. Doch als Paula ihr einen Teller voll Suppe reichte, hörte sie ihren Magen knurren und ihr fiel ein, dass sie seit dem Frühstück nichts mehr gegessen hatte. Beherzt griff sie nach dem Löffel.

»Ich würde mich nicht zu früh freuen«, flüsterte Jo neben ihr. Nora hielt in ihrer Bewegung inne und schaute ihn fragend an. Jo hatte den Mund leicht verzogen. »Beat und Rüdiger versuchen immer wieder, den Kochprozess mit magischen Mitteln zu beschleunigen. Und … nun ja, ihre Technik ist noch nicht so ganz ausgereift.«

Nora zuckte mit den Schultern. Sie wollte ihren Hunger stillen, nichts weiter. Sie hätte sich auch mit einer Schale Haferbrei begnügt. Und was sollte an der Suppe schon schlecht sein? Sie fuhr mit dem Löffel in die cremige, mit allerlei Gemüse versehene Brühe und schob sich eine ordentliche Portion davon in den Mund.

Lecker, dachte sie und fragte sich, was Jo wohl an dem Essen auszusetzen hatte, als sie plötzlich auf etwas Hartes biss. Automatisch verzog sie den Mund. Eine halbrohe Kartoffel! Und die Karotten schienen auch noch nicht so richtig durch zu sein. Ganz zu schweigen vom Brokkoli. Sie kaute ein paar Mal mutig auf den Brocken in ihrem Mund herum, bevor sie alles mit leichten Schmerzen im Hals schluckte und mit einem großen Schluck Wasser herunterspülte. Sie bemerkte, wie Jo sie grinsend von der Seite ansah, doch Nora war nicht zum Lachen zumute. Klappte in diesem Haushalt denn überhaupt nichts? Wo hatte die Leiterin des magischen Vereins nur all diese Versager aufgegabelt?

In dem Moment öffnete sich die Tür ein weiteres Mal und Frau Berglund und Herr von Krummstein traten ins Esszimmer.

Frau Berglund setzte sich auf den freien Platz neben Jo, ohne die Anwesenden zu beachten, und schöpfte sich Suppe auf ihren Teller. Im Gegensatz zu den anderen am Tisch, die verstohlen das Gemüse aus ihrem Essen pickten oder einfach komplett auf das Brot umgestiegen waren, schien der alten Dame die Suppe zu schmecken. Jedenfalls verzog sie nicht den Mund, sondern schaufelte einen Löffel nach dem nächsten in ihren Mund.

Nora trommelte mit ihren Fingern auf dem Tisch. Sie wartete ein paar Höflichkeitsbissen ab, dann beugte sie sich über Jos Teller, der an seinem Essen nicht mehr sonderlich interessiert schien, und versuchte, die Aufmerksamkeit der alten Dame zu bekommen. Paula und Jo sahen ihr dabei zu, der Rest der Abendgesellschaft war in eigene Gespräche vertieft. Alle außer Gregor, der in diesem Moment wortlos vom Tisch aufstand und den Raum verließ. Niemand beachtete ihn.

»Frau Berglund?«, fragte Nora. Die alte Dame reagierte nicht. »Frau Berglund?«

»Hm?« Etwas unwirsch drehte die Leiterin des magischen Vereins den Kopf zu Nora.

»Ich muss dringend mit Ihnen sprechen. Ich glaube, ich weiß, was die Institorier von meinen Eltern wollten.«

Jo lehnte sich mit verschränkten Armen zurück.

»Von deinen Eltern?«, fragte Frau Berglund nach. »Wieso von deinen Eltern? Ich dachte, sie wären nicht magisch begabt.«

»Sind sie auch nicht. Aber sie haben etwas, das die Institorier bestimmt interessiert.« Nora holte tief Luft und erzählte alles, was sie sich vorhin mit Paula in der Bibliothek überlegt hatte. Frau Berglund löffelte in der Zwischenzeit weiter ihre Suppe und Nora war sich nicht sicher, ob sie ihr überhaupt zuhörte. Im Gegensatz zu Jo, der sie wie gebannt anstarrte.

»Du meinst also, die Institorierin war hinter dem Hexenhammer her?« Frau Berglund legte endlich den Löffel zur Seite. Sie hatte ihren Teller tatsächlich leergegessen. Nora nickte.

»Das ergibt überhaupt keinen Sinn.« Energisch tupfte Frau Berglund sich den Mund ab. »Sie müssen massenhaft Exemplare von diesem … Werk besitzen. Wahrscheinlich haben sie sogar die handsignierte Erstausgabe. Abgesehen davon, ist das meiste in diesem Buch sowieso ein riesengroßer Schwachsinn. Als ob man Magier an ihren Muttermalen erkennen könnte.« Sie schnaubte und rückte ihre Brille gerade. Dann schob sie ihren Teller ein Stück von sich weg und legte die Fingerspitzen aneinander. »Ich frage mich allerdings, warum dein Vater ein altes Exemplar dieses Buches in seiner Buchhandlung versteckt. Davon hat er mir nichts gesagt.«

Nora starrte die alte Dame an. »Sie haben mit meinem Vater gesprochen?«, fragte sie laut. »Und mir nicht sofort Bescheid gegeben?«, fügte sie im Stillen hinzu.

Frau Berglund sah sie an. »Ja, wir haben deine Eltern kontaktiert und sie über alles informiert. Diana war bei ihnen. Sie sind damit einverstanden, dass du erst einmal hier bei uns bleibst.«

Diana war bei ihnen gewesen? In der kurzen Zeit? Nora warf einen verstohlenen Blick auf die junge Magierin, die sich angeregt mit Frau von Krummstein unterhielt. Offensichtlich hatte sie nicht nur ihren Eltern einen Besuch abgestattet, sondern dazu noch Zeit gefunden, sich umzuziehen und sich frisch zu machen. Nora schüttelte kurz den Kopf. Sie würde Diana später fragen, wie sie das geschafft hatte.

»Was ist denn jetzt mit dem Buch?«, fragte sie und wandte sich wieder an Frau Berglund. »Solange es in der Buchhandlung ist, werden die Institorier weiter danach suchen. Und solange sind meine Eltern in Gefahr. Wir müssen unbedingt zu ihnen fahren.«

Frau Berglund drehte sich seufzend um. »Erstens glaube ich nicht, dass die Institorier hinter dem Buch her sind. Du bist diejenige mit den magischen Kräften und du warst es, die von ihnen verfolgt wurde. Was sollen sie mit einem Buch, das sie in tausendfacher Ausgabe besitzen? Und zweitens fährst du nirgendwo hin. Erst recht nicht zu deinen Eltern. Die Institorier wissen, wo du wohnst, sie werden dein Elternhaus beobachten. Es ist einfach viel zu gefährlich für dich.«

»Aber meine Eltern –«

»Deinen Eltern droht keine Gefahr. Selbst wenn die Institorier versuchen sollten in die Buchhandlung oder die Wohnung deiner Eltern einzubrechen, so wird ihnen das nicht viel nützen. Diana hat euer Haus mit Schutzzaubern belegt. Daran kommt keiner so schnell vorbei.«

Sie legte ihre Serviette auf den Tisch und erhob sich mit erstaunlich gerader Haltung von ihrem Stuhl.

»Wir werden morgen noch einmal mit deinen Eltern sprechen und deinen Vater nach dem Buch fragen. Heute ist es zu spät. Und außerdem habe ich noch einiges zu erledigen.«

»Aber –«

»Gute Nacht, Nora.«

Als es diesmal passierte, wusste Nora sofort, dass sie dafür verantwortlich war. Wer hätte es auch sonst sein sollen – in einem Moment empfand sie furchtbare Wut auf Frau Berglund und im nächsten sah sie, wie sich das Besteck vom Tisch erhob, aus den Händen der Essenden flutschte, um dann wild im Raum umherzufliegen. Aber obwohl ihr klar war, dass sie es gewesen war, die Messer, Gabeln und Löffel in gefährliche Geschosse verwandelt hatte, war es ihr nicht möglich, den Zauber zu kontrollieren. Als sie ein silbernes Messer auf sich zuzischen hörte, zögerte sie deshalb nicht lange, und kroch blitzschnell unter den Tisch, wo schon der kleine Konrad, Paula und Jo Zuflucht gesucht hatten.

»Beeindruckend«, rief Jo über den Lärm hinweg, den das aneinanderklirrende Besteck und die in der Wand steckengebliebenen Messer und Gabeln verursachten.

Nora warf ihm einen genervten Blick zu und zog dann vorsichtig die Tischdecke zur Seite, um zu sehen, was draußen vor sich ging. Die Erwachsenen hatten scheinbar eine Art Schutzschild um sich herum gezaubert, denn die Besteckteile prallten ein paar Zentimeter vor ihnen ab. Während Paulas Eltern und Diana dicht an die Wand gedrängt standen und zu überlegen schienen, was sie tun sollten, hatte Frau Berglund die Arme erhoben und den Blick auf das Chaos gerichtet.

»Subsistere«, rief die alte Dame über den Lärm hinweg und augenblicklich verharrten Messer, Gabeln und Löffel in ihren Bewegungen, als wären sie eingefroren.

Nora atmete auf. Der Spuk war vorbei, niemand war verletzt worden.

»Constituere«, sagte Frau Berglund und vollführte mit ihren Armen komplizierte Bewegungen. Nora kroch ein paar Schritte unter dem Tisch hervor, um besser sehen zu können, was die Leiterin des magischen Vereins vorhatte. Paula und Jo folgten ihr.

»Ich befürchte, wir bekommen mal wieder eine Show«, murmelte Jo. Nora warf ihm einen fragenden Blick zu, doch Jo schüttelte nur den Kopf und deutete auf eine Stelle oberhalb des Esstisches. Dort hatten sich inzwischen sämtliche Besteckteile in Reihen versammelt und zwar aufrechtstehend und ordentlich in Gruppen aufgeteilt: Die großen Löffel und die Messer standen hinten, davor und ein wenig nach rechts versetzt die Gabeln und ganz vorne links reihten sich die Dessertlöffel auf. Nora fragte sich, was Frau Berglund mit dieser Formation bezwecken wollte, als die alte Dame ihre Arme weit öffnete mit den Handflächen nach oben.

»Cantare«, sagte sie, vollführte eine kleine Drehung mit den Zeigefingern und im nächsten Moment fing das Besteck an zu singen.

Zumindest ertönten aus seiner Richtung die zarten Klänge eines Kanons, den Nora aus der Schule kannte. Sie schaute sich um, ob irgendjemand Musik angestellt hatte, als ihr einfiel, dass es in diesem Haus keine Elektronik gab, die dazu in der Lage war.

Also war es wirklich das Besteck, das sang.

Neben Nora ließ Jo ein leises Stöhnen und Paula ein Kichern vernehmen. Als sie Noras Blick auffing, wurde ihr Kichern lauter.

»Das macht sie immer«, sagte sie prustend. »Sie kann einfach nicht anders, glaube ich.«

Das Besteck schwebte immer noch einen halben Meter über dem Esstisch und sang nun irgendetwas, das sich wie ein Kirchenlied anhörte. Das Ganze machte den Eindruck eines seltsamen Chores, der versehentlich aus einem Disney-Film ausgebrochen war.

»Dividere«, sagte Frau Berglund und führte mit ihren Armen eine Bewegung aus, die Nora an Brustschwimmen erinnerte. Im nächsten Moment sang der Besteck-Chor mehrstimmig: Die Löffel hatten erstaunlicherweise tiefere Stimmen als die Gabeln, und am höchsten sangen die Dessertlöffel.

Nora schüttelte den Kopf und sah zu den anderen Erwachsenen hinüber, die immer noch an der Wand standen, aber ihre angespannte Haltung aufgegeben hatten. Beat und Rüdiger grinsten sich an, Diana lächelte etwas schmerzhaft und hob entschuldigend die Hände, als sie Noras Blick auffing und Herr und Frau von Krummstein schienen genervt. Nur der alte Herr von Krummstein lauschte dem Gesang; er hatte den Kopf zur Seite geneigt und betrachtete das Schauspiel hingerissen.

»Frida.« Frau von Krummstein war zu Frau Berglund getreten und hatte ihr behutsam eine Hand auf die Schulter gelegt. »Ich glaube, es reicht jetzt.«

Frau Berglund seufzte und verzog den Mund, doch sie nickte widerwillig.

»Subsistere«, sagte sie leise. »Adnutare. Desinere.«

Der Chor verstummte, doch bevor sich die Messer, Gabeln und Löffel wieder zurück auf den Tisch legten, schwebten sie alle ein paar Zentimeter nach vorn und verbeugten sich artig.

Frau Berglund nickte zufrieden, warf allen im Raum einen stechenden Blick zu und verschwand dann durch die Tür. Diana folgte ihr sofort und auch die übrigen Erwachsenen verließen einer nach dem anderen das Esszimmer. Als auch der alte Herr von Krummstein zusammen mit Konrad aus dem Raum geschlendert war, brach Paula in hemmungsloses Lachen aus.

»Du hättest dein Gesicht sehen sollen«, sagte sie und ließ sich einen Stuhl fallen. »Das war echt besser als ihre Show.«

Nora fand das gar nicht lustig. »Und so eine Verrückte ist die Leiterin des magischen Vereins? Die ist doch total irre!«

Jo zuckte mit den Schultern. »Na ja, zaubern kann sie«, sagte er. »Sie ist die beste Hexe, die ich kenne. Und die anderen Leitungsaufgaben kann sie ja delegieren.«

Nora stieß ein Schnauben aus. »Das macht sie aber offensichtlich nicht.« Ihr war wieder eingefallen, was überhaupt zu der eindrücklichen Darbietung geführt hatte und warum sie eigentlich wütend auf Frau Berglund gewesen war. »Dass sie nicht sofort zu meinen Eltern fahren will, ist doch absolut fahrlässig. Bis morgen früh haben die Institorier das Buch schon dreimal geholt. Schutzzauber hin oder her.« Nach allem, was sie bisher an Zaubereien gesehen hatte, hatte sie kein allzu großes Vertrauen in die magischen Schutzmaßnahmen. Und immerhin ging es hier nicht nur um das Buch. Die Sicherheit ihrer Eltern stand auf dem Spiel.

Jo sah sie nachdenklich an. »Das finde ich allerdings auch ein wenig riskant«, sagte er.

Nora warf ihm einen scharfen Blick zu. Jos Augen funkelten, als habe er etwas geplant. Etwas, das nicht im Sinne von Frau Berglund war. Sie stieg sofort darauf ein.

»Hast du eine Idee, wie wir hier herauskommen?«

»Hier herauskommen?«, fragte Paula alarmiert. Sie hockte immer noch auf allen vieren vor dem Tisch und sah zwischen Jo und Nora hin und her. »Wollt ihr etwa auf eigene Faust losziehen und das Buch holen? Aber die Insititorier!«

Jo legte beschwichtigend einen Arm um Paulas Schultern. »Wir sind vorsichtig. Und immerhin können wir ja auch zaubern. Das können die Institorier nicht.«

»Ähm …«, Nora spürte, wie sie rot wurde, doch Jo winkte ab.

»Du kannst vielleicht keine Messer zum Singen bringen«, sagte er, »aber wenn es darauf ankommt, schaffst du es ziemlich gut, dich selbst zu verteidigen.«

Nora dachte nach. Es stimmte, was Jo sagte. Sie konnte zwar nicht aktiv auf ihre Magie zugreifen, aber heute hatte sie schon ein paar Mal bewiesen, dass ihr Unterbewusstsein ganz von selbst zauberte, wenn es das Gefühl hatte, dass es notwendig war.

Paula sah immer noch nicht ganz überzeugt aus, doch Nora merkte, wie sie anfing zu schwanken. Die Aussicht auf ein Abenteuer schien sie durchaus zu reizen.

»Aber wie wollt ihr in die Stadt kommen?«, fragte sie. Das war eine berechtigte Frage. Sie waren mitten im Schwarzwald, wo spätabends keine Busse mehr fuhren.

Jo sah auf seine Armbanduhr. »In zwei Stunden sollte Ruhe im Haus sein. Dann schlafen entweder alle oder sind zumindest in ihren Zimmern. Bis dahin sollten wir warten. Und dann«, er machte eine dramatische Pause, »fahren wir einfach mit dem Auto in die Stadt.«

Paula sah ihn skeptisch an. »Von uns hat niemand einen Führerschein«, gab sie zu bedenken.

»Von uns nicht«, gab Jo zu, »aber Gregor hat einen.«

Paula sah noch nicht überzeugt aus. »Ich weiß nicht …«, murmelte sie, doch Nora wusste, dass sie keine andere Wahl hatten, als den Ringgeist mit ins Boot zu holen, falls sie nicht einen der Erwachsenen fragen wollten.

»Okay, dann treffen wir uns in zwei Stunden unten in der Halle«, sagte sie. »Jo, kümmerst du dich um Gregor?«

Jo nickte grinsend. »Wird gemacht.«

KAPITEL 7

»Okay, wir haben ein kleines Problem«, flüsterte Jo, als sich die drei wie verabredet kurz vor Mitternacht in der Eingangshalle trafen. Nora brannten die Augen. Sie hatte vor Aufregung in der Zwischenzeit nicht schlafen können, doch so langsam machten sich die Strapazen dieses Tages bemerkbar.

»Was für ein Problem?«

Jo verzog den Mund und sah auf den Boden. »Gregor ist nicht da.«

»Was?« Nora schlug sich die Hand vor den Mund, als sie bemerkte, wie laut sie geworden war. Warum hatte Jo ihnen das nicht früher gesagt?

»Er ist nicht wieder in seinem Zimmer aufgetaucht«, erklärte Jo zerknirscht. »Den ganzen Abend nicht.« Er sah Nora entschuldigend an, wobei er seine verschiedenfarbigen Augenbrauen hochzog.

Paula seufzte. Sie trug einen riesengroßen, khakifarbenen Armeepullover und hatte ihre Jeans in wadenhohe Boots gesteckt. Sie sah eher so aus, als würde sie für eine Guerilla-Truppe in den Kampf ziehen, anstatt in eine Buchhandlung zu fahren, aber anscheinend fühlte sie sich so besser vorbereitet.

»Er ist bestimmt wieder auf dem Friedhof«, sagte sie. »Tote beschwören.«

Augenblicklich vergaß Nora ihren Ärger über Jo.

»Dein Bruder beschwört Tote?«, fragte sie entgeistert. »Wissen eure Eltern davon?« Nora hoffte, dass die Antwort auf ihre Frage »nein« war, denn andernfalls würde es bedeuten, dass Tote zu beschwören ein alltäglicher Bereich der Magie war. Ein Gedanke, der ihr nicht behagte.

Paula winkte ab. »Ja, ist aber nicht so schlimm, wie es sich anhört.« Sie wandte sich an Jo. »Und wie ist dein Plan B?«

Nora schüttelte den Kopf, um die Gedanken an den totenbeschwörenden Gregor zu verdrängen und sich wieder auf ihr Problem zu konzentrieren. Jo zuckte mit den Schultern. Im Gegensatz zu Paula trug er die gleichen Klamotten wie beim Abendessen. Allerdings hatte er wieder seine Lederjacke übergezogen, die immer noch ein wenig klamm wirkte.

»Ich könnte uns fahren. Ich hab zwar keinen Führerschein, aber ich kann fahren. Ich meine, ich hab es schon mal probiert und das Auto … äh … fuhr.«

Nora und Paula tauschten einen leicht panischen Blick aus. Nora erinnerte sich daran, dass es auf der Fahrt hierher einige halsbrecherische Serpentinen gegeben hatte. Da würde sie ungern mit einem Fahrer im Auto sitzen, dessen Wagen … fuhr.

Seufzend strich sie sich die Haare hinter die Ohren. »Wenn mein Handy doch nur nicht kaputt wäre«, sagte sie leise. »Dann könnte ich Mark anrufen und er könnte uns hier abholen.«

»Wer ist Mark?« Jo sah sie stirnrunzelnd an.

»Mein Freund«, sagte Nora. »Also, mein bester Freund. Er ist älter als ich und hat seit kurzem seinen Führerschein. Er würde sofort mit dem Auto seines Vaters hierherkommen und uns holen, wenn ich ihn darum bitten würde.«

Jo sah nicht gerade begeistert aus, doch Paulas Augen weiteten sich und sie beugte sich aufgeregt vor. »Das ist doch super! Wir können das Telefon in Frau Berglunds Büro benutzen.« Sie deutete auf die Tür hinter sich. »Und dann treffen wir uns mit Mark im Dorf.«

Sie drehte sich um und lief zur Bürotür. Nora folgte ihr aufgeregt. Ihre Müdigkeit war mit einem Mal wie weggeblasen. Sie würde nicht nur ihre Eltern wiedersehen, sondern auch Mark. Und auch wenn Mark über keinerlei Zauberkräfte verfügte, so hielt Nora ihn doch für kompetenter als sämtliche Zauberer, die sie bisher kennengelernt hatte.

»Mist«, hörte sie Paula murmeln. »Es ist abgeschlossen.« Sie drehte ihren Kopf über die Schulter. »Jo?«

Jo schlenderte ihnen langsam nach. Er hatte die Hände in die Jeanstaschen gesteckt und sah aus, als ob er schmollen würde.

»Ich bin mir nicht sicher, ob wir diesen Mark überhaupt in die Sache mit hineinziehen sollten«, meinte er, als er bei den Mädchen angekommen war. »Er hat doch überhaupt keine Ahnung von Magie und wir wissen nicht, wie er auf die ganze Geschichte reagieren wird.«

Nora verschränkte die Arme. »Er wird vernünftig reagieren«, sagte sie. »Und er wird uns helfen. Ich vertraue ihm. Und vor allem vertraue ich seinen Fahrkünsten.«

Einen Moment lang hatte Nora den Eindruck, als wolle Jo ihr widersprechen, doch dann seufzte er nur und beugte sich über das Schlüsselloch. Nora kniff die Augen zusammen und versuchte, in der Dunkelheit zu erkennen, was er machte. Er hatte die Hände auf das Türschloss gelegt und konzentriert die Augen geschlossen.

»Rima … rera … rumi … ach Mist.« Mit einem frustrierten Ausdruck in den Augen sah er sich zu Paula um.

»Ernsthaft, Jo?«, fragte diese. Dann schüttelte sie den Kopf. »Reserare.«

»Ach ja.« Jo drehte sich wieder um. »Reserare«, murmelte er und im nächsten Moment erschien ein blaues Leuchten unter seinen Händen und Nora hörte ein leises Klicken.

»Nach euch«, sagte er und Nora und Paula schlüpften schnell in das Zimmer.

Nora sah sich um, während Jo eine leuchtende Kugel auf seiner Handfläche entstehen ließ, ähnlich wie die von Frau Berglund, mit dem Unterschied, dass aus Jos Kugel keine tanzenden Elfen sprangen. Zielstrebig schlich er zum Schreibtisch und leuchtete mit der Kugel zwischen den Papieren.

Obwohl Nora erst vor ein paar Stunden in dem Büro gewesen war, wirkte es in der Dunkelheit ganz anders. Die Bücherregale an den Wänden schienen höher zu sein als tagsüber und sie hatte den Eindruck, als ob die Bücher weiter vorne auf den Regalböden standen und auf sie herabblickten. Als würden sie ihr Eindringen beobachten. Überhaupt wirkten die Möbel viel größer und wuchtiger. Vielleicht waren es magische Möbel, überlegte Nora, die sich nachts veränderten. Viel wahrscheinlicher war allerdings, dass ihr ihre Fantasie einen Streich spielte.

»Okay, dann leg mal los.« Jo deutete auf den klobigen schwarzen Telefonapparat, dessen Umrisse sich deutlich vom Hintergrund abzeichneten. Nora trat zum Schreibtisch und griff nach dem Hörer, der ihr wegen des ungewohnten Gewichts fast wieder aus der Hand fiel.

»Huch«, sagte sie, als sie den Hörer wieder auffing, während Paula ein leises Stöhnen entfuhr. »Und wie funktioniert das jetzt mit der Scheibe?«

»Finger in die entsprechende Zahl reinstecken und nach rechts drehen, bis es nicht mehr weitergeht«, erklärte Jo.

Nora sah ihn stirnrunzelnd an. »Aber das dauert ja ewig.«

Jo zuckte mit den Schultern. »Dafür ist diese alte Technik ziemlich robust gegenüber Magie.« Plötzlich hielt er inne und seine Augen weiteten sich vor Schreck. »Versteckt euch«, zischte er und ließ im selben Moment die leuchtende Kugel verschwinden. »Da kommt jemand.«

Es dauerte einen Augenblick, bis Nora begriff, was Jo da gerade gesagt hatte. Dann hörte sie es auch: Hohe Absätze auf dem Parkett in der Eingangshalle, die sich eindeutig dem Büro näherten. Schnell legte sie den Hörer aufs Telefon und sah sich panisch um. Die einzigen guten Verstecke waren die beiden Vorhänge, deren schwerer Stoff üppige Falten bildete, doch dahinter verschwanden gerade Jo und Paula. Nora hörte, wie ein Schlüssel ins Türschloss gesteckt und hin- und hergedreht wurde. Ein leises Fluchen ertönte und dann wurde die Klinke heruntergedrückt.

Nora bückte sich blitzschnell und kroch unter den großen Schreibtisch. Das war alles andere als perfekt, aber das einzige, was ihr auf die Schnelle einfiel. Jetzt wäre wirklich ein guter Moment, um unsichtbar zu werden, dachte sie und betrachtete missmutig ihre überaus sichtbaren Arme.

Die Tür öffnete sich und im nächsten Moment wurde das Büro durch das in diesem Haus typisch funzelige Licht erleuchtet, über das Nora zum ersten Mal glücklich war. In diesem Halbdunkel war sie möglicherweise doch nicht so leicht zu entdecken. Sie sah, wie sich zwei graue Hosenbeine dem Schreibtisch näherten. Frau Berglund. Sie hatte also doch noch nicht geschlafen. Nora hoffte, dass die Leiterin des magischen Vereins nicht hierhergekommen war, um stundenlang zu arbeiten. So lange würde sie in dieser unbequemen Haltung nicht durchhalten.

Doch Frau Berglund schien keine längerfristigen Absichten zu haben, zumindest blieb sie hinter dem Schreibtisch stehen und setzte sich nicht auf ihren Stuhl. Nora hörte, wie sie den Telefonhörer anhob und anfing, die monströse Wählscheibe zu bearbeiten. Einen Moment lang blieb es still. Dann schien sich jemand am anderen Ende der Leitung zu melden, denn Frau Berglund räusperte sich und sprach dann mit harscher Stimme in den Hörer.

»Ada? Hier ist Frida.«

Nora hörte ein undeutliches Murmeln vom anderen Ende der Leitung.

»Ich weiß, wie spät es ist.« Frau Berglund klang streng. »Aber es gibt hier eine kleine … Situation.« Sie schwieg einen kurzen Moment und lauschte der Stimme am anderen Ende.

»Du weißt nicht zufällig etwas darüber, ob Maria eine Tochter hatte?« Wieder Schweigen und diesmal war Nora sich sicher, dass auch die andere Stimme eine ganze Weile schwieg, bevor sie leise etwas murmelte.

»Wieso? Weil Diana heute ein magisch begabtes Mädchen vor Institoriern gerettet hat, das Maria wie aus dem Gesicht geschnitten ist.« Frau Berglunds Stimme klang wütend. »Ich erwarte, dass du morgen früh bei mir im Büro erscheinst und mir die ganze Sache erklärst.« Mit einem lauten Knallen warf sie den Hörer auf die Gabel. Einen Moment lang blieb die alte Dame am Schreibtisch stehen. Dann seufzte sie einmal laut und verließ das Büro, ohne die Tür abzuschließen oder das Licht zu löschen.

Nora saß immer noch unter dem Schreibtisch, als Jo und Paula sich zu ihr hinunterbeugten. Irgendwie war ihr bewusst, dass es wichtig war, was Frau Berglund gesagt hatte, dass es mit ihr zu tun hatte, aber sie verstand es einfach nicht.

»Diana hat ein magisch begabtes Mädchen gerettet?«, fragte Paula und hockte sich im Schneidersitz vor Nora. »Meinte sie damit etwa dich?«

»Natürlich«, erwiderte Jo, bevor Nora antworten konnte. Er setzte sich ebenfalls auf den Boden und sah Nora fragend an. »Aber wer ist Maria? Und warum bist du ihr wie aus dem Gesicht geschnitten?«

Nora tastete nach einem der Schreibtischbeine, um sich daran festzuhalten. Ihr war ein bisschen schwindelig, seit sie begriffen hatte, dass es in dem Telefonat um sie gegangen war.

»Ich glaube, Frau Berglund weiß, wer meine leibliche Mutter ist«, sagte sie tonlos. Herr von Krummstein hatte ja schon angedeutet, dass ihre Eltern ebenfalls Magier gewesen sein könnten, aber offensichtlich hatte Frau Berglund eine konkrete Idee. Nora dachte daran, wie die alte Dame sie am Nachmittag angestarrt hatte, als säße ein Geist vor ihr. Vielleicht war das tatsächlich der Fall gewesen. Der Geist irgendeiner Frau, die sie kannte.

»Deine leibliche Mutter?«, fragte Paula verwirrt.

Nora schüttelte den Kopf, um ihre Gedanken zu sortieren. »Meine Eltern haben mich adoptiert. Ich habe also irgendwo noch leibliche Eltern, oder hatte sie zumindest, die ich allerdings nicht kenne. Die ich jedenfalls bis jetzt nicht gekannt habe.« Sie machte eine kleine Pause und sah zu Paula und Jo, die sie aus großen Augen anstarrten. »Sagt euch der Name Maria zufällig was?«

Die beiden dachten einen Moment lang nach.

»Ich kenne keine, die als deine Mutter in Frage kommen würde«, sagte Jo dann, während Paula nur mit dem Kopf schüttelte.

Nora fuhr sich mit der Hand über die Augen. Das wäre ja auch zu einfach gewesen. »Und wer ist Ada?«

»Das muss Ada Mai sein«, sagte Paula und Jo nickte bekräftigend. »Sie gehört auch zum magischen Verein und wohnt nicht weit weg von hier.« Sie musterte Nora aufmerksam. »Was willst du jetzt machen?«

Nora sah nachdenklich zur Tür, hinter der Frau Berglund verschwunden war. War es wirklich möglich, dass die Leiterin des magischen Vereins wusste, wer ihre leibliche Mutter war? Sollte sie nach all der Zeit endlich erfahren, wer sie vor sechzehn Jahren in einem Kinderheim abgegeben hatte? Wie oft hatte sie sich diesen Moment früher ausgemalt – in ihren Vorstellungen war immer eine fremde, abenteuerlich wirkende Person in die Buchhandlung gekommen und hatte ihr von dem Geheimnis ihrer Eltern erzählt. Und wie es aussah, war die Wirklichkeit noch viel abenteuerlicher als ihre Träume. Wie gern würde sie jetzt hinter Frau Berglund herlaufen und sie zur Rede stellen. Andererseits würde es auch nicht viel ändern, wenn sie damit bis morgen wartete. Ob sie einen Tag früher oder später erfuhr, wer ihre leibliche Mutter war, war im Grunde egal. Ihren Eltern in der Buchhandlung drohte dagegen eine reale Gefahr.

Nora seufzte und sah in die Gesichter von Paula und Jo, die sie immer noch neugierig anblickten und auf ihre Antwort warteten.

»Gebt mir den Telefonhörer«, sagte sie. »Ich werde Mark anrufen.«

»Du bist eine Hexe?« Mark starrte Nora so lange von der Seite an, dass das Auto seines Vaters gefährlich weit über den Mittelstreifen fuhr.

»Sieh auf die Straße, Mark«, rief Nora, die auf dem Beifahrersitz saß und sich an den Sitzpolstern festkrallte. »Und ja, ich bin eine Hexe.«

Nora musste ihrem besten Freund zugutehalten, dass er die Neuigkeiten erstaunlich gefasst aufnahm. Wenn man außer Acht ließ, dass er sie ziemlich chaotisch durch die

Nacht manövrierte. Aber ansonsten – kein hysterisches Lachen, kein Schreien, kein »Ihr seid doch alle verrückt«. Sie war fast ein bisschen stolz auf ihn.

Sie hatte Mark am Telefon nur das Nötigste erzählt. Er hatte sich schon Sorgen gemacht, da sie nach der Aktion im Computerladen nicht mehr erreichbar gewesen war. Nora hatte ihm versichert, dass es ihr gut gehe, dass sie aber in Schwierigkeiten steckte. Und dass sie seine Hilfe brauchte. Mark hatte sofort zugestimmt, sich das Auto seines Vaters zu schnappen und sie abzuholen. Da das Anwesen der von Krummsteins durch diverse Schutzzauber mehr oder weniger abgeriegelt war, hatten sie sich im nahe gelegenen Dorf verabredet. Mark war mit dem uralten Polo seines Vaters vorgefahren, hatte kurz gestutzt, als er Jo und Paula erblickte, aber nichts gesagt, als Nora zur Eile drängte. Erst als sie die Ausfahrt des Dorfes passiert hatten, hatte Nora angefangen, ihm sämtliche Einzelheiten zu erzählen, die seit dem Nachmittag vorgefallen waren.

»Heißt das jetzt, du kannst zaubern?« Mark blickte sie an, doch diesmal richtete er die Augen schneller zurück auf die Straße. Seine Brille saß mal wieder schief auf der Nase und in der Eile hatte er seinen Pullover verkehrt herum angezogen. »Zauber mir was vor.«

Nora wurde rot, was in der Dunkelheit jedoch niemand sehen konnte. »Ähm, das geht nicht.«

»Ach so?«

Nora seufzte. »Ich hab dir doch gesagt, dass ich bisher nur unbeabsichtigt gezaubert habe. Ich hab den Dreh noch nicht raus, wie es absichtlich geht.« Sie griff fester in den Sitz, als Mark Gas gab und bei Dunkelgelb über die Ampel fuhr. »Aber wenn du weiter so halsbrecherisch fährst, könnte es gut sein, dass ich dem Wagen unbewusst die Reifen weghexe.«

»Was?« Mark wirkte etwas zerstreut.

Auf der Rückbank ließ Jo ein leises Stöhnen vernehmen. »Ich könnte ihm was vorzaubern, wenn er das unbedingt will.« Als Nora sich zu ihm umdrehte, hatte er bereits die Arme gehoben.

»Nein«, schrie Paula und Jo hielt inne. »Willst du, dass Mark uns vor einen Baum setzt?«

Jo ließ die Arme wieder sinken und Mark warf ihm einen seltsamen Blick durch den Rückspiegel zu. »Wer ist eigentlich dieser Typ?«, fragte er leise und beugte seinen Kopf zu Nora hinüber.

»Hab ich doch erzählt«, wisperte Nora zurück. »Er gehört zu den Magiern.«

Mark verzog den Mund. »Ja, aber warum ist er gestern am Computerladen aufgetaucht? Findest du das nicht ein bisschen seltsam?«

Nora zuckte mit den Schultern. »Er hat gesagt, dass er was erledigen musste«, meinte sie. »Und ich glaube nicht, dass —«

Von hinten ertönte ein lautes Räuspern. »Ich will euch ja nur ungern stören«, sagte Jo, dessen Stimme alles andere als bedauernd klang, »aber wir sind bald da.« Er deutete nach draußen, wo sie gerade die Dreisam Richtung Innenstadt überquerten. »Vielleicht sollten wir uns überlegen, wie wir in der Buchhandlung vorgehen, bevor wir dort sind.«

Paula nestelte aufgeregt an ihren Schnürsenkeln. Ihre Wangen glühten vor Aufregung, das konnte Nora sogar im dunklen Auto erkennen.

»Am besten ist es wahrscheinlich, wenn wir uns aufteilen«, sagte Paula. »Nora und ich gehen in den Laden und holen das Buch und Jo und Mark —«

»Nein«, riefen Jo und Mark gleichzeitig. Nora warf ihnen einen neugierigen Blick zu und Paula verzog empört das Gesicht.

»Und warum nicht, bitte?«, fragte sie.

Mark und Jo schwiegen einen Moment. Jo sprach als erster.

»Weil – und fass das jetzt bitte nicht als Kritik auf, Paula – weil ich finde, dass Nora mit jemandem zusammen in den Laden gehen sollte, der zaubern kann.« Paula hatte protestierend den Mund geöffnet, aber Jo schnitt ihr mit einer Geste das Wort ab. »Du weißt, was ich meine. Es könnten Institorier in der Buchhandlung sein. Es könnte gefährlich werden.« Paula sah ihn trotzig an, schwieg aber.

»Das heißt, dass du mit Nora das Buch holen willst?«, fragte Mark. Er schien von dem Vorschlag ebenso wenig begeistert zu sein wie von Paulas.

»Ganz genau.« Jo lehnte sich zurück. »Nora und ich gehen rein und holen das Buch und ihr beide«, er deutete auf Paula und Mark, »bleibt im Auto und beobachtet die Umgebung. Sobald euch etwas Merkwürdiges auffällt, wie zum Beispiel eine rot gekleidete Frau oder bis an die Zähne bewaffnete Personen, hupt ihr zwei Mal. Okay?«

»Okay«, sagte Nora. Ihr erschien der Plan absolut logisch. Sie war die Einzige, die wusste, wo das Buch versteckt war und Jo war der Einzige, der richtig zaubern konnte. Außerdem war es wichtig, dass draußen jemand wartete, um sie im Notfall zu warnen.

Nachdem auch Paula und Mark grummelnd ihre Zustimmung gegeben hatten, bog Mark auch schon auf die kleine Straße ein, in der die Buchhandlung lag. Er fand einen Parkplatz, von dem aus man den Laden gut im Blick hatte. Nachdem er eingeparkt hatte, sah er Nora durch seine Brille hindurch ernst an.

»Pass auf dich auf, okay?«

Nora lächelte. »Immer«, sagte sie, dann sprang sie aus dem Wagen und folgte Jo in den leichten, nächtlichen Nieselregen. Sie huschten auf die Haustür der Familie Brix zu. Nora wollte nicht durch die Eingangstür der Buchhandlung gehen, um möglichst unbemerkt zu bleiben. Wenn die Institorier die Buchhandlung beobachteten, würden sie auf den schmalen Wohnungseingang vielleicht nicht so sehr achten. Während sie hektisch nach ihrem Schlüssel kramte, den sie in die geliehenen Klamotten gesteckt hatte, hatte Jo ihr den Rücken zugekehrt und sah sich aufmerksam um.

»Beeil dich«, wisperte er. »Ich glaube nicht, dass wir hier lange stehen sollten.«

»Ich mach ja schon«, entgegnete Nora und drehte den Schlüssel im Schloss. »Könntest du uns nicht einfach unsichtbar machen?«

Jo gab ein Schnauben von sich, während er hinter Nora ins Haus trat. »Ein vollständiger Verschleierungszauber ist wirklich nicht so leicht, weißt du? Deshalb war das auch ziemlich beeindruckend, was du gemacht hast.« Er sah sich im Flur um. »Außerdem sollten wir durch Dianas Schutzzauber einigermaßen sicher sein.«

»Einigermaßen?« Das klang nicht halb so vertrauenserweckend, wie Nora es sich gewünscht hätte. Doch Jo zuckte nur mit den Schultern.

»Es musste ja ziemlich schnell gehen und Diana war allein.«

Nora verdrehte die Augen. An seinem Sicherheitskonzept sollte der magische Verein dringend arbeiten. Es wäre bestimmt möglich gewesen, mehr als eine Magierin zu ihren Eltern zu schicken. Sie seufzte und drehte sich dann zur Verbindungstür, die in die Buchhandlung führte. Es war kaum zu glauben, dass nur vierundzwanzig Stunden vergangen waren, seit sie das letzte Mal vor dieser Tür gestanden hatte. Vierundzwanzig Stunden, in denen ihre Welt komplett auf den Kopf gestellt worden war.

Sie gab sich einen Ruck, griff nach dem Schlüssel, der neben der Tür hing, und öffnete den kleinen Laden ihrer Eltern. Auch wenn sie wusste, dass sie sich beeilen musste, so blieb sie doch einen Moment stehen, um den vertrauten Geruch der neuen Bücher einzuatmen.

»Meinst du, du findest dich auch ohne Licht zurecht?«, fragte Jo, der schon ein paar Schritte vorausgegangen war. »Ich denke, es wäre sinnvoll, nicht beim Schein einer magischen Lampe durch den Laden zu gehen.«

Nora grinste. »Kein Problem«, sagte sie und setzte sich in Bewegung. Sie hatte so viele Stunden ihres Lebens in diesem Raum verbracht, sie könnte mit geschlossenen Augen durch die Buchhandlung gehen, ohne gegen ein einziges Regal zu stoßen. Zielstrebig schlich sie auf die Jugendbuchabteilung zu und atmete auf, als sie die Harry-Potter-Schmuckausgabe im Regal stehen sah.

»Das ist es?« Jo war nah an das Regal getreten und kniff die Augen zusammen, um trotz der Dunkelheit etwas erkennen zu können. »Harry Potter? Ernsthaft?«

Nora antwortete nicht, sondern holte den Schuber vorsichtig herunter. Sie zog den *Orden des Phönix* heraus und atmete erleichtert auf, als sie die alte, vergilbte Ausgabe des Hexenhammers in den Händen hielt. Triumphierend streckte sie Jo das Buch entgegen.

»Siehst du?«, sagte sie. »War doch gar nicht so schwer!«

In dem Moment ertönte von draußen eine Autohupe. Zweimal.

»Mist«, sagte Jo und drehte sich um. »Schnell, nichts wie raus hier.«

Doch es war zu spät. Die Buchhandlung erstrahlte plötzlich in hellem Licht und in der Verbindungstür standen zwei Gestalten in Motorradkluft, inklusive Helm, so dass man ihre Gesichter nicht erkennen konnte. Sie traten durch die Tür und machten zwei weiteren Personen Platz, die ihnen folgten. Eine von ihnen war ein junger Mann mit langen Haaren, die er zu einem Zopf zusammengebunden hatte. Er sah sich ausdruckslos in der Buchhandlung um. Die andere war …

»Nora. Wie schön dich wiederzusehen.«

… die Dame in Rot.

Sie trug den gleichen roten Trenchcoat wie am Vortag, doch heute hatte sie ihren Hut nicht aufgesetzt und ihre langen, schwarzen Haare zu einem eleganten Knoten hochgesteckt. Ihr Raubvogelblick bohrte sich in Noras Augen und ihr rotgeschminkter Mund hatte sich zu einem kalten Lächeln verzogen.

»Du hast da etwas, das uns gehört.«

Nora presste das Buch fester an sich und stellte sich hinter Jo, der die Arme bereits zum Zaubern erhoben hatte. Im selben Moment stellten sich die Dame in Rot sowie der junge Mann hinter die beiden Motorradfahrer, als wollten sie sich hinter ihnen verstecken.

»Adflu … adfli … adfla … verdammt, verdammt, verdammt.« Jo raufte sich die Haare.

»Was ist?«

»Mir fällt das blöde Wort nicht ein.«

Nora lagen diverse, wenig schmeichelhafte Namen für Jo auf der Zunge, doch bevor sie ihrem Ärger Luft machen konnte, hörte sie ein Lachen. Ein irres Lachen, bei dem sich ihre Nackenhaare aufstellten. Sie lugte hinter Jos Rücken hervor und sah, wie die Dame in Rot wieder hinter dem Motorradfahrer hervortrat. Sie hatte Tränen in den Augen und konnte sich kaum aufrecht halten vor Lachen.

»Kinder«, keuchte sie, als sie ihre Stimme wieder einigermaßen unter Kontrolle hatte. »Da geben wir uns all die Mühe für unseren Magieschutz und dann haben wir es mit unfähigen Kindern zu tun.«

»Adflare, Jo!«

Nora sah auf. Hinter den Motorradfahrern waren Mark und Paula aufgetaucht, beide mit schweren Stöcken bewaffnet, die sie wohl unter einem der Bäume gefunden hatten. Bevor Nora begriff, hatte Jo sie schon wieder hinter sich geschoben und die Arme erneut gehoben.

»Adflare«, rief er und Nora spürte, wie sich eine leichte Brise in ihren Haaren verfing.

»Multum. Multum … äh, Paula?«

»Maxume. Prosilire.«

»Danke! Maxume, maxume. Prosilire.«

Nora lugte wieder hinter Jos Rücken hervor und sah gerade noch, wie die Dame in Rot von einem heftigen Windstoß gegen ihren jungen Begleiter geschleudert wurde. Beide fielen krachend gegen den Türrahmen und rutschten von dort stöhnend auf den Boden.

Eine Welle des Triumphes durchfuhr Nora und sie spürte, wie ein Grinsen in ihr Gesicht trat. Von wegen unfähige Kinder. Doch dann bemerkte sie, dass etwas nicht stimmte. Jo murmelte immer noch lateinische Wörter vor sich hin und die Anspannung war ihm deutlich anzusehen. Er konzentrierte sich auf die beiden Motorradfahrer und schickte auch ihnen eine Windböe nach der nächsten, aber im Gegensatz zu der Dame in Rot und ihrem jungen Begleiter schien den beiden der Sturm überhaupt nichts auszumachen. Sie standen weiterhin breitbeinig vor der Tür und hatten sich jetzt so positioniert, dass sie die Dame in Rot abschirmten.

»Was ist los?«, fragte Nora.

»Keine Ahnung«, zischte Jo durch zusammengebissene Zähne. »Sieht so aus, als ob den beiden Typen Magie nichts anhaben kann.«

Und wirklich – es schien so, als ob die von Jo produzierten Windstöße direkt in die Anzüge der beiden Institorier hineinwehten und sich dort auflösten. Nora sah auf die Dame in Rot, die sich langsam vom Boden aufrappelte. Hatte sie vorhin nicht irgendetwas von Magieschutz gesagt? War das vielleicht das Problem? Konnte in den Anzügen der Motorradfahrer eine Art Schutz vor Magie eingebaut sein?

Auch Paula schien das Problem bemerkt zu haben. Sie hatte sich hinter den Institoriern aufgebaut, die ihre Aufmerksamkeit im Moment auf Jo gerichtet hatten. Sie hob die Arme, biss angestrengt die Zähne zusammen, und … Nora konnte nicht sagen, ob Paula dafür verantwortlich war, aber als der junge Mann mit den langen Haaren sich ebenfalls vom Boden aufraffte, geriet er ins Straucheln und stolperte gegen einen der Motorradfahrer. Gleichzeitig konnte Nora erkennen, wie die Wohnungstür ihres Elternhauses aus den Angeln gerissen wurde und im hohen Bogen an den Schaufensterscheiben der Buchhandlung vorbeiflog.

Für einen Moment hielten sämtliche Anwesenden inne, um gebannt die fliegende Tür zu verfolgen, bis diese mit einem lauten Krachen gegen eine Straßenlaterne prallte. Doch schon im nächsten Augenblick machten alle da weiter, wo sie eine halbe Sekunde zuvor aufgehört hatten. Die Dame in Rot und der junge Mann standen wieder auf den Beinen und schienen sich nun getrennte Ziele vorzunehmen. Die Dame in Rot richtete ihre Aufmerksamkeit auf Nora, während sich der junge Mann Jo näherte. Das funktionierte erschreckend gut, da sie jeweils von einem der Motorradfahrer geschützt wurden, die mit ausgebreiteten Armen vor ihnen hergingen, um sie vor Jos Zauber abzuschirmen.

Mit einem lauten Schrei stürmten Paula und Mark heran, die ihre Strategie offensichtlich geändert hatten: Anstatt weiter auf Paulas magische Fähigkeiten zu setzen, schwangen sie ihre mitgebrachten Stöcke und fingen an, die Institorier damit zu attackieren.

»Gustav«, schrie die Dame in Rot, während sie versuchte, Marks Stockhieben auszuweichen. »Hilf David.« Sie fletschte wütend die Zähne und stieß ihren Beschützer beiseite, der sich jetzt Paula und Mark zuwandte. Der Anzug schien ihn nicht nur vor Magie, sondern auch vor Stockschlägen zu schützen und es sah ganz so aus, als würde er seine beiden Angreifer in die Ecke drängen.

»Paula«, rief Nora aufgeregt, als der Motorradfahrer ihr einen Hieb auf die Schulter gab, der sie zurücktaumeln und das Gesicht schmerzhaft verziehen ließ.

»Um deine Freundin würde ich mir keine Sorgen machen.« Nora zuckte zusammen, als sie die kalte Stimme der Dame in Rot direkt neben ihrem Ohr hörte. »Du steckst in viel größeren Schwierigkeiten als sie.«

Nora schluckte. Sie hatte nicht bemerkt, dass die Institorier es geschafft hatten, sie und Jo auseinanderzubringen. Jo war während seiner Zauberei immer weiter nach vorne gegangen, so dass sie nun schutzlos vor einem Bücherregal stand.

Schutzlos und mit einer Pistole am Kopf.

Ja, sie steckte im Moment wirklich in größeren Schwierigkeiten als Paula.

»Gib mir das Buch«, sagte die kalte Stimme. »Und wir lassen dich und deine Freunde unversehrt.«

Nora presste das Buch fest an ihren Körper. Sie wusste, dass diese Frau nicht bluffte. Sie wusste, dass sie keine Sekunde zögern und sie erschießen würde, um an das Buch zu kommen. Sie wusste es einfach.

Und trotzdem …

Nora presste die Lippen aufeinander. Es war ein Strohhalm, an dem sie sich festhielt, kein wirklicher Plan. Aber immerhin hatte es in den letzten Gefahrensituationen auch funktioniert. Ihre Magie hatte sie bis jetzt immer beschützt, wenn es darauf angekommen war, auch wenn sie nicht bewusst auf die Magie zugreifen konnte.

Vielleicht würde es auch diesmal funktionieren.

»Nein«, sagte sie leise, aber deutlich.

Die Dame in Rot schnaubte verächtlich und Nora spürte, wie die Pistole ihre Stirn berührte. Sie schloss die Augen. Angst stieg in ihr hoch. Und wenn sie sich getäuscht hatte? Wenn sie ihre Magie doch im Stich ließ?

Ein wütender Schrei ließ sie die Augen wieder aufreißen. Sie sah, wie eine unsichtbare Kraft die Pistole aus der Hand der Dame in Rot riss und diese pfeilschnell davonschoss. Die Waffe zischte zwischen Jo und den immer noch kämpfenden Institoriern hindurch und schlug dann mit voller Wucht gegen Marks Schläfe. Mark warf Nora einen leicht erstaunten Blick zu, bevor er die Augen schloss und ohnmächtig auf den Boden sank.

»Mark.« Nora riss sich von der Dame in Rot los, die jetzt mit beiden Händen versuchte, ihr das Buch zu entreißen. »Mark.«

Im nächsten Moment ertönte ein ohrenbetäubender Lärm. Die Alarmanlage! Irgendjemand hatte die Alarmanlage ausgelöst. Nora sah nach vorne zur Verbindungstür. Dort stand – in Schlafanzug und mit verstrubbelten Haaren – ihr Vater. Trotz seines Aufzugs wirkte er in diesem Augenblick alles andere als schlaftrunken. Und das lag nicht nur an seinem grimmigen Gesichtsausdruck. Er hatte sich in dem allgemeinen Tumult die kleine Pistole geschnappt, als sie von Marks Kopf abgeprallt war, und richtete sie jetzt auf die Institorier. Er sah entschlossen aus, die Waffe auch einzusetzen, falls es sein musste.

»Der Alarm ist direkt an die nächste Polizeistation weitergeleitet worden«, sagte er und wandte sich dabei direkt an die Dame in Rot. »Ich denke, Ihnen bleiben vier Minuten, um von hier zu verschwinden, bevor die ersten Polizisten eintreffen.«

Nora sah gebannt zur Dame in Rot, die nun nicht mehr versuchte, ihr das Buch abzunehmen. Ihr Blick war hasserfüllt, doch diesmal richtete ihre Wut sich nicht gegen Nora, sondern gegen ihren Vater.

»Wir werden wiederkommen«, zischte sie zwischen ihren Zähnen hindurch. Sie führte eine seltsame Handbewegung in Richtung ihrer Begleiter aus und dann rannten sie alle dicht aneinandergedrängt an Bernd vorbei und hinaus ins Freie.

»Papa«, rief Nora und fiel ihrem Vater in die Arme, der erleichtert die Pistole sinken ließ und seiner Tochter einen Kuss auf die Stirn drückte.

Ein erschrockener Ausruf ließ die beiden wieder auseinanderfahren. Während Jo keuchend auf den Boden gesunken war, sah Paula sich suchend in der Buchhandlung um.

»Wo ist Mark?«, fragte sie und Nora hörte die leichte Panik in ihrer Stimme.

Entsetzt drehte sie sich zum Schaufenster um. Die vier Institorier stiegen in einen kleinen Lieferwagen, der schräg gegenüber der Buchhandlung geparkt war. Und im Schein der Straßenlaterne, neben der noch immer die Wohnungstür der Familie Brix lag, konnte sie sehen, wie sie eine leblose Gestalt auf die Rückbank wuchteten.

»Oh nein«, flüsterte Nora, als sich der Lieferwagen in Bewegung setzte. »Sie haben Mark.«

Sie saßen zu fünft in einer der Leseinseln und sahen sich betreten an: Bernd Brix, Herr von Krummstein, Jo, Paula und Nora. Die Polizisten waren vor wenigen Minuten wieder verschwunden, ebenso wie Herr Lehmkuhl und Diana. Herr Lehmkuhl war sofort von der Entführung seines Sohnes benachrichtigt worden und in die Buchhandlung herübergekommen, doch nachdem die Polizei alle Fragen geklärt hatte, gab es für ihn hier nichts mehr zu tun.

Nora wurde schwer ums Herz, als sie an Herrn Lehmkuhls Gesichtsausdruck dachte. Sie hatte sich mit Paula und Jo zusammen in eine Ecke gedrängt, den Hexenhammer in den Händen, und darauf gewartet, dass irgendjemand sie verhören würde. Dann war plötzlich Herr Lehmkuhl eingetreten und hatte sie mit so einem erschütterten Blick angesehen, dass sie sich nur noch stärker am Hexenhammer festgekrallt hatte. Sie wünschte sich, dass Mark hier wäre, damit sie ihm von diesem Blick erzählen und ihm klar machen konnte, dass er seinem Vater wirklich wichtig war. Das bezweifelte Mark nämlich oft. Doch dann fiel ihr ein, warum Herr Lehmkuhl überhaupt so erschüttert war, und das schwere Herz sank noch ein wenig tiefer.

Mark war weg. Entführt von einer verbrecherischen Bande von Hexenjägern. Und sie, Nora, war nicht ganz unschuldig an dieser Tatsache.

Erstaunlich schnell waren dann Herr von Krummstein und Diana aufgetaucht. Bernd hatte im Haus der von Krummsteins angerufen und nur wenige Minuten später waren die beiden zwischen einem der Bücherregale erschienen. Diana war sofort mit Herrn Lehmkuhl nach Hause gegangen, um dessen Haus mit Schutzzaubern zu versehen. Herr von Krummstein, der ziemlich grün im Gesicht wirkte, hatte erst seine Tochter in den Arm genommen und danach angefangen, in der Buchhandlung hin und herzulaufen. Auf den ersten Blick hatten seine Bewegungen einfach nur nervös und ungeduldig gewirkt, doch Nora hatte irgendwann bemerkt, dass er an bestimmten Stellen kurz stehen blieb und vor sich hin murmelte. Auf diese Weise hatte er den gesamten Laden durchwandert, während die Polizisten mit den am Überfall beteiligten Personen sprachen. Nachdem die Polizei ver-

schwunden war, hatte Bernd zuerst die Haustür wieder ein-
gehängt und dann eine große Kanne Kaffee gekocht und alle
in die Leseecke gelotst. Draußen wurde es inzwischen langsam hell und zum ersten Mal seit vielen Tagen war der
Himmel nicht wolkenverhangen.

»Nora, würdest du mir bitte das Buch reichen?«

Nora schreckte auf und sah einen Moment lang irritiert zu
Herrn von Krummstein, der auffordernd die Hände ausgestreckt hatte. Dann realisierte sie, dass sie immer noch den
Hexenhammer vor ihren Körper gepresst hatte und reichte
ihn Paulas Vater etwas widerwillig. Bernd warf ihr währenddessen einen seltsamen Blick zu. Nora wartete schon die
ganze Zeit darauf, dass einer der Erwachsenen ihnen Vor-
würfe machte, doch bis jetzt war eine Standpauke ausgeblie-
ben. Anscheinend waren alle momentan noch zu erleichtert,
dass sie dieses Abenteuer überlebt hatten.

Herr von Krummstein blätterte nachdenklich in dem Buch
herum. »Herr Brix, darf ich Sie fragen, wie Sie in Besitz dieser
alten Ausgabe des Hexenhammers kommen?«, fragte er und
sah Noras Vater neugierig an.

Nora lehnte sich in dem ledernen Sitz zurück. Jetzt wurde
es spannend.

Bernd rieb sich die Augen und seufzte. Irgendwann in den
letzten Stunden war er in der Wohnung verschwunden und
hatte sich den Schlafanzug aus- und seine Alltagskleidung
angezogen. Mit seinen wirren Haaren und ohne die Fensterglasbrille sah er allerdings immer noch so aus, als wäre er
gerade erst aus dem Bett gestiegen.

»Wie Ihnen Frau Berglund vielleicht erzählt hat, war ich
Historiker, bevor ich die Buchhandlung meiner Tante übernommen habe.«

Herr von Krummstein nickte.

»Ich habe lange an der Humboldt-Universität in Berlin gearbeitet und mich auf die Zeit der Hexenverfolgung spezialisiert.« Er hielt einen Moment inne und ließ seinen Blick durch die Buchhandlung wandern. »Vor ein paar Wochen dann habe ich diese Ausgabe des Hexenhammers auf einem Flohmarkt entdeckt. Ich habe natürlich sofort gesehen, wie alt dieses Buch ist, und habe es für ein paar Euro gekauft. Ich wollte es an meine ehemaligen Kollegen in Berlin schicken, nachdem ich es selbst untersucht hatte.«

Er sah wieder zurück zu Herrn von Krummstein, der nachdenklich nickte und den alten ledernen Einband betrachtete. Er schien nicht zu merken, dass das Ende seiner Krawatte in der Kaffeetasse schwamm und bis jetzt hatte ihn niemand darauf aufmerksam gemacht.

»Aber warum hattest du das Buch versteckt?«, fragte Nora. Ihr Vater hatte schon häufiger alte Schinken von Flohmärkten angeschleppt. Aber bisher hatte er dafür noch keine anderen Bücher zerstückelt.

Bernd hob ein wenig entschuldigend die Schultern. »Das war eher so ein ungutes Gefühl, das ich hatte. Der Verkäufer vom Flohmarkt hatte mir erzählt, dass ich Glück hätte, da in sein Antiquariat im letzten Monat zwei Mal eingebrochen wurde und die Einbrecher es offensichtlich auf alte Bücher abgesehen hatten. Den Hexenhammer hatten sie seiner Meinung nach nur nicht mitgenommen, weil er das Buch noch gar nicht ausgestellt hatte.« Er warf einen kurzen Blick auf Herrn von Krummstein, als würde er abschätzen, was er als nächstes sagen sollte. »Wissen Sie, auch bei uns Historikern kursierte immer dieses Gerücht von einem Geheimbund, den Heinrich Institoris gegründet haben soll und der bis heute existiert. An dieses Gerücht musste ich bei der Geschichte des Antiquars denken und bin ein bisschen paranoid geworden.« Er lächelte verlegen und hob die Hände. »Deshalb habe ich mir überlegt, wo ich das Buch am besten verstecken kann. Ich hätte mir denken können, dass du es finden würdest.« Er zwinkerte Nora zu.

»Kennen Sie den Namen des Verkäufers oder den Namen seines Antiquariats?«, fragte Herr von Krummstein.

Bernd schüttelte bedauernd den Kopf. »Tut mir leid, ich wusste ja nicht, dass es wichtig sein könnte.«

Herr von Krummstein nickte nachdenklich und fing dann wieder an, im Hexenhammer herumzublättern.

»Was unternehmen wir denn jetzt wegen Mark?«, fragte Nora. So spannend dieses alte Buch auch sein mochte – ihr bester Freund war entführt worden. Das war doch wirklich dringender!

Herr von Krummstein legte das Buch zur Seite, wobei die Krawatte wieder aus der Kaffeetasse hinaus rutschte, und sah sie an.

»Ich werde mit Frau Berglund und den anderen«, er warf Bernd einen vorsichtigen Blick zu, »Magiern sprechen. Wir haben leider keine erprobte Strategie gegenüber Angriffen von Institoriern. Bis gestern waren wir noch nicht einmal sicher, ob es sie überhaupt noch gibt.« Er lehnte sich zurück und fing an mit seiner Krawatte zu spielen. Er bemerkte das feuchte Ende, stutzte kurz und sah nach unten, lehnte sich dann jedoch schulterzuckend wieder zurück. »Immerhin ist die Polizei ihnen jetzt auf den Fersen. Das sollte sie zumindest beunruhigen, schließlich handelt es sich um eine Organisation, die um größtmögliche Geheimhaltung bemüht ist. Polizeiliches Interesse sollte das Letzte sein, was sie wollen.«

»Aber –«

»Ich weiß Nora, ich weiß.« Herr von Krummstein schnitt ihr das Wort ab. »Aber im Moment habe ich einfach keine konkretere Antwort für dich.«

Er wandte sich wieder Bernd zu und stellte ihm weitere Fragen zu der Ausgabe des Hexenhammers, die Nora im Moment überhaupt nicht interessierten. Dieses blöde Buch! Hätte sie es doch einfach in seinem Versteck gelassen und wäre bei den von Krummsteins geblieben. Dann wäre Mark nicht entführt worden. Sie spürte, wie Paula ihre Hand drückte und sie aufmunternd ansah. Auch Jo, der vorhin fast auf der bequemen Lesecouch eingeschlafen war, warf ihr jetzt ein Lächeln zu. Zumindest schienen die beiden sie zu verstehen. Und vielleicht hatte Frau Berglund ja eine Idee, wie sie Mark retten konnten.

»Also, was halten Sie von der Idee, als Berater für den magischen Verein zu arbeiten?«, fragte Herr von Krummstein und Nora schreckte auf. Ihr Vater sollte Berater für den magischen Verein werden? Wer war denn auf diese verrückte Idee gekommen?

Bevor Bernd auf dieses Angebot reagieren konnte, öffnete sich die Verbindungstür und Luisa stand im Türrahmen. Offensichtlich war sie gerade erst aufgestanden, denn sie war ungekämmt und trug einen alten rosa Jogginganzug. Nora fragte sich, wie sie bei all dem Lärm, den sie veranstaltet hatten, überhaupt so lange hatte schlafen können.

»Was ist denn hier los?«, fragte sie irritiert und Nora stellte zu ihrem Erschrecken fest, dass Luisas Hände zitterten.

Bernd sprang auf und lief zu seiner Frau. Nora konnte nicht verstehen, was er ihr zuflüsterte, aber anscheinend wollte er sie wieder aus der Buchhandlung führen. Er hatte einen Arm um ihre Schultern gelegt und drehte sie sanft in Richtung Treppe. Luisa hatte sich schon wieder umgedreht, als sie noch einmal einen Blick über die Schulter warf.

»Sind das Magier?«, fragte sie, bevor sie Nora ansah, die automatisch ihre Finger in den Sessel bohrte. Seit ihrem Streit gestern hatte sie ihre Mutter nicht mehr gesehen und sie konnte nicht einschätzen, wie sie auf ihren Anblick reagieren würde.

»Und Nora.« Luisa hatte ihre Stimme gesenkt, doch Nora konnte sie trotzdem hören. »Du bist auch eine Hexe, nicht wahr? Aber keine gute Hexe. Du kannst nicht richtig zaubern.« Ihr Blick wurde starr. »Noch nicht einmal das kannst du richtig.« Sie warf ihrer Tochter einen letzten Blick zu und ließ sich dann von Bernd nach oben führen.

Nora schluckte. Okay, ihre Mutter war offensichtlich immer noch neben der Spur. Sie so vor anderen bloßzustellen! Nora sah sich um. Paula und Herr von Krummstein warfen sich verlegene Blicke zu, nur Jo starrte sie offen an. Er sah ziemlich fertig aus, hatte dunkle Ringe unter den Augen und eingefallene Wangen, und Nora vermutete, dass er sich beim Zaubern ziemlich überanstrengt hatte.

»Was ist denn mit der los?«, fragte er. Nora zuckte mit den Schultern.

»Keine Ahnung, sie ist schon seit ein paar Tagen so seltsam drauf.«

Herr von Krummstein wandte ihr interessiert den Kopf zu. »Seit ein paar Tagen, sagst du?«

»Ja, wieso?«

Doch bevor Herr von Krummstein antworten konnte, trat ihr Vater wieder in die Buchhandlung.

»Sie schläft wieder«, sagte er leise. Er hatte sich seine Brille aufgesetzt und sah inzwischen wie der Buchhändler aus, den Nora kannte. Er holte tief Luft und sah dann zu Herrn von Krummstein.

»Ich komme mit Ihnen«, sagte er zu Noras Überraschung. »Ich nehme Ihr Angebot an und werde Ihnen als Berater zur Seite stehen.«

KAPITEL 8

Zu fünft quetschten sie sich in Bernds Auto und fuhren zum Anwesen der von Krummsteins. Nur Diana, für die kein Platz mehr im Wagen war, wollte auf magische Weise zum Anwesen gelangen. Ihr Angebot den Hexenhammer mitzunehmen, damit sie ihn Frau Berglund schneller zeigen könnte, lehnte Herr von Krummstein ab, da er sich das Buch im Auto genauer ansehen wollte.

»Warum zaubert sich dein Vater nicht auch nach Hause?«, fragte Nora leise, als sie sich mit Paula und Jo auf die Rückbank setzte. Herr von Krummstein saß vorne auf dem Beifahrersitz und unterhielt sich mit Noras Vater über die Entstehung der Institorier.

Paula nestelte verlegen an den ausgefransten Ärmeln ihres Pullovers. »Er ist ein wenig empfindlich beim Zaubern«, erklärte sie ebenso leise. »Ihm wird jedes Mal furchtbar übel davon.«

Nora dachte daran, wie schlecht Paulas Vater ausgesehen hatte, als er heute in der Buchhandlung erschienen war. Und auch gestern, nachdem er Frau Berglunds Zauber mit den Lichtelfen beendet hatte. Er hatte gezaubert und ihm war übel davon geworden. Wie überaus unpraktisch.

Nachdem Herr von Krummstein ihn durch den Schwarzwald gelotst hatte, fuhr Bernd die Einfahrt der von Krummsteins hoch und schaute sich dabei suchend um. »Äh, sind wir hier richtig?«, fragte er und parkte das Auto ein paar Meter vom Haus entfernt.

Nora runzelte die Stirn, doch Herr von Krummstein lächelte vergnügt und suchte etwas in der Innentasche seines Jacketts. »Goldrichtig, goldrichtig, Herr Brix«, sagte er und hängte Noras Vater dann zu dessen Erstaunen eine Kette um den Hals, an der ein funkelnder, grüner Stein baumelte.

»Was …«, begann Bernd irritiert, doch dann weiteten sich seine Augen. »Ah, ich verstehe«, murmelte er und schaute fasziniert aus dem Fenster.

Nora sah verständnislos zwischen ihrem Vater und den anderen hin und her. »Was passiert hier?«, fragte sie und ärgerte sich darüber, dass sie überhaupt nachfragen musste.

Jo, der fast auf der gesamten Autofahrt geschlafen hatte, grinste sie an. Er war immer noch ein wenig blass, sah aber deutlich erholter aus. »Ein Teil der Schutzzauber dieses Hauses funktioniert so, dass nicht-magische Menschen das Anwesen nicht sehen können. Sie benötigen einen speziellen magischen Schlüssel.« Er runzelte die Stirn. »Soweit ich weiß, gibt es von diesen Steinen genau zwei Stück. Sie können nur von Felix von Krummstein hergestellt werden, den Besitzer dieses Hauses, und Felix, äh, zaubert ja nicht allzu gerne.«

Nora betrachtete ihren Vater noch einmal genauer, während dieser die Kette immer wieder abnahm und anlegte und sich dabei wie ein Kind freute. Sie sah zwischen der Kette und dem Haus hin und her. Das war ein weiterer Beweis für ihre magische Begabung. Schließlich hatte sie das Haus von Anfang an gesehen.

Nachdem Bernd die Kette endgültig übergestreift hatte, stiegen alle aus dem Auto und marschierten geradewegs in

Frau Berglunds Büro, wo diese schon zusammen mit Diana wartete.

»Das war absolut unverantwortlich und gefährlich von euch«, zeterte sie los und zeigte nacheinander auf Jo, Nora und Paula. »Ihr habt euch, Noras Eltern und den armen Nachbarsjungen in große Gefahr gebracht. Und ihr könnt von Glück reden, dass nicht noch mehr passiert ist.«

Nora ließ das Geschimpfe zähneknirschend über sich ergehen. Einerseits hatte die alte Dame natürlich recht. Wenn Nora nicht unbedingt zu ihren Eltern hätte fahren wollen, würde Mark jetzt immer noch selig in seinem Bett schlummern und wäre nicht in den Händen von fiesen Institoriern. Andererseits wäre das alles nicht passiert, wenn Frau Berglund von Anfang an auf sie gehört hätte. Schließlich hatte sie recht behalten mit ihrer Vermutung, dass die Institorier hinter dem Buch her waren. Und was hätte es gebracht, wenn sie brav im Haus geblieben wäre? Dann wäre Mark in Sicherheit, aber dafür vielleicht ihre Eltern gekidnappt. Schließlich hatten die Institorier unbedingt an das Buch herankommen wollen. Und so sicher, wie sie angenommen hatte, schienen die Schutzzauber, die über der Buchhandlung lagen, dann doch nicht gewesen zu sein. Zumindest hatten die Institorier erstaunlich leicht eindringen können.

Nora war so in ihre eigenen Gedanken versunken, dass sie gar nicht merkte, wie Frau Berglund ihre Strafpredigt beendete. Offensichtlich hatte sie alle anderen hinausgeschickt, denn plötzlich waren nur noch sie beide und Diana im Büro. Was wurde das jetzt? Wollte Frau Berglund sie extra bestrafen? Hatte sie herausgefunden, dass die ganze Aktion auf ihrem Mist gewachsen war?

Doch die alte Dame sah Nora nur gewohnt streng an und spitzte dann ihre Lippen. »Wir werden jetzt mit deiner magischen Ausbildung beginnen«, erklärte sie und legte die Hände aneinander.

»Was?«, fragte Nora perplex. Sie hatte mit allem gerechnet, aber nicht damit. Plante Frau Berglund eine Art Unterrichtsstunde in Magie mit ihr? Jetzt? Nora warf Diana einen fragenden Blick zu. Die junge Magierin hatte Mühe, ein Grinsen zu unterdrücken. Offensichtlich ahnte sie, was in Nora vor sich ging.

Frau Berglund wedelte ungeduldig mit der Hand. »Wir müssen unbedingt dafür sorgen, dass du kontrolliert auf deine Magie zugreifen kannst. Solange das nicht möglich ist, kannst du dich erstens nicht vernünftig verteidigen und bist zweitens eine Gefahr für dich und für deine Mitmenschen.«

Nora wollte zuerst widersprechen, schwieg dann aber, als sie an die Pistole dachte, die Mark an den Kopf geflogen war und ihn ausgeknockt hatte. Dann fiel ihr der Computerladen ein, der ihretwegen fast in die Luft geflogen war. Vielleicht war es wirklich keine schlechte Idee, ein wenig an ihren magischen Fähigkeiten zu arbeiten. Für sie selbst schien ihre Magie bisher einen ganz brauchbaren Schutz zu bieten, doch andere Menschen verletzen oder deren Eigentum zerstören wollte sie eigentlich nicht.

»In Ordnung«, sagte sie und Frau Berglund nickte zufrieden. Zu Noras Erstaunen warf die Leiterin des magischen Vereins Diana einen kurzen Blick zu, stolzierte aufrecht um den Schreibtisch herum und verließ, ohne ein weiteres Wort zu sagen, den Raum.

Nora starrte ihr mit offenem Mund hinterher. Was sollte das denn jetzt schon wieder? Sie drehte sich um, als sie ein Kichern hörte.

»Daran gewöhnst du dich, wenn du länger mit ihr zusammenarbeitest«, sagte Diana und deutete dann auf den schweren Holzstuhl, auf dem Nora schon gestern gesessen hatte. »Setz dich. Ich übernehme das Training.«

»Aber ich dachte, Frau Berglund ...«, Nora schüttelte den Kopf und setzte sich langsam auf den Stuhl.

»Ja, das sollte sie eigentlich auch«, sagte Diana leichthin. »Aber ich vermute, sie hat keine Lust auf solche profanen Dinge wie unterrichten. Das überlässt sie lieber mir.«

Aha. Wie nett. Dabei war Frau Berglund doch angeblich die beste Hexe hier im Haushalt. Andererseits war es wahrscheinlich angenehmer mit Diana zu trainieren als irgendwelchen Lichtwesen beim Reigentanz zusehen zu müssen.

Diana hatte sich vor Nora auf den Rand des Schreibtischs gesetzt und sah sie nachdenklich an. »Du hast bis jetzt noch nicht absichtlich gezaubert, richtig?«

Nora nickte.

»Dann ist es wichtig, dass wir zuerst einen aktiven Zugang zu deiner Magie freilegen. Was hast du denn gespürt, wenn du gezaubert hast?«

Nora zuckte mit den Schultern. Was hatte sie gespürt? Nicht viel. Jedenfalls nichts, was auf ihre Magie hingedeutet hätte.

»Ich habe eigentlich immer nur Panik gespürt, Angst oder auch Wut.« Sie dachte daran, wie Frau Berglund ihre Bitte abgewiesen hatte, ihre Eltern besuchen zu dürfen. Da war sie einfach nur wütend gewesen.

Diana nickte. »Diese Emotionen haben deine Magie entfacht«, erklärte sie. »Aber es war nicht die Magie selbst, die du gespürt hast.« Sie stand auf und reichte Nora ihre Hand. »Hier. Und jetzt streck deine andere Hand aus und stell dir eine leuchtende Kugel vor. Und dann sprich das Wort *lucere*.«

Zweifelnd sah Nora auf ihre Hand. Und das sollte funktionieren? Einfach so? Sie atmete einmal tief durch und schloss die Augen, um sich besser auf das Bild der leuchtenden Kugel zu konzentrieren. Nicht zu groß war sie gestern bei Frau Berglund gewesen, mehr wie ein Tennisball als eine Bowlingkugel. Und ein sattes Leuchten, das bei Frau Berglunds Kugel einen leichten Grünstich gehabt hatte.

»Lucere.«

In dem Moment spürte sie es. Es war wie ein leichtes Ziehen im Bauch, das immer stärker wurde. Zunächst blieb das Gefühl in ihrem Bauch, doch langsam wanderte es nach oben und dann ihren Arm entlang. Erstaunt riss Nora ihre Augen auf.

Und da war sie: Eine tennisballgroße, ebenmäßig geformte und hell leuchtende Kugel, die einen knappen Zentimeter über ihrer Handfläche schwebte. Vor lauter Aufregung schrie Nora auf und riss die Arme nach hinten. Die Kugel zischte los und prallte gegen das Bücherregal, wo sie einige Bücher auf den Boden schleuderte, bevor sie sich in einem Funkenregen auflöste und verschwand. Nora starrte auf die Bücher, die auf dem Boden lagen.

»Das … das tut mir leid«, sagte sie langsam.

»Kein Problem. So etwas kommt häufiger vor.« Mit einem Fingerschnipsen und einem leisen Murmeln beförderte Diana die Bücher wieder zurück ins Regal.

Nora starrte immer noch auf den Boden. Sie konnte nicht glauben, was gerade passiert war. Sie hatte gezaubert. Sie hatte Magie angewendet. Eine leuchtende Kugel aus dem Nichts entstehen lassen. Wahnsinn!

»Super!«, sagte Diana aufmunternd. »Das war doch schon mal prima. Und? Konntest du deine Magie jetzt spüren?«

Nora nickte eifrig. »Ja, im Bauch. Es war wie ein Kribbeln, das sich immer weiter ausgebreitet hat.«

Zu ihrem Erstaunen verschwand Dianas Lächeln und wich einem Stirnrunzeln.

»Im Bauch?«, fragte sie nachdenklich. »Das ist seltsam.«

»Wieso?«

»Eigentlich solltest du die Magie genau an dem Ort bündeln, wo du den Zauber entstehen lassen willst. In diesem Fall also auf der Handfläche.« Sie musterte Nora von Kopf bis Fuß. »Vielleicht ist das auch der Grund, warum es dir schwerfällt, aktiv auf deine Magie zuzugreifen. Solange sie sich im Körperinneren konzentriert, hast du kaum Zugang zu ihr. Probier es noch einmal ohne meine Hilfe. Und diesmal versuch deine Magie direkt in der Handinnenfläche entstehen zu lassen.«

Nora streckte ihre Hand aus und schloss die Augen erneut. Doch schon bevor sie »Lucere« gesagt hatte, wusste sie, dass es diesmal nicht funktioniert hatte. Sie konnte ihre Magie nicht spüren. Weder in ihrer Hand noch in ihrem Bauch, es war, als würde es sie überhaupt nicht geben. Verärgert stöhnte sie auf.

»Nimm es nicht so schwer«, meinte Diana aufmunternd. »Probier es noch einmal mit mir zusammen.«

Doch es klappte auch nicht mit Dianas Hilfe. Nora konzentrierte sich und versuchte all ihre Vorstellungskraft in ihre Handinnenfläche zu lenken – doch die blieb leer. Nora schüttelte frustriert den Kopf. Na super. Das hier sollte doch eigentlich dazu führen, dass sie besser wurde und nicht schlechter. Wie sollte sie denn jemals eine gute Magierin werden, wenn sie es noch nicht einmal hinbekam, eine leuchtende Kugel zu erschaffen.

Diana wirkte jedoch nicht besorgt. »Der Anfang ist eben nicht für alle leicht«, sagte sie lächelnd und band sich ihren Pferdeschwanz neu. »Es ist wichtig, dass du jetzt ganz viel übst und immer wieder versuchst, die Magie in deine Hand zu lenken. Irgendwann wird es schon funktionieren.«

»Hoffentlich«, murmelte Nora und sah missmutig auf ihre Hand. Konnte nicht einmal eine einzige Sache auf Anhieb klappen?

Die Bürotür öffnete sich schwungvoll und Frau Berglund trat ein. Einen Moment stutzte sie, als ob sie vergessen hätte, dass sich in ihrem Büro noch andere Menschen aufhielten.

»Ihr seid ja immer noch hier«, sagte sie. »Gibt es Probleme?«

»Nichts, was ein bisschen Training nicht beseitigen würde«, sagte Diana und wandte sich zum Gehen. »Kommst du, Nora?«

»Moment.« Nora war von ihrem Stuhl aufgesprungen, aber vor Frau Berglund stehengeblieben. »Was werden Sie wegen Mark unternehmen?«

»Wegen wem?«, fragte Frau Berglund zerstreut. Sie hatte sich wieder ihren Unterlagen zugewandt.

»Wegen Mark. Meinem Freund. Sie wissen schon: Der arme Nachbarsjunge, der von den Institoriern entführt wurde.«

Frau Berglund sah auf. »Ich glaube nicht, dass wir im Moment viel tun können«, sagte sie. »Dazu haben wir zu wenig Informationen. Wahrscheinlich werden sich die Institorier bei uns melden und versuchen deinen Freund gegen den Hexenhammer einzulösen.«

Nora starrte sie an. »Wirklich? Und dann?«

Frau Berglund sah wieder auf ihre Papiere. »Wir werden in dieser Angelegenheit mit der Polizei kooperieren, die hat schließlich Erfahrung mit Entführungsfällen.« Sie setzte sich auf ihren Schreibtischstuhl. »Und jetzt entschuldige mich bitte, ich habe noch einen wichtigen Termin.«

Wütend verließ Nora Frau Berglunds Büro und stapfte hinter Diana her. Das war ja mal eine Aktion gewesen, die sich überhaupt nicht gelohnt hatte! Sie hatte immer noch keine Ahnung, wie sie auf ihre Magie zugreifen konnte, und wie es aussah, würde Mark noch eine Weile bei den Institoriern bleiben müssen. Wenn sie doch nur selbst zaubern könnte! Dann könnte sie ihrem Freund helfen. Sie hatte zwar noch keine Ahnung, wie sie das anstellen würde, aber bestimmt käme sie sich nicht mehr so hilflos vor. Und außerdem wäre sie dann auch in den Augen ihrer Mutter nicht mehr so eine Versagerin. Wirklich. Eine Hexe, die noch nicht einmal so eine blöde leuchtende Kugel herbeihexen konnte. Das war doch lächerlich. Sie wandte sich der großen Treppe zu. Diana war in der Bibliothek verschwunden, doch Nora wollte erst einmal in ihr Zimmer gehen und sich ein bisschen ausruhen. Immerhin hatte sie die ganze Nacht nicht geschlafen. Vielleicht war nur die Müdigkeit schuld an ihren magischen Problemen.

»Warte, Nora.«

Paula trat gerade aus der Küche, in den Händen balancierte sie ein riesiges Tablett mit belegten Broten. Nora hörte ihren Magen knurren und entschied spontan, dass es nicht schaden würde, etwas zu essen, bevor sie sich hinlegte.

»Von den Marmeladenbroten würde ich die Finger lassen«, sagte Paula, als Nora nach einer Scheibe griff, die dick mit Erdbeermarmelade bestrichen war. Nora zog ihre Hand zurück. »Die haben Beat und Rüdiger selbst gemacht. Mithilfe irgendeines magischen Rituals, das den Zucker ersetzen soll.« Sie zog die Nase kraus. »Schmeckt furchtbar.«

Nora nahm sich ein Käsebrot, roch einmal daran und biss dann vorsichtig ab. Ja, das war ganz normaler Gouda. Konnte man essen.

»Und, wie war's?«

»Was?«, fragte Nora mit vollem Mund.

»Na, deine Magiestunde«, erwiderte Paula ungeduldig. »Frau Berglund hat uns erzählt, dass Diana dir zaubern beibringt.«

Nora seufzte. Sie schluckte ihren Bissen herunter und hob dann die Schultern. »Es hat nicht funktioniert.«

Paula zog die Augenbrauen hoch. »Warum das denn nicht?«

»Keine Ahnung. Ich krieg es einfach nicht hin, dann zu zaubern, wenn ich es will.« Sie erzählte Paula von ihren Fehlschlägen. »Diana meint, ich müsse einfach mehr üben. Dann würde es schon irgendwann klappen.« Sie biss wieder von ihrem Brot ab.

»Das denke ich auch«, sagte Paula. »Immerhin hast du schon richtig fortgeschrittene Magie angewendet. Eben nur nicht absichtlich.« Sie nickte mit dem Kopf in Richtung Bibliothek. »Komm doch mit zu den anderen, die versuchen gerade, das Geheimnis des Hexenhammers zu lüften. Das ist echt spannend. Und außerdem werden meine Arme langsam lahm.«

Nora schob sich den Rest des Brotes in den Mund und nickte dann. Warum nicht? Schlafen konnte sie später noch. Und vielleicht würde das Buch ja tatsächlich wertvolle Hinweise auf die Institorier liefern. Hinweise, die sie brauchen konnten, um Mark zu retten.

In der Bibliothek hatten sich Herr und Frau von Krummstein, Diana, Jo und Bernd um einen schmalen Tisch versammelt, auf dem zwei alte Bücher lagen. Das eine war der Hexenhammer, den sie aus der Buchhandlung mitgenommen hatten, und das andere …

»Das ist der Hexenhammer aus unserer Vitrine«, sagte Paula flüsternd, während sie die belegten Brote auf einem weiteren Tisch abstellte. »Sie vergleichen die beiden Ausgaben miteinander, um herauszufinden, ob es irgendwelche

Unterschiede gibt.« Eigentlich gab es keinen Grund zu flüstern, dachte Nora, doch es herrschte eine so gespannte und konzentrierte Atmosphäre, dass auch sie automatisch die Stimme senkte.

»Haben sie schon etwas gefunden?«

Paula verzog den Mund und nestelte an ihrer Hose. »Nichts wichtiges, wenn ich es richtig verstanden habe. Anscheinend gibt es ein paar unterschiedliche Formulierungen, aber nichts, was uns irgendwie weiterhelfen könnte.«

Nora beobachtete ihren Vater, der hier eindeutig in seinem Element war. Bernd berührte die Buchseiten fast mit der Nasenspitze. Er hatte seine Brille hochgeschoben, damit er besser lesen konnte und fuhr mit dem Zeigefinger die Zeilen entlang. Die anderen verfolgten diese Prozedur mit ihren Blicken, als würden sie auf eine Kinoleinwand starren und nicht auf einen lesenden Buchhändler.

Nora rieb sich die Augen. Sie schnappte sich noch ein Käsebrot und setzte sich dann auf einen Stuhl, von dem aus sie ihren Vater genau im Blick hatte. Das Ganze würde bestimmt noch eine Zeit lang dauern, da konnte sie es sich genauso gut bequem machen. Während sie an ihrem Brot mümmelte und die anderen beim Beobachten beobachtete, versuchte sie sich wieder auf ihre Magie zu konzentrieren. Wenn sie nur lange genug danach suchte, müsste sie ihre Zauberkraft doch in ihrem Körper finden. Irgendwo musste dieses magische Gen sitzen. Nora seufzte leise. Möglicherweise ging sie aber auch völlig falsch an die Sache heran. Diana hatte etwas Ähnliches gesagt. Solange sie ihre gesamte Magie in ihrem Bauch versammelte, hatte sie keine Chance, damit richtig zu zaubern. Die Magie sollte direkt an dem Ort zu spüren sein, an dem sie den Zauber ausführen wollte. Nora schloss die Augen. Auf diese Weise war sie nicht so abgelenkt und konnte sich besser auf ihre Magie konzentrieren. Ihre Magie, die sich weiterhin irgendwo in ihrem Körper versteckte.

Nora spürte, wie ihre Gedanken immer unzusammenhängender wurden und ihr Kopf langsam zur Seite kippte. Eigentlich würde es niemandem schaden, wenn sie hier auf dem Stuhl ein kleines Nickerchen machte. Nur ein bisschen, so ein paar Minuten …

»Hier ist es.«

Nora fuhr auf und blinzelte. Es herrschte ein aufgeregtes Gemurmel, während ihr Vater wie wild mit dem Zeigefinger auf die aufgeschlagene Buchseite tippte. Nora sprang so schnell auf, dass ihr schwindelig wurde, und trat näher an den Tisch heran.

»Diese Seiten hier«, Bernd hielt zwei oder drei Seiten zwischen seinen Fingern, »gibt es nicht in der jüngeren Ausgabe des Hexenhammers. Und sie scheinen auch überhaupt nicht zu dem restlichen Buch zu gehören. Direkt vorher endet der Text mitten in einem Satz und geht danach einfach weiter. Es scheint so, als wären diese Seiten nachträglich hinzugefügt worden.«

Herr von Krummstein griff nach dem Buch und drehte es vorsichtig zu sich herum. Er strich die Seiten glatt und fuhr etwas ratlos mit seinem Finger über die Wörter und gemalten Zeichen, die sie enthielten.

»Aber was soll das bedeuten?«, fragte er. »Das ergibt doch alles gar keinen Sinn.«

Seine Frau zog das Buch näher zu sich heran. »Das sieht aus wie eine chemische Formel«, murmelte sie und kniff die Augen zusammen. »Hier sind die Symbole für Quecksilber und Blei und hier sind ein paar Arbeitsgeräte aufgelistet.« Sie zog die Stirn in Falten und las die Kommentare, die auf Latein verfasst worden waren, wie Nora erkannt hatte. »Alchemie«, murmelte Frau von Krummstein dann und sah auf. »Diese Formel sieht aus wie eine alchemistische Formel.«

Nora kratzte sich am Kopf. Alchemie? Das Wort hatte sie doch schon mal gehört. Wenn sie doch nur nicht so müde wäre, dann könnte sie sich vielleicht erinnern.

»Alchemisten? Das waren doch die mit dem Stein der Weisen?« Jo sah fragend in die Runde.

Stein der Weisen, genau! Nora schlug sich in Gedanken vor die Stirn. Harry Potter – wie hatte sie das nur vergessen können.

»Die Alchemisten waren nicht nur hinter dem Stein der Weisen her, Jo«, erklärte Frau von Krummstein. »Sie haben auch alle möglichen anderen naturwissenschaftlichen Experimente durchgeführt.«

»Aber was bedeuten diese Kreise am Rand?«, fragte Bernd. Er hatte den Kopf schief gelegt, um verkehrt herum lesen zu können. »Und die Wörter an der Seite?«

Frau von Krummstein sah wieder aufs Buch. »Das sieht mir ehrlich gesagt nach schmückender Kritzelei aus. Es gehört jedenfalls nicht zur Formel.«

Alle starrten weiter aufs Buch, nur Nora biss sich vor Ungeduld auf die Fingernägel. »Und was machen wir jetzt?«, fragte sie.

»Ich könnte hinunter ins Labor gehen und versuchen, die Formel nachzustellen«, schlug Diana vor. »Dann könnte ich mir auch die Texte genauer ansehen. Vielleicht finde ich heraus, was hier hergestellt werden soll.«

Herr von Krummstein schüttelte energisch den Kopf. »Du gehst zu Frau Berglund und berichtest ihr von unserem Fund. Rebekka«, er deutete auf seine Frau, »geh du bitte ins Labor, um die Formel nachzustellen. Herr Brix – Sie sagten, Sie müssten wieder zurück in Ihren Laden?« Bernd nickte.

Diana sah ein wenig missmutig drein, doch sie nickte nur kurz und ging. Herr und Frau von Krummstein folgten ihr.

Nachdem auch Paula und Jo die Bibliothek verlassen hatten, sah Bernd Nora lächelnd an. Nora bemerkte, dass er müde aussah, und ihr fiel ein, dass auch ihr Vater nur ein paar Stunden in der letzten Nacht geschlafen hatte.

»Begleitest du mich noch in die Halle?«, fragte er.

»Klar.« Nora wollte sowieso nicht länger in der Bibliothek bleiben. Was sollte sie hier auch? Die spannenden Sachen passierten inzwischen woanders. Auch wenn sie im Moment lieber in ihr Bett wollte als weitere aufregende Dinge zu erleben. Allerdings fragte sie sich, warum ihr Vater nicht länger blieb. Er schien doch selbst das größte Interesse an dem Hexenhammer zu haben.

»Willst du denn gar nicht wissen, was diese komische Formel bedeutet?«, fragte sie.

Bernd seufzte und hielt Nora die schwere Bibliothekstür auf. »Doch, natürlich. Aber ich kann Mama nicht den ganzen Tag allein in der Buchhandlung lassen. Sie ist im Moment ein wenig … angespannt.«

Nora schnaubte. Das war die Untertreibung des Jahrhunderts. Luisa war nicht angespannt, sie war völlig daneben. Aber sie wusste, dass ihr Vater das im Grunde genauso sah. Sie konnte die Sorgenfalten auf seiner Stirn erkennen.

»Wie lief es eigentlich mit deinem Zauberunterricht?«, fragte er und blieb neben einem der bodentiefen Fenster stehen, die inzwischen alle wieder repariert worden waren.

Nora strich sich die Haare aus der Stirn und erzählte ein weiteres Mal von ihren missglückten Versuchen in Sachen Magie. Im Gegensatz zu Paula und Diana schien ihr Vater jedoch nicht so gelassen mit dieser Tatsache umzugehen. Er sah sie ernst an und fasste sie an den Schultern.

»Nora«, sagte er eindringlich. »Es ist wirklich wichtig, dass du lernst, deine Magie zu beherrschen. Du musst dich unbedingt gegen diese Institorier verteidigen können.«

»Ich weiß, Papa.« Nora hatte zwar weniger an ihre eigene Sicherheit gedacht als vielmehr an die von Mark, aber natürlich hatte ihr Vater recht.

»Du musst mit Frau Berglund sprechen. Sie soll unbedingt dafür sorgen, dass du weiter Unterricht bekommst.«

Nora hob die Hände. »Du siehst doch selbst, was hier los ist. Alle sind beschäftigt – mit dem Hexenhammer, mit der neuen Gefahr, die von den Institoriern ausgeht … Ich habe keine Ahnung, ob irgendjemand von den Erwachsenen in den nächsten Tagen Zeit dafür hat, mich in Magie zu unterrichten.«

Bernd schüttelte den Kopf. »Dann musst du dir eben andere Leute suchen, die dich unterrichten können. Was ist mit Paula und Jo? Die sind doch beide schon weiter als du. Die können dir bestimmt etwas beibringen.«

Paula und Jo? Nora zog zweifelnd die Augenbrauen hoch. Da war es wahrscheinlich besser, wenn sie alleine übte. Paulas Magie war nur wenig effektiver als ihre eigene und Jo würde ihr lauter falsche Zaubersprüche beibringen, wenn sie ihn ließe.

»Bitte.« Bernd schien ihre Miene richtig gedeutet zu haben. »Versprich es mir.«

Die Tür von Frau Berglunds Büro öffnete sich und Diana trat heraus, gefolgt von einer kleinen, blassen Frau mit weißblonden Haaren.

»Was –?« Bernd sah die Frau mit großen Augen an, die in dem Moment aufsah und zurückstarrte. Ihr Blick weitete sich, als sie von Bernd zu Nora schaute und für einen kurzen Moment sah es so aus, als wolle die Frau auf sie zugehen und etwas sagen. Doch dann griff sie nach einem Regenschirm, schenkte ihnen ein nichtssagendes Lächeln und ging an ihnen vorbei nach draußen. Nora konnte durch das Fenster beobachten, wie sie in einen alten, grauen Golf stieg und davonfuhr.

»Kanntest du die Frau?«, fragte sie ihren Vater.

Bernd schüttelte hastig den Kopf. »Nein«, sagte er. »Ich dachte, ich würde sie kennen, aber … nein.«

Nora sah ihn nachdenklich an. Sie hatte den seltsamen Eindruck, dass ihr Vater ihr etwas verschwieg. Aber warum sollte er? Abgesehen davon war es wirklich unwahrscheinlich, dass er diese Frau kannte.

»Habt ihr Ada Mai hier vorbeikommen sehen?«

Frau Berglund war ebenfalls aus ihrem Büro getreten und blickte sich suchend in der Halle um. »Sie hat ihren Schal vergessen.«

»Eine Frau ist eben aus dem Haus gegangen«, erwiderte Bernd, der froh wirkte, dass Frau Berglund ihr Gespräch unterbrach. »Aber sie ist schon weg.«

Frau Berglund zuckte mit den Schultern und drehte sich wieder um. »Bleiben Sie zum Mittagessen, Herr Brix?«, fragte sie über die Schulter.

»Nein, ich muss wieder in den Laden.«

Frau Berglund nickte, ohne sich noch einmal umzudrehen und verschwand wieder in ihrem Büro. Nora war bei ihren Worten jedoch zusammengezuckt.

Der Name. Ada Mai.

Irgendetwas klingelte da bei ihr. Natürlich! Paula hatte diesen Namen letzte Nacht erwähnt. Ada Mai war die Frau, mit der Frau Berglund gestern telefoniert hatte. Sie war diejenige, die womöglich ihre leibliche Mutter gekannt hatte. Nora stöhnte auf und sah aus dem Fenster. Und jetzt hatte sie die Frau gehen lassen, die ihr vielleicht etwas über ihre Eltern hätte sagen können.

»Ist alles in Ordnung?« Bernd sah sie besorgt an.

Nora seufzte. »Alles klar.«

Sie hatte ihre Chance verpasst und wusste nicht, wann sie wieder eine bekommen würde. Andererseits hatte sie im Moment auch noch andere Dinge zu tun. Zaubern lernen, zum Beispiel. Sich überlegen, wie sie Mark retten könnte. Sie rieb sich die Augen.

»Alles klar, Papa. Du kannst nach Hause fahren. Ich glaube, ich muss mich einfach mal einen Moment ins Bett legen.«

KAPITEL 9

Als Nora wieder aufwachte, hatte es draußen angefangen zu dämmern. Anscheinend waren aus den paar Minuten Hinlegen mehrere Stunden tiefer Schlaf geworden, dachte Nora, als sie müde nach ihren Sachen tastete. Zum Glück hatte Bernd am Morgen daran gedacht, ein paar von ihren Klamotten einzupacken, so dass sie nicht mehr auf Paulas Kleidung angewiesen war. In ihren eigenen Sachen fühlte sie sich gleich um einiges wohler. Zumindest so lange, bis sie an Mark dachte, der irgendwo von den Institoriern gefangen gehalten wurde.

Nachdem sie sich eine Handvoll kaltes Wasser ins Gesicht gespritzt hatte, machte sie sich auf den Weg, um Paula und Jo zu suchen. Sie fand beide in dem großen, gemütlichen Wohnzimmer im hinteren Teil des Erdgeschosses, das mit vielen plüschigen Sesseln und Sofas vollgestellt war. Paula und Jo hatten sich auf zwei Sessel direkt vor dem Kamin gelümmelt und spielten Karten. Auf dem Tisch zwischen ihnen standen Teller mit Pizzen, bei deren Anblick Nora das Wasser im Mund zusammenlief. Was im Grunde kein Wunder war, da sie bisher nur diese mickrigen Käsebrote gegessen hatte.

»Kann man die essen?«, fragte sie und deutete auf eine der Pizzen, die dick mit Spinat und Gorgonzola belegt war.

Jo nickte kauend. »Unbedingt. Die hat Beat aus der Pizzeria im Dorf geholt. Er und Rüdiger wurden von Frau Berglund für irgendwelche Aufgaben rekrutiert. Sie haben keine Zeit zum Kochen.« Er grinste.

Nora atmete erleichtert auf und griff nach einem großen, fettigen Stück. Das wäre wirklich zu schade gewesen, wenn diese göttlich aussehende Pizza nicht genießbar wäre. Sie setzte sich auf ein Sofa, das zwischen Jo und Paula stand.

»Wo sind denn die anderen?«, fragte sie mit vollem Mund.

Paula wischte sich die fettigen Finger an ihrer Hose ab. »Im Keller, um die Formel aus dem Hexenhammer zu untersuchen, im Büro, um zu telefonieren oder um irgendwelche Anweisungen von Frau Berglund auszuführen. Diana ist vorhin mit dem Auto weggefahren. Aber Genaueres sagt uns niemand.«

Nora nickte. So etwas hatte sie sich schon gedacht. Sie aß ihre Pizza und starrte dabei in den Kamin, in dem ein gemütliches Feuer knisterte. Paula schnappte sich ebenfalls noch ein Stück, doch Jo, der seinen letzten Bissen hinuntergeschluckt hatte, beugte sich vor und musterte Nora.

»Du hast irgendetwas vor, oder?«, fragte er.

Nora wandte ihren Kopf und erkannte dieses aufgeregte Funkeln in seinen Augen. Offensichtlich hoffte er, dass Noras Antwort »ja« sein würde. Und dass er mit dabei sein konnte, bei was auch immer sie plante.

Nora seufzte. »Ich überlege die ganze Zeit, was ich machen kann, um Mark zu helfen. Aber da ich noch nicht einmal richtig zaubern kann, fällt mir einfach nichts ein.« Sie verzog den Mund. »Ich kann ja schlecht noch einmal zur Buchhandlung marschieren, laut nach den Institoriern rufen, und dann abwarten, was passiert.«

Jo sah sie nachdenklich an und zog dabei die dunklere seiner Augenbrauen hoch. »Wir sollten also zunächst an deiner

Magie arbeiten«, sagte er langsam und sein Blick wanderte zu Paula, die ihn fragend ansah. »Dabei könnten wir dir helfen. Immerhin können wir beide schon zaubern.«

Paula legte hastig den Rest ihres Pizzastücks beiseite.

»Au ja«, rief sie. »Wir bringen dir zaubern bei.«

Nora sah sie skeptisch an. So etwas Ähnliches hatte ihr Vater vorhin auch vorgeschlagen. Sie mochte Jo und Paula wirklich und würde sich gern von ihnen helfen lassen ... aber magietechnisch gesehen waren beide einfach nicht gut. Wie sollten sie ihr etwas Vernünftiges beibringen? Es war ja noch nicht mal auszuschließen, dass sie ihr völligen Quatsch zeigten. Und dass sie am Ende keinen ordentlichen Zauberspruch würde aufsagen können oder ihre Zauber so minimal waren, dass niemand sie bemerkte.

»Und, äh, wie wollt ihr das machen?« Sie wollte Jo und Paula nicht so direkt sagen, was sie von ihren Zauberkünsten hielt. Vor allem jetzt nicht, wo beide so engagiert wirkten.

»Als erstes musst du einen Zugang zu deiner Magie finden«, erklärte Paula. Sie war von ihrem Sessel aufgesprungen und ging vor dem Kamin auf und ab. »Dann ist die erste Hürde geschafft.«

Nora nickte. Okay, das hatte Diana ihr auch erklärt. »Genau das ist leider ein Problem«, sagte sie. »Den Zugang finde ich einfach nicht.«

Paula nickte. »Das kenne ich. Bei mir fühlt es sich an, als ob meine Magie in meiner Wirbelsäule sitzt und einfach nicht von dort herauskommen will. Diana hat mir verschiedene Entspannungsübungen gezeigt und jetzt kann ich die Magie auch in meiner Hand entstehen lassen.« Sie blieb kurz stehen. »Auch wenn es nur ein kleiner Teil ist.«

»Aha.« Nora war nicht so richtig überzeugt. Sie wandte sich an Jo. »Und wie ist es bei dir?«

Jo fuhr sich mit den Händen durch seine Locken und schien angestrengt nachzudenken. Schließlich zuckte er mit den Schultern. »Ich habe keine Ahnung«, gestand er. »Ich strecke einfach die Hände aus, sage einen Zauberspruch und ... na ja, dann zaubere ich.« Er sah Nora entschuldigend an. Offensichtlich merkte er selbst, dass Nora mit dieser Technik nicht weiterkommen würde.

»Wenn du dich an den richtigen Spruch erinnerst«, sagte Paula. »Echt Jo, du könntest wirklich mal anfangen, die richtigen lateinischen Wörter zu lernen.«

Jo winkte ab. »Diana sagt, wenn man genügend magische Intuition mitbringt, fallen einem die richtigen Sprüche von ganz allein ein.«

Paula zog ihre Hose hoch. »Vielleicht bei Diana«, murmelte sie, doch dann wandte sie sich wieder zu Nora. »Probier es mal mit der Entspannungstechnik«, schlug sie vor.

Nora sah zu Jo, der ihr aufmunternd zunickte. »Okay«, sagte sie dann. »Und was genau muss ich da machen?«

Paula krempelte die Ärmel hoch und streckte die Hände aus. Sie fixierte einen Punkt neben Nora auf dem Sofa. »Ich probiere mal, das Kissen schweben zu lassen«, erklärte sie. »Dazu muss ich natürlich zuerst das Kissen ansehen und meine Hände darauf ausrichten. Dann stelle ich mir genau vor, was passieren soll«, sie kniff die Augen zusammen, »dann versuche ich die Magie in meinen Händen zu spüren und im entscheidenden Moment, direkt nachdem ich den Spruch gesagt habe, entspanne ich die Muskeln in meiner Hand.«

Nora sah gespannt zu, wie Paula tief Luft holte und die Finger spreizte.

»Superinpendere«, sagte sie dann und im selben Moment erschlafften ihre Hände. Nora sah schnell zur Seite und versuchte sich zu erinnern, wo das Kissen vorher gelegen hatte.

Hatte es sich ein bisschen bewegt oder bildete sie sich das nur ein?

»Vorsicht!« Jo war aufgesprungen und hinter seinen Sessel gestürzt. Nora sah auf den Kamin, aus dem mit einem Mal riesige Flammen züngelten.

»Oh Gott!«

Paula sprang mit einem Hechtsprung aus der Gefahrenzone und Nora rettete sich ebenfalls hinter das Sofa. Paula lag auf dem Fliesenboden und klopfte auf ihrer Jeans herum, in die ein Funken ein Loch gebrannt hatte. Die Flammen wurden wieder kleiner und traten ins Innere des Kamins zurück, doch einer der Sessel hatte Feuer gefangen und schwelte an der Armlehne.

Jo hob die Arme.

»Expli … exti … exma …«

Die ersten Flammen stiegen aus dem Sessel auf.

»Explo … exko …«

Langsam fraß sich das Feuer durch die Armlehne. Nora stürzte nach vorn, riss eines der Kissen herunter und drückte es auf die Flammen, die einen Moment später erloschen.

»Extinguere«, sagte Paula langsam und hörte auf, auf ihre Hose zu schlagen. Nora hielt das Kissen sicherheitshalber noch einen Moment auf den Brandherd, bevor sie sich zu den anderen beiden umdrehte. Sie blickte in zwei betretene Gesichter.

»War vielleicht doch nicht so eine gute Idee«, sagte Paula zerknirscht und mit geröteten Wangen. »Ich meine – ich kriege nichts auf die Reihe und Jo kann sich keinen einzigen Zauberspruch merken. Und dann hat auch noch jemand von uns unkontrolliert Magie freigesetzt. Wir sollten besser nur unter Aufsicht üben.«

Nora starrte sie an. Eben war ihr eine Idee gekommen. Sie erinnerte sich an die Gelegenheiten, bei denen Paula gezaubert hatte: Gestern in ihrem Zimmer hatte sie den Schreibtischstuhl verrücken wollen und direkt im Anschluss war draußen im Flur irgendetwas von der Wand gefallen. Und in der Buchhandlung hatte Paula gegen den Institorier gekämpft und kurz danach war die Haustür aus den Angeln und quer über die Straße geflogen. Und gerade hatte Paula direkt vor dem Kamin gestanden, als sie gezaubert hatte und die Flammen plötzlich riesig geworden waren.

»Was ist los?« Paula sah sie stirnrunzelnd an.

Nora strich sich aufgeregt die Haare aus der Stirn. »Paula, kann es sein, dass deine Magie immer nach hinten losgeht?«, fragte sie langsam. Paula und Jo sahen sie verwirrt an.

»Wie, nach hinten?«

»Ich meine«, Nora holte tief Luft und versuchte, ihre Gedanken zu sortieren, »wir konzentrieren uns immer darauf, worauf du deine Hände richtest, um zu sehen, ob sich etwas bewegt hat, aber … jedes Mal, wenn du in meiner Gegenwart gezaubert hast, ist gleichzeitig etwas hinter deinem Rücken passiert. In meinem Zimmer hast du mit dem Rücken zur Tür gesessen und irgendetwas ist draußen im Flur passiert. In der Buchhandlung standst du mit dem Rücken zur Wohnungstür und die hat sich aus ihren Angeln gelöst, als du versucht hast, den Institorier aufzuhalten. Und jetzt gerade vor dem Kamin …« Noras Stimme war immer lauter geworden. »Es wäre schon ein ziemlicher Zufall, wenn diese Zauber immer gleichzeitig passieren würden, oder nicht?«

Paula bohrte gedankenverloren in dem Brandloch in ihrer Jeans und sah aus, als überlegte sie, ob ihr noch andere Gelegenheiten einfielen, bei denen das so gewesen sein könnte. Jo dagegen starrte Nora aus großen Augen an.

»Natürlich, du hast recht!« Er sah zu Paula. »Komm, wir probieren es noch mal aus.« Er deutete auf einen schmalen

Hocker, der neben der Tür stand. »Lass ihn einmal schweben.«

Paula hob ihre Arme wie in Trance.

»Superinpendere«, sagte sie.

Diesmal sahen Nora und Jo nicht konzentriert auf den Hocker, um zu überprüfen, ob er sich bewegt hatte, sondern schauten gebannt auf den Bereich hinter Paula. Und tatsächlich – während Paula versuchte, den Hocker zum Schweben zu bringen, löste sich einer der schweren Vorhänge vor den Fenstern und fiel auf den Boden, wobei er eine Blumenvase und ein paar Nippesfiguren von einem Regal riss. Klirrend zersplitterten die Gegenstände auf dem Parkett.

Paula drehte sich um. Sie hatte ein Grinsen im Gesicht, das fast bis zu ihren Ohren reichte. »Ihr habt recht!«, rief sie glücklich. »Das war ich.« Fasziniert betrachtete sie das Chaos, das sie angerichtet hatte. »Ich bin eine richtige Hexe. Ich habe richtig viel Magie. Oh, ist das cool!« Sie drehte sich zu Jo und Nora um. »Ich würde sagen, die Institorier haben keine Chance gegen uns!«

Jo schlug in ihre offene Hand ein, doch Nora zog skeptisch die Augenbrauen hoch. Nach der anfänglichen Euphorie über ihre Entdeckung holte sie jetzt wieder die Sorge um Mark ein. Auch wenn Paula offensichtlich über wesentlich mehr Magie verfügte als sie angenommen hatte, so war diese Magie für sie ebenso wenig kontrollierbar wie für Nora. Sie hatte keine Ahnung, wie ihnen herunterfallende Einrichtungsgegenstände beim Kampf gegen die Institorier helfen würden.

»Los, Nora, jetzt probier du es mal aus mit der Entspannungstechnik.«

Nora nickte, zumindest konnte sie es einmal versuchen. Vielleicht würde ja auch bei ihr ein kleines bisschen Magie in ihren Händen entstehen.

Sie streckte ihre Hände ebenfalls zu dem kleinen Hocker aus und versuchte sich vorzustellen, wie er in der Luft schwebte. Sie holte konzentriert Luft, spreizte ihre Finger und sagte »Superinpendere«. Im nächsten Moment ließ sie sämtliche Spannung aus ihren Händen fallen und spürte, wie sie aus den Handgelenken nach unten klappten.

Nichts.

Nora verzog den Mund. Es hatte sich weder der Hocker bewegt, noch hatte sie überhaupt irgendeine Art von Magie gespürt. Und hinter ihrem Rücken – sie drehte einmal kurz den Kopf – sah auch noch alles genauso aus wie vor ihrem Spruch.

»Das wird schon«, meinte Jo tröstend. Doch Nora hatte den Eindruck, dass auch er ein wenig enttäuscht wirkte. Offenbar hatte er mit dem Erfolg der Entspannungstechnik gerechnet.

Nora schnaubte. »Ja, irgendwann vielleicht«, sagte sie. »Aber bis dahin ist Mark bei den Institoriern bestimmt schon verrottet.« Sie ließ sich wieder auf das Sofa fallen und starrte in die Flammen im Kamin. »Wenn wir doch nur irgendwelche brauchbaren Informationen über die Institorier hätten. Wenn wir wüssten, wo ihr Versteck ist, dann könnten wir uns einen Plan überlegen, um Mark zu befreien.«

Nora sah einen dunklen Schatten in ihren Augenwinkeln und schaute auf. Durch die Fensterscheibe sah sie eine vermummte Gestalt in einem dunklen Umhang durch den Garten gehen. Der Ringgeist, äh Gregor, dachte Nora, als sie Paulas älteren Bruder erkannte. Jo atmete hörbar aus. Nora bemerkte, dass auch er Gregor nachdenklich hinterher sah, als dieser im angrenzenden Wald verschwand.

»Vielleicht ist das gar keine so schlechte Idee«, sagte er. »Vielleicht können wir wirklich jemanden fragen.«

»Du willst was?«, fragte Nora entgeistert. Sie folgte Jo in die Dunkelheit, als dieser ohne Vorwarnung aus der Terrassentür trat, die vom Wohnzimmer direkt in den Garten der von Krummsteins führte. »Das ist doch jetzt nicht dein Ernst!«

»Wieso nicht? Wir haben jemanden, den wir fragen können. Jemanden, der die Institorier aus erster Hand kennt.«

Nora blieb stehen und stemmte die Hände in die Hüften. Seit ihrer Ankunft bei den von Krummsteins hatte sie ja schon so einiges klaglos akzeptiert, aber das ging eindeutig zu weit.

»Du willst Heinrich Institoris von den Toten erwecken. Das ist nicht irgendjemand. Das ist eine Leiche!«

Genau das war jedenfalls Jos Vorschlag gewesen, als er Gregor in den Wald hatte laufen sehen. Gregor war vermutlich mal wieder unterwegs zum Friedhof und Jo hatte sich überlegt, dass man diese Gelegenheit nutzen sollte, um den Leichnam von Heinrich Institoris zu beschwören, der schließlich ganz in der Nähe auf Gregors Stammfriedhof begraben lag.

Jo war ebenfalls stehengeblieben und sah hilfesuchend zu Paula, die beinahe in Nora hineingerannt war. Paula zog ihre Hose hoch.

»Zombies sind wirklich nicht so schlimm wie ihr Ruf«, sagte sie und versuchte einen beruhigenden Ton in ihre Stimme zu legen. »Die sind eigentlich sogar ganz harmlos.«

»Ach ja?«, fragte Nora schnaubend. »Wir reden hier von einem Zombie. Einem echten Zombie. Ihr seid unter Zauberern aufgewachsen. Ihr habt *The Walking Dead* wahrscheinlich nie gesehen. Oder *Dawn of the Dead*. Aber ich. Und ich habe wirklich keine Lust, eine Epidemie von Untoten auszulösen.«

Sie schloss für einen Moment die Augen. Warum konnte ihr Plan nicht diese dämlichen Lichtelfen von Frau Berglund beinhalten? Oder sonst irgendwelche netten, lieblich anzusehenden Wesen? Warum mussten es ausgerechnet Zombies sein?

Jo seufzte. »Diese ganzen Zombiefilme sind totaler Quatsch. Jedenfalls die neueren, die davon ausgehen, dass man sich mit einem Zombie-Virus anstecken kann.« Er holte tief Luft. »Zombies sind überhaupt nicht böse. Sie sind eigentlich überhaupt nichts. Sie handeln nur nach dem Willen ihres Beschwörers. Und wenn der Beschwörer dem Zombie nicht gerade befiehlt jemanden zu töten, dann macht er das auch nicht. Wirklich!«

Nora sah fragend zu Paula, die heftig nickte.

»Das stimmt«, sagte sie. »Wir haben Gregor einmal dabei zugesehen, wie er einen Toten erweckt hat. Er hat Hip Hop getanzt.« Sie lächelte, als würde sie sich an einen netten Filmabend mit der besten Freundin erinnern.

Nora stöhnte. Nicht das erste Mal fragte sie sich, warum sie ausgerechnet bei den verrücktesten Zauberern seit Terry Pratchett gelandet war. Aber es half nichts. Sie musste mit dem arbeiten, was ihr zur Verfügung stand. Und wenn das ein Zombie war, dann war das eben so.

»In Ordnung«, sagte sie. »Aber ich hoffe, ihr wisst, was ihr tut. Und vor allem Gregor!«

Sie fanden Gregor wie vermutet auf seinem Lieblingsfriedhof, der glücklicherweise nicht mitten im Wald lag, sondern am Straßenrand, umgeben von einer hüfthohen Mauer. Er war rund um eine kleine Kapelle angelegt worden, die den Eindruck machte, als würde sie immer noch benutzt werden. Auch die Gräber waren alles andere als uralt. Nora hatte einen unauffälligen Blick auf die Inschriften der Grabsteine geworfen und war seltsamerweise beruhigt, als sie dort Todesdaten aus den letzten Jahren las. Das hier war kein seltsamer Geisterort aus einem Zombiefilm. Dies war ein ganz normaler Friedhof, ein Ort wie der, wo ihre Großeltern begraben lagen. Durch die Straßenlaternen wurde er sogar ein wenig beleuchtet. Wirklich überhaupt nicht furchteinflößend. Zumindest solange man nicht darüber nachdachte, was Jo vorhatte.

Gregor stand in seiner langen Kutte vor einem der Gräber und wirkte seltsam deplatziert. Vielleicht lag es an der dunklen Kapuze, die sein Gesicht verbarg, vielleicht auch an den vielen Utensilien wie Kerzen, Holzkreuzen oder einem Totenkopf, die Nora irgendwie übertrieben fand. Er war gerade dabei, dunkle Steine um sich herum zu drapieren, als Paula, Jo und Nora auf ihn zutraten. Erstaunt sah Gregor auf, wobei ihm die Kapuze vom Kopf rutschte.

»Was wollt ihr denn hier?«, fragte er entgeistert und Nora stellte erstaunt fest, dass sie Paulas Bruder soeben das erste Mal hatte sprechen hören. Er hatte eine angenehm tiefe Stimme. »Ist was passiert?«

Jo hatte die Hände in die Taschen gesteckt und lehnte sich an einen Grabstein. »Könnte man so sagen.«

Er warf Paula und Nora einen kurzen Blick zu, dann erklärte er, was sie vorhatten. »Die Sache ist die: Wir wollen etwas über den Aufenthaltsort der Institorier erfahren und wir dachten, wir könnten doch die Tatsache nutzen, dass Institoris' Leiche hier begraben ist.«

»Also, Jo dachte das zumindest«, korrigierte Nora, die sich mit verschränkten Armen gegen einen anderen Grabstein gelehnt hatte.

»Und?« Gregor sah sie fragend an.

»Na ja, wir dachten, du könntest Institoris für uns beschwören.« Jos Stimme klang schmeichelnd. »Das kannst du doch, oder?«

Gregor trat einen Schritt zurück und stieß dabei ein rotes Grablicht um. Er hatte während Jos Worte große Augen bekommen. »Ihr wollt was?«, fragte er entgeistert. »Ich soll Institoris beschwören? Das ist ein Witz, oder?«

Nora schüttelte widerwillig den Kopf. Sie war immer noch nicht überzeugt von der Idee, einen Zombie zu erschaffen. Auch wenn das anscheinend nicht den Stellenwert hatte, den sie aus diversen Serien und Filmen kannte, so hatte sie doch großen Respekt vor Toten.

»Das ist die einzige Möglichkeit, etwas über den Aufenthaltsort der Institorier zu erfahren«, sagte Paula mit ernster Miene. »Oder gibt es ein Problem? Du weißt doch, wo sein Grab ist, oder nicht?«

»Natürlich weiß ich, wo sein Grab ist.« Gregor machte eine ärgerliche Handbewegung. »Das Problem ist, dass der Typ schon seit Jahrhunderten tot ist.«

»Und?«, fragte Jo.

»Und?«, wiederholte Gregor ungläubig. »Du passt wirklich nie auf, wenn Diana uns etwas erklärt, oder?« Er seufzte und schüttelte den Kopf. »Je älter ein Leichnam ist, desto schwieriger wird es, ihn zu beschwören. Und desto schwieriger ist es auch, ihm seinen Willen aufzuzwingen und ihn dazu zu bringen, das zu machen, was man will.« Er deutete auf den Grabstein vor sich. »Ich schaffe es inzwischen ganz gut mit Leichen, die zehn bis zwanzig Jahre alt sind. Aber Institoris … So weit bin ich noch lange nicht.«

Nora zuckte mit den Schultern und wandte sich zum Gehen.

»Tja, schade«, sagte sie und versuchte, ein wenig Bedauern in ihre Stimme zu legen. »Es war einen Versuch wert.«

»Warte.« Jo hielt sie am Arm fest. »Und wenn ich dir helfe? Wenn wir unsere Magie bündeln?« Er sah Gregor fest in die Augen. »Stell dir doch mal vor – Heinrich Institoris. Wäre das nicht eine Herausforderung, ausgerechnet ihn zu beschwören?«

174

Nora erkannte, dass Jo genau die richtigen Worte getroffen hatte. Gregor presste die Lippen zusammen und dachte einen Augenblick lang nach. Nora fiel auf, dass er nun weniger gruselig auf sie wirkte. Eher wie ein Nerd, der nachts auf Friedhöfen Life-Rollenspiele spielte.

»Na gut«, sagte er schließlich und Paula atmete erleichtert auf. »Wir können es ja mal versuchen. Aber ich kann nichts versprechen«, fügte er hinzu und begann, seine Beschwörungswerkzeuge zusammenzusuchen.

Als er fertig war, packte er seinen Beutel und führte sie um die Kapelle herum zu einem offensichtlich älteren Teil des Friedhofs. Nora seufzte. *Das* war jetzt genau die Art von Friedhof, die sie aus Filmen kannte. Düster, alt, mit verwitterten Grabsteinen und augenlosen Engelsstatuen. Die Angst vor Zombies oder irgendwelchen anderen Untoten kam fast automatisch in ihr hoch und sie bemühte sich, ruhig zu atmen. Ungeplante Magie konnten sie hier nun wirklich nicht gebrauchen.

Gregor lief ohne zu zögern auf den hintersten Teil des Friedhofs zu und blieb vor einem Grab stehen, das direkt an die Mauer grenzte. Nora beugte sich vor, um die Inschrift lesen zu können, was in der Dunkelheit und bei dem alten Stein gar nicht so leicht war.

»Heinrich Kramer?«, fragte sie. »Ist das der richtige?«

Gregor grunzte nur und begann, seine Sachen wieder auszupacken und um das Grab zu verteilen, doch Paula lieferte die Erklärung.

»Das ist sein Taufname. Institoris hat er sich selbst genannt, als er in den Orden eingetreten ist.«

»Aha«, sagte Nora und beobachtete Gregor, der nun die Kerzen anzündete, die er mitgebracht hatte. »Müsste das Grab von Institoris nicht eine Art Wallfahrtsort für die Institorier sein?«, fragte sie dann. »Ein Ort, zu dem alle pilgern, um Opfergaben abzulegen oder so etwas?«

Jo schüttelte den Kopf. »Ich glaube, die Institorier sind ziemlich pragmatisch. Was sollen sie mit dem Grab von Institoris? Es bringt ihnen überhaupt nichts. Und außerdem würde eine Pilgerschar nur unnötig Aufmerksamkeit erregen. Nein, ich denke, sie halten das Grab einigermaßen in Schuss und das war's.«

»Können wir dann?« Gregor hatte sich aufgerichtet und sah Jo fragend an. Jo nickte begeistert und griff nach Gregors Hand. Beide stellten sich in die Mitte eines Kreises, den Gregor aus den schwarzen Schmucksteinen vor dem Grab gebildet hatte. Nora wich ein paar Schritte zurück und zog Paula mit sich, die einen Arm um sie legte. Sie schien zu spüren, dass Nora die Beschwörung nicht ganz geheuer war.

Gregor zeigte mit seiner freien Hand auf den Grabstein und begann vor sich hinzumurmeln. Nora verstand nicht, was er sagte, aber es war eindeutig mehr als diese einzelnen lateinischen Worte, die sie bisher im Zusammenhang mit Magie gehört hatte. Seine Stimme wurde immer lauter.

»Expergefacere«, rief Gregor schließlich und ließ seine Hand nach vorne schnellen. »Expergefacere. Expergefacere.«

Nora hielt den Atem an. Unbewusst war sie wieder einen Schritt näher an das Grab herangetreten und sah gebannt auf die mit Unkraut bewachsene Erde. Zuerst passierte nichts und Nora befürchtete schon, dass der Zauber auch mit Jos Hilfe nicht stark genug gewesen war. Doch dann fing die Erde plötzlich an, an einigen Stellen aufzubrechen. Erdklumpen fielen zur Seite, das Geräusch von reißenden Wurzeln und kullernden Steinen erfüllte die spätabendliche Stille und ein modriger Geruch von faulem Laub drang in Noras Nase.

Dann schob sich etwas durch die Erde, was Nora zuerst für einen ausgebleichten Ast hielt, bis sie erkannte, dass es sich um eine skelettierte Hand handelte. Mit einem Schaudern stieß sie den Atem aus und beobachtete, wie sich die Überreste von Heinrich Institoris aus ihrem Grab schaufelten. Es dauerte ein paar Minuten, bis das gesamte Skelett vor ihnen stand. Es sah gar nicht so gruselig aus, wie Nora gedacht hatte. Im Grunde ähnelte es dem Modell, das in ihrem Biologie-Raum in der Schule stand, nur mit mehr Erde und altem Laub zwischen den Rippen. Erwartungsvoll hatte es seinen Schädel auf Gregor gerichtet. Der hatte inzwischen Jos Hand losgelassen und betrachtete seinen Zombie verliebt.

»Wahnsinn«, hauchte er. »Wir haben es wirklich geschafft. Wir haben Institoris beschworen.«

»Ja, ja«, sagte Jo ungeduldig und rieb sich die Stirn, als ob er Kopfschmerzen hatte. Wahrscheinlich war die Beschwörung anstrengend gewesen. »Jetzt frag ihn, was er uns über die Institorier sagen kann.«

Gregor wandte den Blick von Institoris ab. Der verliebte Ausdruck war aus seinem Gesicht verschwunden, stattdessen sah er verwirrt aus.

»Sagen?«, fragte er. »Jo, das ist ein Skelett. Das kann nicht sprechen.«

»Was?« Jo starrte ihn fassungslos an. »Das ist jetzt nicht dein Ernst.«

Gregor hob entschuldigend die Hände, während Paula neben Nora leise zu kichern anfing. Auch in Nora stieg ein leicht hysterisches Lachen auf. Jetzt hatten sie dieses tolle Skelett von Heinrich Institoris, das auf Befehle von ihnen wartete, und sie konnten nichts mit ihm anfangen.

»Die wenigsten von ihnen können noch sprechen«, erklärte Gregor. »Dafür müssen sie noch richtig frisch sein. Mit intakter Zunge und allem.«

Nora wurde ein wenig übel. Das war ein bisschen mehr Information, als sie sich gewünscht hatte.

»Kannst du ihm nicht einfach sagen, dass er uns die Richtung zeigen soll, in der sich das Versteck der Institorier befindet?«, fragte sie, um Gregor davon abzuhalten, noch weitere Leichendetails preiszugeben.

Jo vergrub sein Gesicht in den Händen. »Aber wir wissen doch gar nicht, ob es immer noch das gleiche Versteck ist wie zu Institoris' Zeiten«, murmelte er zwischen seinen Fingern hindurch. »Und außerdem kann es sich sonst wo befinden – seine letzten Jahre hat der Typ im heutigen Tschechien verbracht.«

Nora zuckte mit den Schultern. »Okay, dann lassen wir ihn eben hier und gehen nach Hause.«

»Nein.« Jo schaute auf und sah sie entschlossen an. »Wir probieren es.« Er wandte sich an Gregor. »Sag ihm, er soll uns den Weg zu seinen Leuten zeigen.«

»Zu seinen Leuten.« Gregor sah ihn genervt an, wandte sich dann aber dem Skelett zu. »Mein Diener, zeig uns den Weg zu den Institoriern.«

Nichts geschah.

»Zeig uns den Weg zu deinem Orden. Zu deinem geheimen Orden.«

Das Skelett stand immer noch bewegungslos vor ihnen. Seltsamerweise hatte Nora den Eindruck, dass es Gregor fragend ansah. Es hatte zumindest den Schädel leicht schief gelegt und das Gewicht auf die rechten Beinknochen verlagert. Gregor schien verwirrt.

»Er versteht mich nicht. Normalerweise sollte er meinen Befehl ausführen.«

Paula trat einen Schritt vor. »Vielleicht versteht er unsere Sprache nicht. Das Deutsch, das zu seiner Zeit gesprochen wurde, war ganz anders als unser heutiges. Versuch es mal mit Latein.«

Gregor stöhnte auf, sah aber wieder zu Institoris.

»Deduce ... circlus ... Institoris.«

Das Skelett richtete seinen Schädel wieder auf und sah Gregor einen Moment lang aus leeren Augenhöhlen an. Dann drehte es sich zur Seite und marschierte los, auf den Ausgang des Friedhofs zu. Gregor und Jo liefen sofort hinterher. Nora blieb stehen, bis Paula sie am Ärmel riss.

»Los«, rief sie und Nora setzte sich in Bewegung. Na super, dachte sie. Worauf hatte sie sich da nur eingelassen?

Weit kamen sie nicht. Das Skelett schritt erstaunlich schnell auf seinen Knochenfüßen davon, kein Anzeichen von diesem schlurfenden, unkoordinierten Gang, den Nora aus Filmen kannte. Außerdem hatte Institoris Gregor offenbar so verstanden, dass er sie auf direktem Weg zum Ziel führen sollte, denn schon nach wenigen Metern befanden sie sich im dichtesten Unterholz.

»Beeilt euch«, rief Jo von vorne, der hinter Gregor und dem Zombie herrannte.

»Ich versuch's«, murmelte Nora verärgert, während sie sich Erde von den Knien klopfte. Sie war im Dunkeln über eine Baumwurzel gestolpert und der Länge nach hingefallen. Das war wirklich die blödeste Idee aller Zeiten. Sie rannten im Dunkeln hinter einem skelettierten Zombie her, ohne zu wissen, ob er sie auch wirklich in die Richtung führte, in die sie wollten. Kein Wunder, dass niemand von den anderen Magiern bisher versucht hatte, auf die Hilfe des toten Institoris zu setzen.

Kaum hatte Nora sich wieder in Bewegung gesetzt, hörte sie ein lautes Rauschen, gefolgt von einem panischen Schrei.

»Was ist passiert?«, rief Paula, die auf Nora gewartet hatte. »Braucht ihr Hilfe?«

Die beiden Mädchen rannten, so schnell es die Wurzeln zuließen, und prallten gegen Gregor, der in seiner dunklen

Kutte mit dem nächtlichen Wald verschmolz. Gregor stolperte einen Schritt nach vorne, grunzte jedoch nur verärgert und verschränkte dann wieder die Arme.

»Geht es euch gut?«, fragte Nora und blickte zu Jo, der ein paar Meter entfernt auf einem Felsvorsprung stand. »Wo ist die Leiche?«

Jo deutete mit dem Arm nach unten und Nora und Paula traten neben ihn. Sie sahen auf eine Straße, die sich mehrere Meter unter ihnen durch den Wald schlängelte. Mitten auf der Fahrbahn lagen, großflächig verteilt und überhaupt nicht mehr zusammenhängend, die Knochen von Heinrich Institoris.

»Oh«, sagte Nora nur und löste ihren Blick vom Schädelknochen, der auf dem Mittelstreifen thronte und mit seinen leeren Augenhöhlen in die Nacht grinste. Zum Glück waren um diese Zeit keine Autos unterwegs. »Wie ist das denn passiert?«

Jo drehte sich um und seufzte genervt. »Na wie schon? Dieser blöde Zombie ist einfach Luftlinie gelaufen und hat sich in den Abgrund gestürzt.«

Paula drehte sich zu ihrem Bruder um. »Kannst du ihn nicht wieder zum Leben erwecken?«

Gregor schüttelte den Kopf. »Dafür ist er jetzt zu kaputt. Vielleicht, wenn wir ihn wieder komplett zusammensetzen würden …«

Er brach ab, als sie die Scheinwerfer eines Autos herannahen sahen. Ein Knacken ertönte, das Nora die Haare im Nacken aufstellen ließ, als der Wagen über die alten Knochen fuhr. Das war's dann wohl, dachte sie. Jetzt würden sie Institoris bestimmt nicht mehr flicken können.

Der Wagen hielt mit eingeschalteten Scheinwerfern an. Ein junger Mann stieg auf der Fahrerseite aus, der Nora seltsam bekannt vorkam. Er ging ein paar Schritte zurück und bückte sich, um den Schädel zu betrachten, der immer noch unversehrt mitten auf der Straße lag.

Die Tür auf der Beifahrerseite öffnete sich.

»Was ist los, warum fahren wir nicht weiter?«

Nora hielt den Atem an. Entsetzt sah sie zu Jo und Paula, denen ebenfalls der Schreck ins Gesicht geschrieben stand.

Nora musste nicht erst warten, bis die Frau aus dem Auto gestiegen war, um sie zu erkennen. Diese Stimme würde sie nie mehr vergessen. Nicht nachdem sie ihr direkt ins Ohr geflüstert hatte, während sie eine Pistole auf sie gerichtet hatte.

Nora spürte Paulas Finger, die sich in ihren Arm krallten.

»Was soll das, warum hast du angehalten?« Die Dame in Rot klang eindeutig verärgert, doch ihr Begleiter schien das nicht zu merken.

»Sehen Sie sich das hier mal an.« Er deutete auf den Schädelknochen. Die Dame in Rot warf einen kurzen Blick darauf und zuckte dann mit den Schultern.

»Na und? Ein Toter. Er sieht nicht mehr frisch aus, also interessiert er uns nicht.«

»Aber … meinen Sie nicht, dass wir die Polizei …«

Die Dame in Rot schnaubte. »Die Polizei? Damit wir noch mehr Aufmerksamkeit von denen bekommen? Also manchmal frage ich mich, was der Chef in dir sieht, David.« Sie drehte sich wieder um und schritt demonstrativ zum Auto zurück. »Und jetzt komm endlich, wir haben schließlich zu tun. Ihr Nest muss hier irgendwo sein. Dort hinten haben wir ihren Wagen verloren – es muss einen starken Verschleierungszauber geben.«

Diesmal spürte Nora deutlich, wie Panik in ihr aufstieg. Die Institorier waren kurz davor, ihren Aufenthaltsort zu entdecken, und sie standen hier ungeschützt ein paar Meter von ihnen entfernt. Langsam breitete sich die Angst in ihr aus. Sie konnte nichts dagegen tun und wusste gleichzeitig, dass es wahrscheinlich nur eine Frage von Sekunden war, bis ihre Magie sich verselbstständigte und irgendetwas Blödes anstellte, das sie alle wieder in große Gefahr bringen würde. Wenn sie doch nur wüsste, wie sie ihre Magie kanalisieren könnte!

Plötzlich legte sich eine warme, raue Hand in ihre. Sie sah auf und blickte direkt in Jos Gesicht, der angespannt lächelte und ihr zunickte. Und da war sie wieder. Neben ihrer Angst konnte sie eindeutig das Ziehen der Magie fühlen, das wesentlich stärker war als das letzte Mal, wo sie bewusst gezaubert hatte. Die Magie wollte raus aus ihrem Bauch, raus aus ihrem Körper und Nora konnte sie diesmal lenken. Dumm war nur, dass es bis jetzt nur einen einzigen Zauberspruch gab, den sie sich hatte merken können.

»Lucere«, flüsterte sie und sie hörte ein kollektives Aufstöhnen von Jo, Paula und Gregor, noch bevor die riesige leuchtende Kugel auf ihrer Hand erschien.

»Was war das?«, fragte die Dame in Rot und sah nach oben – direkt in Noras Gesicht, das nun hell angeleuchtet und mit Sicherheit optimal zu erkennen war.

»Lauft!« Jo riss Nora mit sich und sie stürmten zurück durch den Wald. Unter sich hörten sie die Dame in Rot zetern.

»Worauf wartest du, David, hinterher! Das war die Hexenbrut!«

Die Kugel zerbarst in tausende von Lichtsplittern, was einerseits gut war, damit die Institorier ihnen nicht einfach folgen konnten, andererseits sahen sie jetzt nicht mehr, wo sie hintraten. Sie stolperten und fielen, rappelten sich auf, um wieder zu fallen. Immerhin musste dieser David erst den kleinen Abhang hinaufklettern, was offensichtlich gar nicht so leicht war, denn sie kamen unbehelligt bis zum Gartentor, das sie zum Anwesen der von Krummsteins führte.

»Ab hier sind wir sicher«, japste Jo und ließ das Tor hinter ihnen zufallen. »Der Verschleierungszauber umfasst auch den Garten. Hier kommen sie nicht durch.«

»Bist du sicher?« Nora hatte die Hände auf ihre Oberschenkel abgestützt und versuchte, wieder zu Atem zu kommen. Noch nie in ihrem Leben war sie so gerannt.

Na ja, bis auf das letzte Mal, als sie von der Dame in Rot verfolgt worden war. Sie musste aufpassen, dass das nicht zur dummen Gewohnheit wurde.

»Ziemlich«, sagte Jo. »Wir sollten trotzdem Frau Berglund informieren.«

Paula ließ sich auf den nassen Rasen fallen. »Erinnere mich daran, dass ich dir eine Liste mit den wichtigsten Zaubersprüchen gebe«, sagte sie keuchend zu Nora. »Eine leuchtende Kugel, also wirklich.«

»Was hattet ihr Bitteschön so spät abends im Wald zu suchen?«, fragte Frau Berglund. Allerdings klang die alte Dame nicht so verärgert, wie Nora befürchtet hatte. Im Gegenteil, sie wirkte beinahe ein wenig abwesend.

Sie waren – mal wieder – direkt in Frau Berglunds Büro gelaufen, wo sie erstaunlicherweise nicht nur die Leiterin des magischen Vereins, sondern auch alle anderen Erwachsenen angetroffen hatten. Offensichtlich hatten sie die Versuche im Labor beendet, denn Frau Berglund hielt den Hexenhammer vor ihre Brust gepresst und warf immer wieder ungläubige Blicke darauf.

»Wir, äh, wollten ein bisschen frische Luft schnappen«, sagte Jo, was so extrem unglaubwürdig klang, dass Nora ein Schnauben unterdrücken musste. Seltsamerweise schienen die anderen die Erklärung jedoch zu akzeptieren, denn niemand hakte nach. Frau Berglund nickte.

»Bitte unterlasst das in Zukunft«, sagte sie nur und wandte sich dann an Diana und Herrn von Krummstein. »Auch wenn ich davon überzeugt bin, dass unsere Schutzzauber hervorragend sind, sollten wir sie heute Abend noch einmal überprüfen und verstärken.« Sie warf einen weiteren Blick auf das Buch in ihren Händen. »Und ich werde den Hexenhammer verstecken«, fügte sie leise hinzu. »Dieses Buch darf wirklich niemals in die Hände der Institorier geraten.«

»Ich könnte es im Schutzraum im Keller versiegeln«, schlug Diana vor, doch Frau Berglund schüttelte den Kopf.

»Das Buch übernehme ich persönlich. Ich werde dafür sorgen, dass es unauffindbar ist.«

Diana zuckte mit den Schultern und wandte sich zur Tür.

»Haben Sie die Formel nachbilden können?«, fragte Nora neugierig. Wenn Frau Berglund das Buch verstecken wollte, waren die Erwachsenen offenbar mit ihrer Arbeit fertig. Und das konnte nur bedeuten, dass sie wussten, was es mit der Formel auf sich hatte.

Die Magier sahen sich betreten an und wichen Noras Blick aus. Nora sah zu Jo und Paula, die jedoch auch nicht zu wissen schienen, was los war. Schließlich seufzte Frau Berglund und sah Nora durch ihre Brille hindurch an.

»Nein, wir haben die Formel nicht nachgebildet«, sagte sie und Nora ließ die Schultern hängen. Also hatten sie doch keine Fortschritte gemacht. Vielleicht waren alle nur müde und wollten am nächsten Tag weitermachen. »Es gibt ein paar Ungereimtheiten bezüglich der Symbole. So eine Art von Formel hat noch keiner von uns gesehen und wir wissen nicht genau, was ab einem gewissen Punkt zu tun ist.« Sie seufzte und richtete ihren Dutt gerade. »Allerdings würden wir die Formel auch nicht nachbilden, selbst wenn wir es könnten. Wir haben nämlich herausgefunden, was sie bewirken soll.« Sie schwieg einen Moment und Nora sah aus den Augenwinkeln, wie Jo und Paula die Köpfe nach vorne schoben.

»Mithilfe der Formel soll es möglich sein, magisch begabten Menschen ihre Magie zu entziehen.«

Sie biss sich auf die Lippen und krallte ihre Finger in den Buchrücken. Nora runzelte die Stirn. Magie entziehen? Wie sollte das denn funktionieren? Und bedeutete das dann, dass Hexen plötzlich nicht mehr zaubern konnten? Das wäre natürlich blöd, aber Nora verstand die Aufregung nicht so ganz.

Doch offensichtlich war sie damit die Einzige. Als sie sich umblickte, sah sie, wie Jos Augen sich vor Schreck stark geweitet hatten und Paula die Arme um ihren Oberkörper geschlungen hatte, als würde sie sich vor einem unsichtbaren Angriff schützen.

Frau Berglund seufzte, als sie Noras verständnislose Miene sah. »Einem Magier die Magie zu entziehen könnte schwerwiegende Folgen haben. Wobei wir das nicht genau wissen, da wir von so etwas bisher noch nie gehört haben.« Sie schluckte. »Vielleicht wäre es bei jemandem wie dir auch gar nicht so schlimm. Deine Magie ist gerade erst erwacht und du hast keinen aktiven Zugriff darauf. Aber bei uns anderen ist die Magie so sehr mit allem verbunden, sie ist so sehr ein Teil von unserem Körper und unserer Persönlichkeit, dass ein Entzug der magischen Energie wahrscheinlich mit dem Entzug der Lebensenergie einhergehen würde.«

Nora runzelte die Stirn. Entzug der Lebensenergie? Hä?

Frau Berglund verdrehte die Augen. »Sie würden sterben, Nora. Die Magier, denen die Magie entzogen wird, würden diesen Eingriff höchstwahrscheinlich nicht überleben.«

KAPITEL 10

Am nächsten Morgen wurde Nora durch das laute Geschrei eines Kindes geweckt.

»Ich bin ein Ravenclaw. Das weiß ich genau! Ich brauch dafür keinen sprechenden Hut.«

Nora seufzte und sah auf die mechanische Uhr, die auf einem der Regale thronte. Halb elf! Sie hatte den kompletten Morgen verschlafen. Aber zumindest fühlte sie sich das erste Mal seit zwei Tagen wieder halbwegs wach.

Nachdem sie gestern Frau Berglunds Büro verlassen hatten, waren Jo und Paula erst einmal ziemlich wortkarg gewesen. Dann hatten sie jedoch eingesehen, dass es wichtiger denn je war, sich magisch gegen die Institorier verteidigen zu können. Paula hatte schnell eine Liste mit Zaubersprüchen zusammengestellt, die sie sowohl an Nora als auch an Jo austeilte, und Jo hatte versucht, Nora beim Zaubern zu unterstützen. Aber was im Wald intuitiv funktioniert hatte, klappte plötzlich überhaupt nicht mehr. Nora hatte keine Ahnung, was sie im Angesicht der Dame in Rot gemacht hatte. Ihre Magie war einfach wieder da gewesen und sie hatte sie mithilfe des Spruchs prima lenken können. Doch jetzt, wo sie darüber nachdachte, funktionierte das nicht mehr. Sie hatte versucht, die Magie in ihre Hände zu lenken, aber sie spürte ihre Zauberkraft nicht. Egal, ob sie Jos Hand hielt oder nicht.

Nora schälte sich aus dem Bett, nahm eine ausgiebige heiße Dusche, zog sich an und machte sich dann auf den Weg ins Erdgeschoss, um Paula und Jo zu suchen. Als sie die große Treppe in die Eingangshalle hinunterging, sah sie plötzlich eine Gestalt aus der Bibliothek huschen.

Ada Mai.

»Frau Mai«, rief Nora, einem plötzlichen Impuls folgend. Sie raste die letzten Stufen hinunter, damit die Magierin ihr nicht wieder entwischen konnte, und kam atemlos vor ihr zum Stehen. Frau Mai war ebenfalls stehengeblieben und sah Nora kurz erschrocken aus ihren himmelgrauen Augen an. Dann schien sie sich wieder zu fassen.

»Ja?«, fragte sie und es wirkte, als wäre sie um einen unbeteiligten Tonfall bemüht.

Nora holte tief Luft. »Ich weiß, dass sie meine Mutter kannten. Meine leibliche Mutter.«

Einen Moment lang glaubte Nora, dass Frau Mai alles abstreiten würde, doch dann seufzte sie ergeben und winkte Nora, ihr zu folgen.

»Also gut, was möchtest du wissen?«

Ada Mai saß auf einem der Beistelltische am Fenster der Bibliothek und ließ die Beine baumeln wie ein kleines Mädchen auf einer Schaukel. Sie hatte selbst vorgeschlagen, sich in der Bibliothek zu unterhalten, da sie dort vor den Bewohnern des Hauses Ruhe hatten.

Nora tigerte unruhig vor Frau Mai auf und ab. Sie hatte sich zuerst neben die Magierin setzen wollen, doch kurzfristig entschlossen, dass sie dafür zu nervös war.

»Sie kannten meine Mutter?«, fragte sie schließlich, weil sie keine Idee hatte, wie sie das Thema höflich einleiten sollte.

Ada Mai lächelte traurig. »Ja, ich kannte sie gut«, sagte sie leise und fügte hastig hinzu. »Falls es wirklich deine Mutter war. So ganz sicher können wir schließlich nicht sein.« Sie blinzelte ein wenig, als sie Nora erneut musterte. »Aber du bist ihr wirklich ähnlich«, sagte sie flüsternd. »Maria hatte genau das gleiche Gesicht wie du.«

Nora schluckte. Es war seltsam, dass ihr Frau Mais Worte so nahegingen, da sie ihre Mutter doch überhaupt nicht gekannt hatte. Und dennoch spürte sie einen gewaltigen Kloß in ihrem Hals, so dass es ihr schwerfiel, weiter zu sprechen.

»Woher kannten Sie sich?«, fragte sie heiser.

Ada Mai zuckte mit den Schultern. »Wir waren beide junge Hexen in der Ausbildung«, sagte sie. »Das schweißt einen zusammen. Wir sind beide von Frau Berglund unterrichtet worden. Als wir älter waren, haben wir zusammen studiert und gemeinsam in einer WG gewohnt.«

Nora versuchte, sich eine junge Ada Mai vorzustellen. Das klappte erstaunlich gut, doch das Bild ihrer Mutter blieb verschwommen.

»Was … was ist mit ihr passiert?«, fragte sie.

Ada Mai seufzte traurig. »Nach ihrem Studium hat sie eine Zeit lang in Berlin als Polizeipsychologin gearbeitet. Dann ist Frau Berglund Vorsitzende des magischen Vereins geworden und hat sie gebeten, einen … geheimen Auftrag für sie zu übernehmen.«

Nora zog die Augenbrauen hoch.

»Geheim?«

»Na ja.« Frau Mai zog ein wenig verlegen die Schultern hoch. »Eigentlich wussten nur Frau Berglund und deine Mutter davon. Aber mir hat sie alles erzählt.«

Das konnte Nora allerdings nachvollziehen. Sie hatte Mark ja auch sofort von der Hexengeschichte erzählt.

»Was genau war es denn für ein Auftrag?«

Ada Mai schwieg einen Moment und spielte in ihren weißblonden Haaren, bevor sie Nora fest in die Augen sah.

»Deine Mutter war Spionin bei den Institoriern.«

»Was?« Nora blieb stehen. »Eine Spionin?« Himmel, das war ja noch aufregender, als sie sich ausgemalt hatte. Eine Spionin bei den Institoriern!

Frau Mai nickte bekräftigend. »Frida Berglund hatte damals einen Hinweis erhalten, dem sie unbedingt nachgehen wollte. Und deine Mutter erklärte sich bereit, diesen Auftrag zu übernehmen. Zu diesem Zeitpunkt konnten wir noch nicht wissen, dass sie dieser Hinweis direkt zu den Institoriern führen würde.«

Nora schüttelte den Kopf.

»Das heißt, Frau Berglund wusste schon damals, dass es die Institorier immer noch gab? Warum hat sie denn nichts gesagt?«

Ada Mai zuckte mit den Schultern. »Sie wollte den Auftrag nicht gefährden. Das war alles viel zu heikel, deswegen hat sie auch später wahrscheinlich nie darüber gesprochen. Und vielleicht auch, weil sie sich die Schuld gegeben hat.«

»Die Schuld wofür?«

Ada Mai schluckte. »Deine Mutter ist verschwunden. Spurlos. Wir haben einfach irgendwann nichts mehr von ihr gehört. Wir gehen davon aus, dass …« Frau Mai schwieg, doch Nora wusste, wie der Satz weiterging.

»… dass sie von den Institoriern getötet wurde«, sagte sie leise.

Ada Mai nickte langsam und sah Nora mitfühlend an. Nora schloss für einen Moment die Augen und atmete tief durch. Sie war immer von dem Tod ihrer leiblichen Eltern ausgegangen, denn ansonsten wäre sie wohl niemals adoptiert worden. Aber jetzt, wo sie einen Namen und ein Schicksal vor Augen hatte, war sie plötzlich traurig.

»Wie … äh … wann bin ich denn passiert?«

Ada Mais Miene hellte sich auf. Allerdings zögerte sie einen Moment mit ihrer Antwort und Nora hatte das Gefühl, dass die Magierin überlegte, was sie Nora erzählen sollte.

»Das ist unglücklicherweise während des Auftrags passiert. Keine allzu günstigen Umstände, würde ich sagen. Obwohl – dass du heute hier vor mir stehst, ist tatsächlich der schönste Umstand, den ich mir vorstellen kann.« Sie hielt einen Moment inne und strahlte Nora an. »Während wir noch Kontakt hatten, schrieb sie mir, dass sie schwanger war. Als sie dann verschwand, dachte ich, dass du … na ja, also dass du mit ihr verschwunden bist. Ich hatte keine Ahnung davon, dass du schon auf der Welt warst und sie es irgendwie geschafft haben muss, dich zu verstecken, bevor …« Sie atmete tief durch. »Also auf jeden Fall war mir nicht klar, dass es dich gibt, bis du mir hier begegnet bist. Da hast du mir einen ganz schönen Schrecken eingejagt. Ich dachte, Maria würde vor mir stehen.«

Nora erinnerte sich an die fast entsetzte Miene, als sie Ada Mai gestern in der Halle begegnet war. »Hat sie Ihnen auch erzählt, wer mein Vater ist?«

Dieses Mal war Nora sich sicher, dass Ada Mai mit ihrer Antwort zögerte und dabei ihrem Blick auswich. Sie rutschte ein Stück auf der Tischkante nach vorne und fuhr sich mit der Zunge über die Lippen.

»Leider nein«, sagte sie hastig und stand vom Tisch auf. »Von deinem Vater hat sie mir nicht geschrieben.« Sie schaute auf ihre Armbanduhr und zog sich die Handtasche über die Schulter. »Ich muss jetzt gehen«, sagte sie und zauberte ein Lächeln auf ihr Gesicht. »Wir können gerne ein anderes Mal weiter über deine Mutter sprechen, in Ordnung?«

Nora kniff die Augen zusammen und starrte die Magierin an. »Sagen Sie es mir«, bat sie mit leiser, aber fester Stimme. »Ich möchte es wissen.«

Ada Mai sah sie einen Moment lang ausdruckslos an, dann biss sie sich auf die Lippen. »Frida war der Meinung, dass du es nicht erfahren solltest«, sagte sie flüsternd. »Und ich bin mir auch nicht sicher, ob du es wirklich wissen willst.«

Nora schluckte. Sie hatte jetzt schon so viel erfahren, sie wollte unbedingt die ganze Wahrheit hören. Egal, wie sie aussah.

»Bitte«, bat sie schlicht. Ada Mai seufzte und gab sich sichtlich einen Ruck. Sie schaute Nora fest in die Augen und sagte: »Ich kenne den Namen deines Vaters nicht. Aber ich weiß, dass er ein Institorier war.«

Einen Moment lang fühlte Nora sich so, als ob sie gegen eines der Bücherregale gelaufen wäre. Als hätte sie einen dumpfen Schlag gegen den Kopf bekommen, der sie für einen Augenblick außer Gefecht gesetzt hatte.

Ihr Vater. Ein Institorier.

Seit zwei Tagen war sie vor den Institoriern auf der Flucht. Seit zwei Tagen war sie von diesen Leuten verfolgt und bedroht worden. Sie hatten ihren besten Freund entführt und versucht auf sie zu schießen. Diese Leute waren böse. Abgrundtief böse! Und jetzt sollte ihr eigener Vater einer von denen sein? Ein Mörder. Ein Feind. Das war nicht möglich.

»Wie bitte?«, fragte sie leise. Vielleicht hatte sie sich verhört. Vielleicht war das alles nur ein bizarres Missverständnis. Ihre Mutter würde sich doch nie im Leben mit einem Institorier eingelassen haben.

Doch Ada Mai sah sie nur traurig an. »Er hat die Seiten gewechselt«, erklärte sie, ohne ihre Worte zurückzunehmen. »Er wollte die Institorier verlassen, nachdem er Maria kennengelernt hatte. Er wollte mit ihr zusammen den Auftrag durchführen und sie beschützen. Aber offensichtlich ist ihm das nicht gelungen.«

»Aber ...«, Nora fühlte sich immer noch nicht klar im Kopf. »Aber ... ein Institorier. Diese Typen haben sie umgebracht.«

Ada Mai schaute hastig auf und legte ihr eine Hand auf den Arm. Ihre Stimme hatte einen beschwörenden Tonfall angenommen. »Ich bin mir sicher, dass dein Vater nichts mit dem Tod deiner Mutter zu tun hatte«, sagte sie fest. »Im Gegenteil, ich glaube wirklich, dass er deiner Mutter helfen wollte.«

Sie schaute Nora einen Moment lang beunruhigt an. Dann schob sie sich die Handtasche wieder über die Schulter, die heruntergerutscht war, und trat einen Schritt zurück.

»Ich bin überzeugt davon, dass dein Vater ein guter Mann war«, sagte sie. »Deine Mutter hätte sich ansonsten nicht auf ihn eingelassen.«

Nora ballte ihre Hände zu Fäusten und versuchte sämtliche widersprüchlichen Emotionen, die in diesem Moment in ihr aufstiegen, herunterzuschlucken.

»Ich ... ich muss jetzt leider los.« Ada Mai schien unschlüssig zu sein, ob sie wirklich gehen sollte, doch sie bewegte sich mit kleinen Schritten Richtung Tür. »Wir können später weiter darüber sprechen, okay?« Sie hatte die Bibliothekstür erreicht und drückte die Klinke hinunter. »Und Nora – denk daran, deine Mutter hatte eine gute Menschenkenntnis. Dein Vater muss also ein guter Mensch gewesen sein.«

Nora wartete genau drei Atemzüge lang, dann schlich sie Ada Mai hinterher. Sie hatte keine Ahnung, ob diese Aktion irgendetwas bringen würde, aber sie musste es versuchen. Denn die Magierin verheimlichte ihr etwas. Da war Nora sich sicher. Ada Mai hatte sich am Ende ihres Gesprächs seltsam verhalten. Sie hatte so ausgesehen, als ob sie doch mehr Informationen über ihren leiblichen Vater hatte. Wie sonst hätte sie sich so sicher sein können, dass ihr Vater nichts mit dem Tod ihrer Mutter zu tun gehabt hatte? Dass er ein guter Mann gewesen war? Davon konnte sie doch nicht nur wegen der guten Menschenkenntnis ihrer Mutter ausgehen. Nein, Ada Mai wusste mehr, als sie Nora verraten hatte.

Sie war selbst erstaunt darüber, dass sie im Moment hauptsächlich wütend war. Nach allem, was ihr Ada Mai über ihre Mutter und über ihren Vater offenbart hatte, müsste jetzt ein mittelschweres Gefühlschaos in ihrem Inneren herrschen. Aber davon konnte keine Rede sein. Nora war einfach nur wütend, dass sie belogen worden war. Sie folgte Ada Mai nach draußen und duckte sich hinter das ausgebrannte Autowrack, das immer noch vor dem Haus stand. Wenn die Magierin jetzt in ihren Wagen stieg und vom Grundstück fuhr, hatte sie keine Chance mehr ihr zu folgen. Doch Nora hatte Glück. Ada Mai lief hastig an ihrem Auto vorbei und auf eine dichte Hecke zu, die den Einfahrtsbereich von einem kleinen Spielplatz trennte. Nora runzelte die Stirn. Wollte die Magierin etwa alleine sein? Wollte sie ungestört zaubern oder warum versteckte sie sich vor den Blicken der Anwohner?

Lange hatte sie nicht Zeit, um sich über Frau Mais Absichten Gedanken zu machen. Sobald die Magierin auf der anderen Seite der Hecke verschwunden war, hastete Nora hinter ihr her. Sie traute sich nicht, um die Hecke zu schauen, aus Angst, dass sie direkt in Ada Mai hineinlaufen würde. Stattdessen schlich sie vorsichtig an den nassen Blättern entlang und versuchte, die Stelle ausfindig zu machen, hinter der sie die andere vermutete. Schließlich vernahm Nora ein Rascheln. Vor Schreck wäre sie beinahe zurück auf den Kiesweg gesprungen. Es hatte sich angehört, als würde Frau Mai direkt neben ihr stehen. Doch nachdem Nora die Blätter der Hecke vorsichtig auseinandergeschoben hatte, stellte sie fest, dass die auf den ersten Blick so dicht wirkenden Büsche von innen eine Art Hohlraum bildeten. Eine perfekte Höhle, um jemanden auf der anderen Seite zu beobachten.

Ohne zu zögern, schlüpfte Nora in die Hecke hinein, wobei sie darauf achtete, möglichst keine Geräusche zu verursachen. Nachdem sie es sich in einer hockenden Position einigermaßen gemütlich gemacht hatte, bog sie einen Ast, der vor ihrer Nase hing, zur Seite und hielt den Atem an. Direkt vor ihr, keine drei Schritte entfernt, stand Ada Mai und kramte fahrig in ihrer Handtasche herum. Die Magierin wirkte nervös und schaute sich immer wieder um, ob sie auch niemand beobachtete. Glücklicherweise richtete sie ihren Blick dabei nicht nach unten, denn dann hätte sie direkt in Noras Augen gesehen. Sie murmelte leise vor sich hin und strich sich die weißblonden Haare aus dem Gesicht. Nach ein paar Augenblicken zog sie einen klobigen Gegenstand aus der Tasche, in dem Nora ein uraltes Handy erkannte.

Während Ada Mai das Telefon aufklappte und anfing, eine Nummer auf der Tastatur einzutippen, konnte Nora sehen, dass ihre Hände zitterten. Sie musste wirklich sehr nervös sein, denn als sie endlich die richtige Nummer gewählt hatte und das Handy an ihr Ohr klemmte, zündete sie sich mit der anderen Hand eine Zigarette an. Sie wippte ungeduldig mit dem Fuß auf dem nassen Rasen und zog an der Zigarette, während sie darauf wartete, dass irgendjemand auf ihren Anruf reagierte.

»Hallo?«, fragte sie flüsternd. Die Zigarette fiel auf den Boden und erlosch sofort in dem feuchten Gras, doch das schien sie nicht weiter zu stören. »Ich bin es, Ada.«

Einen Moment lang verstummte sie und zog dann genervt die Stirn in Falten. »Nein, es geht ihr gut. Es gab keinen neuen Angriff.«

Wieder wartete sie einen kurzen Moment, bevor sie energisch das Handy in die andere Hand wechselte und begann, auf und ab zu laufen. »Hör zu, du musst unbedingt hierherkommen. Wir müssen reden.«

Sie lauschte wieder. »Ich bin noch bei den von Krummsteins.«

Nach einer weiteren kurzen Pause holte sie tief Luft. »Also gut. Ich habe eben mit Nora gesprochen. Sie kannte den Namen ihrer Mutter und hat mich nach dir gefragt. Ich habe natürlich behauptet, dass ich dich nicht kenne, aber ich bin mir nicht sicher, ob sie mir geglaubt hat. So wie sie ausgesehen hat, wird sie alles daransetzen herauszufinden, wer du bist. Sie will wissen, wer ihr leiblicher Vater ist.«

Ada Mai schwieg einen Moment und lauschte der Person am anderen Ende der Leitung, bevor sie weitersprach. »Wir sollten darüber wirklich hier weiter –«

Sie erstarrte und richtete den Blick auf eine der Birken, die die Einfahrt der von Krummsteins säumten. Nun ja, dieser eine Baum hatte die Einfahrt die längste Zeit gesäumt. Mit einem Knarren, das bei Nora eine Gänsehaut verursachte, neigte er sich langsam zur Seite, lehnte sich für einen kurzen Moment gegen den Nachbarsbaum, um dann mit voller Wucht und einem gewaltigen Blätterrauschen quer über die Einfahrt zu krachen. Ada Mai starrte ein paar Sekunden auf die umgestürzte Birke, dann schrie sie auf und nahm das Telefon so schnell vom Ohr, als hätte sie sich daran verbrannt. Seufzend sah sie auf die grauen Rauchschwaden, die aus dem Handy aufstiegen und schaute dann abwechselnd zwischen der Birke, dem Haus der von Krummsteins und ihrem Telefon hin und her.

»Nicht schon wieder«, murmelte sie leise. »Das ist das vierte Handy in diesem Jahr.«

Ada Mai seufzte noch einmal, dann trat sie hinter der Hecke hervor und ging zurück zum Haus, wo sie sich auf eine schmiedeeiserne Bank setzte, die sie vorher mit ihrem Ärmel trocken wischte. Nora blieb in ihrem Heckenversteck und wartete ungeduldig darauf, wen die Magierin hier treffen würde. Ein wenig leichtsinnig fand sie es schon, dass Ada Mai einen ehemaligen Institorier zum magischen Verein lotste. Woher wusste er überhaupt, wohin er kommen musste? Und wie sollte das mit dem Schutzzauber funktionieren? Das hörte sich so an, als sei er schon einmal hier gewesen. Als hätte er vielleicht sogar einen von diesen magischen Steinen, die ihr Vater um den Hals trug, um das Anwesen überhaupt sehen zu können. Sie stellte sich vor, wie ihr leiblicher Vater wohl aussah. Ada Mai behauptete ja, dass sie ihrer Mutter ähnelte. Dann war ihr Vater womöglich ein ganz anderer Typ. Nora dachte an den langhaarigen jungen Mann namens David, der die Dame in Rot begleitet hatte. Wenn sie nicht gewusst hätte, dass er ein Institorier war, dann hätte sie ihn eigentlich ganz nett aussehend gefunden. Aber der war sowieso viel zu jung, um ihr Vater zu sein. Und außerdem behauptete Ada Mai ja, dass ihr Vater nichts mehr mit den Institoriern zu tun hatte.

Ada Mai hatte eine halbe Schachtel Zigaretten aufgeraucht, als endlich ein Auto auf die Einfahrt fuhr. Sie sprang von der Bank auf und auch Nora richtete sich in ihrer Hecke auf, so gut es eben ging. Doch es war nur ihr Vater, ihr Adoptivvater Bernd, der offensichtlich wieder in seiner Tätigkeit als Berater zu Frau Berglund kam. Er hielt vor der umgestürzten Birke und stieg aus dem Auto, wobei er kopfschüttelnd über den Baumstamm kletterte. Nora verzog enttäuscht den Mund. So sehr sie sich auch freute, Bernd hier zu sehen, ausgerechnet in diesem Moment wünschte sie sich, er wäre etwas später gekommen. Ada Mai schien ihre Enttäuschung nicht zu teilen. Sie wartete, bis Bernd auf ein paar Meter an sie herangetreten war, dann sah sie sich in alle Richtungen um, machte eine nickende Bewegung zum Haus und ging zur Haustür. Bernd sah sich ebenfalls rasch um und folgte ihr dann mit ein bisschen Abstand.

Nora runzelte die Stirn. Das war seltsam. Warum wartete sie nicht auf diesen ominösen ehemaligen Institorier? Warum ging sie schon ins Haus? Und was hatte es mit diesem verdächtigen Verhalten auf sich? Die beiden benahmen sich wie zwei Verbrecher, die eine Bank ausrauben wollten. Eine leise, dunkle Ahnung beschlich Nora, über die sie im Moment jedoch nicht weiter nachdenken wollte. Sie wartete, bis die Haustür hinter Bernd zuschlug, dann kroch sie aus ihrem Versteck und rannte den beiden nach. Sie öffnete die schwere Tür einen spaltbreit und sah, wie ihr Vater in der Bibliothek verschwand. Wie in Trance lief Nora ihnen hinterher. Nur am Rande nahm sie wahr, wie Paula aus dem Esszimmer schaute und nach ihr rief.

»Jetzt nicht«, murmelte sie und lief weiter.

Sie öffnete vorsichtig die Tür zur Bibliothek. Sie konnte ihren Vater und Frau Mai nicht sehen, aber ein leises Murmeln verriet ihr, dass sich die beiden im hinteren Teil des Raumes befanden. Auf Zehenspitzen schlich sie durch die Regale, bis sie die Stimmen deutlich verstehen konnte.

»Du musst es ihr sagen, Bernd«, hörte sie Ada Mais Stimme. »Früher oder später wird sie von alleine draufkommen und dann wirst du ihr erklären müssen, warum du sie all die Jahre angelogen hast.«

Bernd stöhnte auf und Nora konnte sich bildlich vorstellen, wie er sich die Haare raufte.

»Ich weiß«, sagte er. »Ich hätte schon längst mit ihr sprechen müssen. Aber es hat sich einfach keine Gelegenheit ergeben.«

Einen Moment lang herrschte Schweigen, dann ergriff Ada Mai wieder das Wort: »Sie muss es wissen, Bernd«, sagte sie eindringlich. »Sie muss wissen, dass du ihr leiblicher Vater bist.«

Einen Moment lang stand Nora stocksteif da. Sie hatte das Gefühl, als ob ihr Herz einen Augenblick aufhören würde zu schlagen, nur um dann mit voller Wucht weiter zu pochen. Fast teilnahmslos dachte sie daran, dass sie wahrscheinlich wieder unbewusst zaubern würde, als sich die Regale im hinteren Teil der Bibliothek auch schon gefährlich weit zur Seite neigten und die Bücher eins nach dem anderen auf den Boden rutschten.

»Desinere.«

Ada Mai hatte reflexartig ihre Hände gehoben und damit verhindert, dass eines der Regale sie und Bernd unter sich begrub. Als hätte jemand auf die Pausentaste in einem Film gedrückt, blieben die Regale schräg im Raum stehen, bevor Ada Mai sie langsam mit ihren Händen in ihre ursprüngliche Position dirigierte. Doch weder Nora noch Bernd kümmerten sich um die Regale. Schon bevor Frau Mai ihren Zauberspruch aufgesagt hatte, war Bernd aufgesprungen und in den Gang gestürzt, in dem sich seine Tochter versteckte. Entsetzt riss er bei ihrem Anblick die Augen auf.

»Nora!«

Seine Stimme holte Nora aus ihrer Starre zurück. Sie sah ihren Vater an und wich ein paar Schritte zurück, bis sie gegen eine der gläsernen Vitrinen stieß.

»Nora.«

Auch Ada Mai war in den Gang getreten und sah sie bestürzt an. »Was machst du denn hier?«

Nora beachtete sie nicht. Sie starrte weiter auf Bernd, der die Hände nach ihr ausgestreckt hatte, sich jedoch nicht traute, auf sie zuzugehen.

»Was ... was hat das zu bedeuten?«, fragte Nora. Es musste alles ganz anders sein, als sie dachte, Ada Mais Worte mussten etwas anderes bedeuten. Es konnte, konnte, konnte ganz einfach nicht wahr sein!

Bernd holte tief Luft und fuhr sich durch die Haare. Auch er beachtete Ada Mai nicht, die zwischen ihm und Nora stand und die beiden vorsichtig beobachtete.

»Ich bin dein Vater, Nora«, sagte Bernd mit belegter Stimme. »Dein leiblicher Vater.«

Nora taumelte. Sie stützte sich an der Vitrine ab, um nicht hinzufallen.

Dann war es also wirklich wahr. Bis jetzt hatte sie immer noch gehofft, dass sich diese ganze Situation als ein seltsames Missverständnis herausstellen würde. Als ein total dämlicher Zufall, der ihren Adoptivvater ausgerechnet in dem Moment bei den von Krummsteins auftauchen ließ, in dem Ada Mai auf ihren leiblichen Vater wartete. Aber nein, so unglaublich es auch war, die Situation war genau die, nach der sie aussah. Ihr Adoptivvater und ihr leiblicher Vater waren ein und die-selbe Person.

Als Bernd diesmal zu ihr lief und sie stützte, wich sie nicht zurück. Dazu fühlte sie sich gar nicht in der Lage. Stattdessen wünschte sie, sie würde einfach unsichtbar werden. Dann könnte sie unbehelligt abwarten, bis sich alles wieder norma-lisierte.

Was auch immer normalisieren in diesem Fall bedeutete.

Sie ließ sich von Bernd und Ada zu einer der kleinen Sitz-ecken führen und auf einen Stuhl verfrachten. Ada Mai setzte sich ebenfalls, während Bernd vor ihnen stehen blieb und sie nervös betrachtete.

»Warum hast du mir nie etwas gesagt?«, fragte Nora, ohne ihren Vater anzusehen.

Bernd hob hilflos die Schultern. »Ich weiß es nicht«, gab er zu. »Ich wollte es dir sagen, aber es war nie der richtige Zeitpunkt.« Er schob seine Brille in die Stirn und rieb sich die Augen. »Ich weiß, das ist eine schwache Ausrede, aber … so war es.«

Nora nickte mechanisch. »Weiß Mama davon?«

Bernd wusste offensichtlich sofort, dass Nora von Luisa sprach und nicht von Maria. »Ich habe es ihr erzählt, nachdem du verschwunden bist«, sagte er. »Am Freitag.« Er zögerte einen Moment. »Sie hat es … nicht so richtig gut aufgenommen.«

Endlich hob Nora den Kopf und sah ihren Vater an. »Du hast es ihr erst am Freitag erzählt?«, fragte sie.

Bernd nickte. »Ja, nachdem Frau Berglund bei uns angerufen hatte und Diana zu uns gekommen war.«

Nora spürte eine Welle der Anteilnahme für ihre Adoptivmutter. Sie musste sich genauso betrogen vorgekommen sein wie sie selbst. Nicht, dass das ihr ablehnendes Verhalten gegenüber Nora erklärte. Oder etwa doch? Nora runzelte die Stirn. Hatte Luisa etwas geahnt, schon bevor Bernd ihr die ganze Wahrheit erzählt hatte? War sie deshalb so seltsam drauf gewesen?

»Weiß sie, dass du hier bist?«

Bernd nickte wieder. »Ja, ich habe es ihr erzählt, damit sie Bescheid weiß, falls etwas passiert.«

Nora schwieg einen Moment lang. »Und?«, fragte sie dann.

Bernd zuckte mit den Schultern. »Sie redet nicht mit mir.« Seine Stimme sollte wohl gleichgültig klingen, doch Nora hörte den Schmerz heraus.

»Warum?«, fragte sie. »Warum hast du überhaupt diese Lüge mit der Adoption erzählt? Was sollte das alles?« Das verstand Nora wirklich nicht. Warum sollte überhaupt irgendjemand so einen Quatsch erfinden? Hatte es Bernd irgendwelche Vorteile verschafft, sie nicht als seine leibliche Tochter auszugeben?

Jetzt sah Bernd eindeutig hilflos aus. Er nahm seine Brille ab, putzte sie an seinem Pullover, und schob sie wieder so in die Stirn, dass er gar nicht hindurchsehen konnte. »Ich wollte dich beschützen«, sagte er. »Das musst du mir glauben. Diese ganzen Lügen galten ausschließlich deinem Schutz. Wir waren überzeugt davon, dass du in großer Gefahr warst.«

Nora schaute ihn mit hochgezogenen Augenbrauen an. Das war echt eine lahme Ausrede. Und so vorhersehbar.

»Vielleicht solltest du ihr die ganze Geschichte erzählen«, schaltete Ada Mai sich vorsichtig ein. »Von Anfang an.«

Nora verschränkte die Arme vor der Brust. »Das wäre nett. Dann würde ich endlich einmal die Wahrheit hören.«

Ihr Vater sah sie gequält an, doch er nickte seufzend und lehnte sich gegen das Bücherregal. »Wie Ada dir erzählt hat, war ich früher einmal ein Institorier«, begann er langsam.

»Ach ja«, erwiderte Nora. Das hatte sie schon fast wieder vergessen. »Du hast ja mal Leute wie mich gejagt.«

Bernd richtete sich auf. »Nein!«, rief er. »Ich habe nie … So war das nicht.« Er schloss für einen Moment die Augen und atmete tief durch. »Das soll jetzt nicht nach einer Entschuldigung klingen, aber ich war gerade mit dem Studium fertig, als die Institorier mich anwarben. Ich hatte mich auf die Zeit der Hexenverfolgung spezialisiert, daher konnten sie mich mit meinem Wissen gut gebrauchen.«

Nora nickte. Soweit ergab seine Geschichte Sinn.

»Es war aufregend, wie in einem James-Bond-Film«, fuhr Bernd fort. »Ich kam mir vor wie ein Geheimagent, der auf der Suche nach dem Bösen war. Und ich war davon überzeugt, dass Magier böse waren, dafür hatten die Institorier gesorgt. Sie hatten mir eingetrichtert, was Magier alles Schlimmes anstellten, hatten Beispiele, die wirklich glaubhaft waren. Ich war ernsthaft davon überzeugt, dass ich das Richtige tat.«

Nora zuckte bei seinen Worten kaum merklich zusammen. Da war eine kleine Seite in ihr, die ihren Vater ziemlich gut verstand. Sie dachte an all die Unfälle zurück, für die sie in den letzten Tagen verantwortlich gewesen war. An den zerstörten Computerladen. An Marks Entführung. Magier konnten tatsächlich furchtbare Dinge anstellen, auch wenn sie es im Grunde nicht wollten. Abgesehen davon, gab es bestimmt auch Magier, die absichtlich Böses mit ihrer Zauberkraft anstellten. Es war also nicht so, dass die Institorier vollkommen unrecht hatten.

Bernd schwieg einen Moment und fuhr dann seufzend fort: »Erst im Nachhinein wurde mir bewusst, wie wenig ich eigentlich über die Organisation wusste. Wie wenig Leute ich kannte. Ich hatte eigentlich immer nur mit zwei Personen zu tun, die in der Hierarchie über mir standen, und die eine von ihnen habe ich nur am Telefon gesprochen. Ich war niemals in ihrem Hauptquartier und habe auch nie ihren Chef kennengelernt. Alles war auf äußerste Geheimhaltung bedacht.«

Nora runzelte die Stirn. »Und das ist dir nicht seltsam vorgekommen?«

»Nein.« Bernd hob entschuldigend die Hände. »Es passte hervorragend zu der ganzen Idee von einem Geheimbund. Es hat sich dadurch noch viel aufregender angefühlt.«

Nora sah ihn skeptisch an. Wenn das stimmte, was Bernd erzählte, dann wirkten die Institorier wie eine Sekte, die ihre Mitglieder mit einem Gefühl von Abenteuer anlockte. Irgendwie hätte sie nicht gedacht, dass ausgerechnet ihr Vater bei so etwas mitmachen würde.

Bernd zuckte noch einmal mit den Schultern und fuhr dann fort.»Ich war bei den Institoriern für die Beratung und theoretische Ausbildung der Neuen zuständig. Bei mir haben sie alles über Magie gelernt und wie man Hexen und Zauberer und die Spuren von Magie erkennen kann.« Ein Lächeln trat auf sein Gesicht.»Und dann tauchte plötzlich deine Mutter auf. Sie ist über einen der Hexenjäger in Kontakt mit den Institoriern gekommen, ohne dass sie wussten, dass sie eine Hexe war, und wurde wegen ihrer Kontakte zur Polizei von ihnen angeworben. Als potenzielle Hexenjägerin. Und so saß sie eines Tages bei mir im Büro und ich erklärte ihr, wie man Hexen erkennen konnte, ohne zu bemerken, dass eine leibhaftige Hexe vor mir saß.«

Er machte eine Pause und Nora hatte den Eindruck, als hätte er Tränen in den Augen.

»Und dann?« Fast gegen ihren Willen war Nora neugierig geworden.

Bernd zuckte zusammen, als hätte er vergessen, wo er war. Er fuhr sich über die Augen und räusperte sich. »Wir verliebten uns ineinander«, sagte er knapp. »Deine Mutter gestand mir, dass sie eine Hexe war. Zu dem Zeitpunkt hatte ich schon begonnen, die Ansichten der Institorier in Frage zu stellen. Deine Mutter hatte immer wieder Fragen aufgeworfen, die ich nicht beantworten konnte. Und als sie mir dann erklärte, dass sie im Auftrag des magischen Vereins bei den Institoriern war, da dachte ich nicht lange nach … und half ihr.« Er schluckte und sein Blick wurde traurig. »Und dann ging irgendwann alles schief. Ich weiß nicht, was passiert ist, aber sie verschwand plötzlich. Erst dachte ich, sie hätte schnell untertauchen müssen, ohne mir noch Bescheid sagen zu können. Ich arbeitete also noch eine Zeit lang weiter, doch als sie auch nach ein paar Monaten nichts von sich hören ließ, verließ ich die Institorier.«

»Einfach so?« Nora konnte sich nicht vorstellen, dass man bei einer Organisation wie den Institoriern so leicht eine Kündigung einreichen konnte.

»Nein«, murmelte Bernd. »Nicht einfach so. Ich musste mir eine neue Identität zulegen. Es gab Leute, die mir dabei geholfen haben. Deine Mutter hatte mir schon vor ihrem Verschwinden Kontakte über ihre Arbeit bei der Polizei ermöglicht. Ich habe mir einen neuen Namen und ein neues Aussehen zugelegt, bin nach Freiburg gezogen und habe die Buchhandlung übernommen. Ich lernte Luisa kennen und wir heirateten kein halbes Jahr, nachdem wir uns zum ersten Mal getroffen hatten.«

Nora starrte ihn an. »Du hast einen anderen Namen angenommen?«, fragte sie. »Soll das heißen, du bist überhaupt nicht Bernd Brix?« Das wurde ja immer besser. Noch nicht einmal der Name war echt. Gab es überhaupt etwas, das sie von ihrem Vater wusste? Wenn ihre Knie nicht so weich gewesen wären, wäre sie am liebsten aufgesprungen. Mit was für einem Menschen hatte sie ihr ganzes Leben lang zusammengelebt?

Bernd hob beschwichtigend die Hand. »Das war notwendig«, sagte er. »Das musst du mir glauben.« Er atmete tief durch. »Geboren wurde ich unter dem Namen Julius Damborin. Aber diesen Namen musste ich ändern, als ich die Institorier verließ. Diese Menschen sind nicht nur für Magier gefährlich, Nora. Sie sind auch nicht gut auf ihre eigenen Leute zu sprechen, wenn die nicht genau so funktionieren, wie sie sollen. Und natürlich kann man sie nicht einfach so verlassen.« Er lachte trocken auf. »Einmal Institorier, immer Institorier – das ist einer ihrer Leitsprüche. Und das ist wirklich nicht im Sinne von einer großen, glücklichen Familie gemeint.«

Nora fuhr sich über die Augen. Das waren so viele Informationen, die auf sie einprasselten! Ihr Adoptivvater war ihr leiblicher Vater und früher einmal Institorier. Er hatte sich in eine Hexe verliebt, die irgendwann wieder verschwunden war, und war dann wie in einem Zeugenschutzprogramm untergetaucht. Das hatte sie alles verstanden. Auch wenn es wahrscheinlich noch eine ganze Weile dauern würde, bis sie richtig begriff, was das eigentlich bedeutete.

»Okay«, sagte Nora und wandte sich an Ada Mai. »Und woher kennen Sie meinen, äh, Vater?«

»Maria … deine Mutter hat mir von ihm erzählt.« Ada Mai seufzte. »Ich habe dir vorhin nicht die ganze Wahrheit erzählt.«

»Ach nee.« Nora verschränkte die Arme, doch Ada Mai beachtete sie nicht weiter.

»Deine Mutter hat sich bei mir versteckt, nachdem die Institorier sie bei der Anwendung eines Zaubers erwischt hatten. Sie wollte deinen Vater nicht in Gefahr bringen, deshalb hat sie nicht mehr versucht Kontakt zu ihm aufzunehmen. Nur Frau Berglund wusste, dass sie bei mir war, aber selbst mit ihr wollte Maria nicht sprechen, weil sie Angst hatte, den magischen Verein in Gefahr zu bringen.«

Nora runzelte die Stirn. »Aber wenn sie sich versteckt hatte – wie haben sie dann die Institorier geschnappt?«

Ada Mai schnaubte.

»Sie konnte es nicht lassen. Sie hatte angefangen, wichtige Informationen über die Pläne der Institorier zur Hexenverfolgung zu sammeln und wollte nicht damit aufhören. Ich habe sie gewarnt, vor allem, als ich bemerkte, dass sie schwanger war. Aber sie hat immer weiter gemacht – auch nach deiner Geburt. Zuerst sah es so aus, als würde sie damit durchkommen, aber dann … dann ist sie eines Tages nicht mehr zurückgekommen. Ich wusste sofort, dass ihr etwas passiert war, denn sie hätte dich nie länger als ein paar Stunden bei mir zurückgelassen.«

Nora schluckte, um den Kloß loszuwerden, der sich in ihrem Hals gebildet hatte.

»Und wie bin ich dann bei Bernd gelandet?«

Ada Mai lächelte traurig. »Ich habe ein paar Tage gewartet und dann nach deinem Vater gesucht. Das war gar nicht so leicht, denn er hatte schon seine neue Identität angenommen. Aber mithilfe diverser Aufspürzauber habe ich ihn letztlich ausfindig machen können.«

Bernd nickte. »Eines Nachts stand sie vor unserer Tür und erklärte mir, dass Maria verschwunden und wahrscheinlich tot sei und unsere gemeinsame Tochter zurückgelassen hatte.« Bernd lächelte Nora zum ersten Mal seit seiner Beichte an.

»Ich verstehe immer noch nicht, warum du mich als deine Adoptivtochter aufgenommen hast und nicht als deine richtige Tochter.«

»Das gehörte zu unserem Plan«, erwiderte ihr Vater und warf Ada Mai einen Blick zu. »Wir wussten nicht, ob die Institorier von dir wussten und wollten unbedingt jede Spur verwischen, die mich und dich miteinander in Verbindung bringen konnte. Ich wollte alles tun, um dich vor den Institoriern zu schützen.«

Nora wusste nicht, was sie dazu sagen sollte, aber Ada Mai sprach hastig weiter.

»Ich habe deinem Vater geholfen, sämtliche Unterlagen anzufertigen, die für die Adoption benötigt wurden. Ich habe Zauber auf die Formulare angewendet, damit niemand Fragen stellen würde.«

Nora runzelte die Stirn. »Und Mama?«, fragte sie. Von dieser ganzen Aktion musste Luisa doch irgendetwas mitbekommen haben. Schließlich war sie damals schon mit Bernd zusammen.

Frau Mai schluckte. »Ich habe … dafür gesorgt, dass sie die ganze Geschichte nicht hinterfragte. Aber ich habe ihr nicht geschadet, sondern habe lediglich dafür gesorgt, dass sie sich nicht zu viele Gedanken um die Adoption machte und es sogar für ihre Idee hielt.«

Nora kniff die Augen zusammen. So langsam ergab Luisas Verhalten einen Sinn. Einen ziemlich üblen Sinn. »Ihr Plan ist nicht ganz aufgegangen«, überlegte sie laut. »Meine Mutter hat angefangen etwas zu ahnen, nicht wahr?«

Ada Mai schwieg betreten und warf Bernd einen kurzen Blick zu, doch der starrte immer noch auf den Boden.

»Sie haben ihr sehr wohl geschadet«, flüsterte Nora, die auf einmal klarsah. Deshalb war Luisa so völlig neben der Spur. Das lag alles an den Manipulationen, die Ada Mai ihr zugefügt hatte. »Sie haben sie verhext«, sagte Nora, immer noch tonlos. »Sie haben ihren Verstand so lange manipuliert, bis sie fast verrückt geworden ist.«

»Nein!«, rief Ada Mai und sprang auf. »Sie ist nicht … verrückt geworden. Es war nur …«, sie rang sichtlich nach Worten und sah hilfesuchend zu Bernd.

»Es war nicht die Magie«, erklärte Bernd, der sich endlich wieder seiner Tochter zuwandte. »Es war eher ein Zusammenprallen verschiedener Realitäten. Ada hat Mamas Erinnerung nur so weit verändert, dass sie keinen Schaden davontrug. Das bedeutet aber auch, dass diese Veränderungen nicht dauerhaft waren und auch nicht sehr stabil. Mama hat gemerkt, dass irgendetwas nicht stimmt. Und weil sich die Ereignisse zuletzt so überschlagen haben, konnte Ada auch keinen neuen Zauber anwenden.« Er schluckte. »Und ich hätte das auch nicht gewollt. Nicht mehr. Es war wichtig, dass sie endlich die Wahrheit erfuhr.«

Nora schloss die Augen. Das war einfach schrecklich. Sie selbst hatte am eigenen Leib erfahren, wie furchtbar es sich anfühlte, belogen und betrogen zu werden, und das von den Menschen, die einem am meisten bedeuteten. Wie viel schlimmer musste sich Luisa fühlen? Auch sie hatte man belogen und dazu hatte man sie auch noch magisch manipuliert. Nora konnte nur ahnen, wie ausgeliefert sie sich vorgekommen sein musste, als sie erfuhr, dass sie ihren eigenen Gedanken nicht trauen konnte.

Die Tür zur Bibliothek wurde lautstark geöffnet und Nora erkannte am Geräusch der Schritte, dass es sich um Paula handeln musste, die hastig durch den Raum schritt.

»Nora?«, rief sie atemlos.

Nora warf einen Blick auf ihren Vater. Sie hatte noch so viel mit ihm zu besprechen, aber sie wusste auch, dass sie sich nicht für Stunden hier mit ihm einschließen konnte.

»Hier sind wir«, sagte sie seufzend.

Paula schlitterte in Socken um das Regal, hinter dem sie saßen. Sie stockte kurz, als sie die drei zusammen antraf, doch sie fragte nicht nach, sondern zeigte mit ausgestrecktem Arm auf die Tür.

»Ihr müsst unbedingt in Frau Berglunds Büro kommen.« Erst jetzt bemerkte Nora die hektischen roten Flecken auf ihrem Gesicht. »Diana ist entführt worden. Und die Institorier haben einen Erpresserbrief geschickt.«

KAPITEL 11

Frau Berglunds Hände zitterten, als sie den Brief der Institorier vorlas. Alle hatten sich in dem kleinen Büro zusammengequetscht, Herr und Frau von Krummstein, ihre drei Kinder, der alte Herr von Krummstein, Rüdiger und Beat, Jo, Nora, Bernd und Ada Mai. Der kleine Konrad hatte sich dicht an seine Eltern gedrängt und Nora spürte den seltsamen Impuls, sich näher an ihren Vater zu stellen. Doch nachdem, was er ihr gerade offenbart hatte, widerstand sie dem Drang. So weit war sie noch nicht.

»Ihre Mitarbeiterin Diana Becker befindet sich in unserem Gewahrsam«, las Frau Berglund gerade die letzten Sätze des Briefes vor. »Falls Sie uns das Buch nicht überlassen, werden wir an ihr sowie an Mark Lehmkuhl Experimente durchführen. Bringen Sie das Buch am 15. Juli um Mitternacht zur unten angegebenen Adresse.« Sie schaute kurz auf. »Das ist heute.« Sie holte tief Luft und beugte sich wieder über den Brief.

»Im beigefügten Lageplan finden Sie den genauen Übergabeort eingezeichnet. Verlassen Sie den Ort sofort nach erfolgter Übergabe. Wenden Sie keine Magie an. Wir können diese aufspüren und würden eine Missachtung dieser Aufforderung als Täuschungsversuch definieren. In diesem Fall würden wir die Geiseln weiter in unserer Obhut behalten. Wenn Sie sich an unsere Anweisungen halten, werden die beiden freigelassen. Hochachtungsvoll, Henricus Institoris.«

Mit bleichem Gesicht, von dem sich die große Hornbrille unnatürlich abhob, ließ Frau Berglund das Papier sinken. Nora hatte sich nicht vorstellen können, dass die Leiterin des magischen Vereins je so fassungslos würde aussehen können und das machte ihr mehr Angst als alles andere.

Das, und die Tatsache, dass an Mark irgendwelche Experimente durchgeführt werden sollten.

Eine ganze Weile lang sagte niemand ein Wort. Wahrscheinlich traute sich keiner, über das weitere Vorgehen zu sprechen. Oder über die Konsequenzen, die ihr Handeln haben würde.

»Wie konnte das denn passieren?«, fragte Ada schließlich. »Wie konnte Diana entführt werden? Sie kann sich doch wehren.«

Frau Berglund hob hilflos die Schultern. »Wie wir inzwischen wissen, verfügen die Institorier über magieresistente Anzüge. Gegen die hat auch eine fähige Hexe wie Diana keine Chance.«

Bernd räusperte sich. »Wissen wir irgendetwas darüber, wie und wo die Entführung stattgefunden hat?«

Frau Berglund betrachtete ihn nachdenklich. »Nun, ich gehe davon aus, dass es irgendwo bei Ihrer Buchhandlung passiert ist. Dorthin ist sie zumindest letzte Nacht noch gefahren. Ich hatte sie gebeten, auch dort die Schutzzauber zu verstärken, nachdem wir hier alles abgesichert hatten.«

Bernd zog nachdenklich die Stirn in Falten. »Bei uns ist sie nicht angekommen«, sagte er. »Oder zumindest hat sie sich nicht bei uns gemeldet.«

Frau von Krummstein sah mit zusammengekniffenen Augen auf das Papier in Frau Berglunds Händen. »Woher kennen sie unsere Adresse?«, fragte sie. »Wie ist der Brief zu uns gekommen?«

Frau Berglund schnaubte. »In dem Brief steht Dianas vollständiger Name. Sobald sie den kannten, konnten sie unsere Adresse im Telefonbuch nachschlagen. Und ihr wisst, dass aus organisatorischen Gründen der Briefkasten an der Straße keinen magischen Schutz hat, damit wir überhaupt Post bekommen.«

»Das heißt, am Briefkasten an der Straße tummeln sich gerade ein paar Institorier und beobachten die Umgebung?« Frau von Krummsteins Stimme klang verärgert, was Nora durchaus nachvollziehen konnte. Allerdings hatten sie die Dame in Rot ja schon am letzten Abend hier in der Nähe gesehen. Dass sich das Anwesen der von Krummsteins hier irgendwo befand, wussten sie also bereits.

Und damit waren die Institorier ihnen eindeutig mehrere Schritte voraus.

Frau Berglund legte den Brief auf den Tisch und rieb sich die Schläfen. So langsam kehrte die Farbe in ihr Gesicht zurück und Nora hatte das Gefühl, als ob sie wieder Herrin der Lage wurde.

»Das ist natürlich eine bedauerliche Tatsache«, sagte sie knapp, »und wir werden ab sofort nur mit der größten Vorsicht das Anwesen verlassen.« Sie warf Nora, Paula, Jo und Gregor einen durchdringenden Blick zu. »Aber im Moment gibt es eindeutig eine wichtigere Frage zu klären. Nämlich wie wir uns in Bezug auf die Forderung der Institorier verhalten.«

Es folgte betretenes Schweigen. Dann ertönte ein Poltern und alle hoben erschrocken den Kopf, doch es war nur der Totenschädel, der in Frau Berglunds Regal gestanden hatte, und den irgendein unkontrollierter Zauber auf den Boden befördert hatte.

Seltsamerweise war es genau dieser Schädel, der Nora wütend machte. Ein einzelner herunterfallender Schädel. Das war alles an Emotionen, was hier freigesetzt wurde? Im Gegensatz zu ausgebrannten Autowracks, umstürzenden Bäumen und eingeschlagenen Fensterscheiben war das echt mickrig. Dabei ging es hier um zwei Menschenleben.

»Sie wollen ihnen das Buch also nicht geben?«, fragte sie angespannt. »Sie wollen Mark und Diana diesen Experimenten aussetzen?« Sie spürte, wie Bernd ihr eine Hand auf die Schulter legte und warf ihm einen kurzen Blick zu. Er nickte ihr mit zusammengepressten Lippen zu. Also war er auch ihrer Meinung. Nora ließ seine Hand, wo sie war.

Frau Berglund schloss für einen Moment die Augen. »Natürlich nicht«, sagte sie leise. »Was denkst du denn? Aber wir dürfen auf keinen Fall zulassen, dass die Institorier das Buch in die Hand bekommen. Sobald sie die Formel haben, können sie jeder magisch begabten Person, die sie aufspüren, ihre Magie entziehen. Und auf diese Weise vielleicht sogar töten. Außerdem wissen wir nicht, ob sie Diana und Mark wirklich freilassen werden, wenn sie das Buch haben. Wir können uns nicht auf das Wort der Institorier verlassen.«

»Aber wir können doch auch nicht einfach nichts machen, Frida.« Frau von Krummstein klang entschlossen. »Wir haben keine Ahnung, was sie mit Diana und dem Jungen machen werden. Auch ohne Formel fallen ihnen da bestimmt ziemlich schreckliche Dinge ein.«

Frau Berglund holte tief Luft. »Wir werden die Polizei hinzuziehen. Immerhin geht es hier um Entführung. Bei den Entführern handelt es sich um nichtmagische Menschen, damit sollte sich die Polizei also auskennen.« Sie griff entschlossen nach dem Telefonhörer. »Alle außer Felix warten bitte draußen. Ich werde euch berichten, wie wir weiter vorgehen.«

Alle warteten draußen in der Eingangshalle, wobei jeder mit der angespannten Situation auf seine eigene Art umging. Paula tigerte auf und ab und rollte dabei ihre Pulloverärmel ständig rauf und wieder runter, Jo hatte sich ans Treppengeländer gelehnt und blickte starr vor sich hin, Ada Mai warf immer wieder nervöse Blicke zu Bernd und Nora und zerquetschte dabei die halbleere Zigarettenschachtel in ihrer Hand und der kleine Konrad saß mit Papier und Stift bewaffnet auf dem Boden und schrieb einen Hilfebrief an Albus Dumbledore.

Bernd fasste Nora am Arm und zog sie zu einem der Fenster. Dadurch brachte er einigen Abstand zwischen sie beide und die anderen und Nora hatte den Eindruck, dass es ihrem Vater auch genau darum ging.

»Was ist los?«, fragte sie leicht genervt. Hoffentlich wollte Bernd jetzt nicht wieder davon anfangen, wie leid ihm alles tat. Dafür hatte sie im Moment echt keinen Sinn. Nicht nach dieser Erpresser-Geschichte. Sie wollte unbedingt mitbekommen, was die Polizei unternahm. Wenn sie etwas unternahm. Oh Gott, sie musste etwas unternehmen. Das taten Polizisten doch, oder?

Bernd senkte seine Stimme, so dass Nora sich zu ihm hinüberbeugen musste. »Ich wollte dir nur sagen, dass ich dich bei allem unterstütze, um Mark zu retten. Auch ohne …«, er warf einen kurzen Blick auf Frau Berglunds Büro, »auch ohne die Unterstützung der anderen Magier.«

Nora sah ihn erstaunt an. Es schien ihm absolut ernst zu sein und das rührte sie. Trotzdem war sein Angebot ziemlich nutzlos.

»Wie willst du mir denn helfen?« Nora flüsterte nun ebenfalls. »Du hast doch selbst gesagt, dass du auch keine Informationen über die Institorier hast. Dass sie dich bewusst unwissend gelassen haben.« Sie kniff die Augen zusammen und musterte ihren Vater. »Oder stimmt das etwa nicht? Hast du mich wieder angelogen?«

»Nein, nein, natürlich nicht.« Bernd hob abwehrend die Hände. »Aber es gibt da etwas, von dem selbst Ada nichts weiß, und ich denke ..., das könnte uns vielleicht weiterhelfen.«

»Okay«, sagte Nora gedehnt. Sie wusste nicht, was sie davon halten sollte, doch bevor sie weiter über Bernds Offenbarung nachdenken konnte, öffnete sich die Bürotür und Frau Berglund erschien in der Eingangshalle, dicht gefolgt von Herrn von Krummstein. Sofort eilten alle zu ihr. Auch Nora und Bernd stellten sich zu den anderen.

»Die Polizei wird in Kürze hier eintreffen.« Frau Berglund hatte nun eindeutig ihre Fassung wiedergefunden. Wahrscheinlich war sie froh, dass es jemanden gab, dem sie die Verantwortung überlassen konnte. »Eine genaue Strategie werden wir erst hier vor Ort entwickeln. Aber offenbar halten sie den Brief der Institorier für eine Falle. Sie wollen auf keinen Fall, dass einer von uns allein das Buch übergibt.« Frau Berglund machte eine kurze Pause. »Es wird ein wenig schwierig sein, den Polizisten gegenüber genau zu sagen, was passiert ist, ohne dabei Magie zu erwähnen. Ich schlage daher vor, dass wir uns überlegen, was wir ihnen sagen und in welchen Fällen es angebracht ist, eine leichte Gedächtnismanipulation vorzunehmen.« Sie winkte die erwachsenen Magier zu sich ins Büro und warf dann einen abschätzenden Blick auf Bernd, als ob sie sich daran zu erinnern versuchte, warum er eigentlich hier war. »Herr Brix, dabei brauchen wir Sie eigentlich nicht. Wenn Sie wollen, können Sie wieder nach Hause fahren.« Bernd nickte knapp. »Ach ja, Jo, Gregor und Paula – wäret ihr bitte so freundlich und würdet uns eine Kleinigkeit zu essen machen? Ich brauche Beat und Rüdiger hier bei mir. Ihr könnt Konrad ja mitnehmen.« Dann drehte sie sich um und betrat als letzte ihr Büro.

Jo und Paula warfen Nora einen unglücklichen Blick zu. Es war ihnen deutlich anzusehen, dass sie viel lieber bei Nora und Bernd bleiben wollten, doch Nora zuckte nur mit den Schultern und bedeutete ihnen mit einem Kopfnicken, dass sie gehen konnten. Im Grunde war ihr das ganz recht. Wenn ihr Vater wirklich weitere Informationen hatte, dann war es besser, sie würde zuerst mit ihm alleine sprechen.

Nachdem die anderen in Richtung Küche verschwunden waren, folgte Nora ihrem Vater in die Bibliothek. Sie wusste immer noch nicht, was sie von seinen Worten halten sollte. Hatte er tatsächlich eine Idee oder wollte er sie nur davon abhalten, irgendetwas Unüberlegtes zu tun?

»Was hast du Ada Mai verschwiegen?«, fragte sie leise.

Bernd sah sich unauffällig um, bevor er antwortete.

»Deine Mutter hatte ein Schließfach in einer Bank. Von diesem Schließfach wusste nur ich. Sie hat mir erzählt, dass sie dort die Dinge hinterließ, die sie im Zusammenhang mit den Institoriern herausgefunden hatte.« Er warf einen Blick auf die Bücherregale und bog dann in einen Gang ein, in dem überwiegend Kinderbücher einsortiert waren. »Als Ada Mai dich zu mir brachte, da habe ich in deinen Sachen einen Schlüssel gefunden. Ich wusste sofort, dass es der Schlüssel zum Schließfach sein musste.« Er blieb vor einer Reihe abgegriffener Hanni und Nanni Bücher stehen.

»Und dann bist du zu dem Schließfach gegangen und hast die Sachen geholt?«, fragte Nora mit verschränkten Armen.

Bernd verzog den Mund. »Ehrlich gesagt … nein. Ich wusste nicht, ob die Bank von Institoriern beobachtet wird und obwohl ich ein paar Mal kurz davor stand, habe ich mich letztlich doch nie getraut, nachzusehen. Ich hatte viel zu viel

Angst davor, die Institorier auf mich aufmerksam zu machen.«

Nora starrte ihn an. »Das heißt, die Informationen, die Maria gesammelt hat, liegen immer noch in diesem Schließfach? Und wo ist dieses Schließfach überhaupt – in Berlin?«

Bernd winkte hastig ab. »Nein, nein. Inzwischen …«, er sah sich noch einmal um und senkte die Stimme, »inzwischen habe ich die Sachen aus dem Schließfach geholt.« Nora sah ihn mit großen Augen an und er fuhr fort. »Als in den letzten Wochen deine Magie freigesetzt wurde, da habe ich meine Meinung geändert.«

Nora starrte ihn an. »In den letzten Wochen?« Was meinte ihr Vater damit? Sie hatte am Freitag das erste Mal gezaubert. Das war vor zwei Tagen. Warum sprach er von Wochen?

Bernd sah sie etwas erschrocken an und seufzte dann. »Ach ja, das weißt du ja gar nicht.« Er rieb sich die Augen. »Du hast schon vor deinem Zusammentreffen mit der Institorierin gezaubert. Ada hatte mir die Anzeichen erklärt und ich habe seither darauf geachtet. Ich musste ja davon ausgehen, dass du die Magie deiner Mutter geerbt hast.«

Nora starrte immer noch. »Was habe ich denn gemacht?« »Na ja, ein paar Mal ist unsere Elektronik ausgefallen, mir ist ein Karton voller Bücher auf die Füße gefallen und als du dich neulich über deine Lehrerin aufgeregt hast, sind sämtliche Blätter von der Buche neben uns gefallen, obwohl sie noch grün waren«, zählte Bernd auf.

Nora runzelte die Stirn. Bisher hatte sie noch nicht darüber nachgedacht, aber jetzt fielen ihr plötzlich noch mehr Gelegenheiten ein, bei denen vielleicht ihre Magie mit im Spiel gewesen war. Da waren die Lichter in der Buchhandlung, die ausgegangen waren, nachdem Luisa sie dort erwischt hatte. Und die Keksdose, die auf Luisas Kopf gefallen war.

Nicht, dass das jetzt das Wichtigste wäre.

»Okay, ich habe also angefangen zu zaubern«, fasste sie zusammen. »Und was war dann?«

Bernd holte tief Luft. »Es war plötzlich nur noch eine Frage der Zeit, bis irgendjemand auf dich aufmerksam werden würde. Ich hatte mit Ada ausgemacht, dass ich mich bei ihr melden würde, damit sie dich in der Magie unterweisen kann, aber trotzdem bekam ich plötzlich Panik, dass die Institorier uns zuvorkommen könnten. Und deshalb bin ich nach Berlin gefahren und habe die Sachen aus dem Schließfach geholt.«

Nora nickte. Sie erinnerte sich an die »Geschäftsreise«, die Bernd vor ein paar Tagen unternommen hatte.

»Und? Was haben die Informationen ergeben?«

Bernd wurde leicht rot an den Ohren.

»Nun ja, vor allem habe ich den Hexenhammer im Schließfach gefunden.«

Nora öffnete den Mund, ohne etwas zu sagen. So war das also. Natürlich hatte es keinen Flohmarkt gegeben und natürlich hatte Bernd das Buch nicht zufällig gefunden. Jetzt, wo Nora darüber nachdachte, kam ihr die Geschichte von dem ominösen Antiquar sowieso ziemlich unglaubwürdig vor. Nein, in Wahrheit hatte Maria das Buch entdeckt. Sie musste bei ihrer Spionagetätigkeit an diese Ausgabe gekommen sein und hatte sofort erkannt, dass es sich um etwas Wichtiges handelte.

»Okay.« Nora wusste, dass auch dieses Thema noch ein wenig warten musste. »Aber das war nicht alles, was du gefunden hast, oder?«

»Nein, natürlich nicht. Allerdings bin ich nicht mehr dazu gekommen, genauer in Marias Notizen zu lesen. Ich habe mich als erstes auf das Buch gestürzt und da ich den Verdacht hatte, dass die Institorier es nicht in die Hände bekommen dürfen, habe ich es getrennt von den anderen Unterlagen in der Buchhandlung versteckt.« Er fuhr sich mit den Händen durch die Haare. »Leider müssen die Institorier mich doch beobachtet haben, als ich das Schließfach geöffnet habe. Denn in derselben Nacht fing das ganze Chaos mit dem Einbruch und dieser furchteinflößenden rotgekleideten Frau an.«

Okay, so langsam fügten sich die einzelnen Teile zu einem Gesamtbild zusammen, das Nora erklärte, wie die Institorier überhaupt auf sie aufmerksam geworden waren. Es war ihnen tatsächlich niemals um sie als Person gegangen, sondern um das Buch. Sie hatten Nora wahrscheinlich nur benutzen wollen, so wie sie jetzt Diana und Mark benutzten.

»Worauf wartest du noch?«, fragte sie und wollte wieder in Richtung Ausgang gehen. »Wir müssen sofort nach Hause fahren und dort in den Unterlagen nachsehen.«

Bernd machte jedoch keine Anstalten ihr zu folgen. Er räusperte sich und grinste dann breit.

»Das ist nicht nötig«, erklärte er, nahm seine Brille ab und fing an, sie an seinem Ärmel zu putzen. »Als ich gestern deine Sachen zusammengepackt habe, da dachte ich, dass die Unterlagen hier bei den von Krummsteins sicherer aufgehoben sind und habe sie mitgenommen. Als die anderen beschäftigt waren, habe ich sie versteckt.«

Nora drehte sich wieder um. Sie betrachtete die Buchrücken der Kinderbücher und verdrehte innerlich die Augen. Also wirklich – hatte Bernd ernsthaft zwei Mal das gleiche Versteck benutzt?

»Jetzt sag nicht, dass du sie hier in einem der Bücher versteckt hast.«

Bernd sah sie ein wenig beleidigt an. »Warum denn nicht? Das ist doch ein prima Versteck.« Er drehte sich um und begann, die Hanni und Nanni Bände abzuzählen. »Außerdem habe ich sie diesmal nicht *in* einem Buch versteckt, sondern einfach nur dahinter.« Er zog ein paar Bände auf einmal heraus und griff in die Lücke, die zwischen den Büchern und der Regalwand erschien.«

»Ta da!« Mit einem breiten Grinsen zog er ein zusammengerolltes und mit einem Gummiband zusammengehaltenes Notizbuch hervor. »Hier sind sie. Die Informationen, die deine Mutter über die Institorier zusammengetragen hat.«

Nora war sprachlos. Bernd hatte es tatsächlich geschafft, Informationen über die Institorier zu bekommen. Schnell riss sie ihm das Notizbuch aus der Hand und streifte das Gummiband herunter. Sie bog das Buch gerade und schlug den dunklen Einband auf. Während sie begann, Marias Notizen zu studieren, spürte sie, wie Bernd sich über ihre Schulter beugte und mitlas.

»Sie schreibt von ihren Experimenten, die sie durchführen, um Magieresistenzen zu entwickeln«, murmelte Nora, deren Augen über die Seiten flogen. »Sie versuchen, die Eigenschaften von fließendem Wasser zu imitieren, weil fließendes Wasser Magie unterbrechen kann.«

Bernd atmete tief ein. »Sie muss wirklich bis ins Herz der Organisation vorgedrungen sein«, sagte er ehrfürchtig. »Sie muss die richtig wichtigen Leute kennengelernt haben. Kein Wunder, dass sie ihnen so gefährlich geworden ist.«

Nora achtete nicht auf seine Worte.

»Sie müssen damals kurz vor einem Durchbruch gewesen sein«, sagte sie, während sie eine Seite umblätterte. »Na ja, seitdem hat sich einiges getan. Die magieresistenten Klamotten haben wir ja schon kennengelernt.« Sie hielt einen Moment inne. Dann tippte sie mit ihrem Zeigefinger auf eine Seite. »Hier erwähnt sie den Hexenhammer.«

Bernd beugte sich tiefer über das Buch. »Sie haben herausgefunden, dass diese Ausgabe existiert, und wissen, dass es eine Formel gibt, mit deren Hilfe man Magiern die Magie entziehen kann.« Bernds Blick blieb an Marias letztem Eintrag hängen. »Sie wusste, dass sie die Übergabe des Buches verhindern musste, um die Magier zu retten.« Er trat einen Schritt zurück und lehnte sich gegen das Bücherregal. »Das ist ihr immerhin gelungen. Sie muss es irgendwie geschafft haben, an das Buch zu kommen. Auch wenn sie dafür mit dem Leben bezahlt hat.«

Nora blätterte die restlichen leeren Seiten durch. Es war spannend, was ihre Mutter über die Experimente der Institorier schrieb, aber es hatte ihr keine neuen Erkenntnisse gebracht. Mit diesen Notizen konnte sie nichts anfangen. Sie verschafften ihr absolut keinen Vorteil. Enttäuscht wollte sie das Buch zuschlagen, als sie auf der letzten Seite eine Skizze bemerkte, die Maria mit Bleistift angefertigt hatte. Sie sah aus wie eine Wegbeschreibung. Auffällig war ein dickes Kreuz, neben dem ein kurzer Text stand, den Nora erst auf den zweiten Blick als eine Adresse erkannte, da er auf Französisch geschrieben war.

»Du, Papa.« Ohne aufzuschauen drehte sie sich zu Bernd. »Schau dir das mal an.«

Bernd sah auf das Notizbuch, das Nora ihm entgegenhielt, und drehte seinen Kopf zur Seite.

»Ein Lageplan und eine Adresse«, murmelte er und schob seine Brille in die Stirn, um besser sehen zu können. Er fuhr mit dem Finger über eine breite Linie. »Das hier soll der Rhein sein. Die beiden Orte, die sie eingetragen hat, liegen auf der französischen Seite. Und direkt dazwischen ist das Kreuz.«

Er hob seinen Blick und sah Nora durchdringend an.

»Fließendes Wasser, das die Magie abhalten soll, und ein Ort in der Nähe der Geburtsstadt von Heinrich Institoris«, flüsterte er. »Weißt du, was das bedeutet?«

Nora schluckte.

»Wir kennen den Hauptsitz der Institorier.«

Die Tür zur Bibliothek öffnete sich geräuschvoll und Nora stopfte sich schnell das Notizbuch in den Hosenbund und zog ihren Pulli darüber.

»Nora?« Das war Paula. »Seid ihr noch hier?«

Nora warf ihrem Vater einen kurzen Blick zu, der resigniert mit den Schultern zuckte.

»Hier sind wir. Bei den Kinderbüchern.«

Paula kam um die Ecke gewirbelt, dicht gefolgt von Jo. Beide trugen Teller mit Kuchenstücken in den Händen und Jo hatte sich zusätzlich Flaschen mit Apfelsaft unter den Arm geklemmt.

»Nicht gezaubert«, erklärte er, »den hatten wir noch eingefroren.«

Nora nickte erleichtert und griff nach einem Stück Kuchen. Sie musste unbedingt etwas gegen ihre neuen Essgewohnheiten unternehmen. Seit dem ersten Abend bei den von Krummsteins hatte sie nichts Vernünftiges mehr gegessen.

»Also, was meint ihr?«, fragte Paula und schnappte sich eine der Saftflaschen. »Glaubt ihr, die Polizei wird die ganze Geschichte aufklären?«

Nora tauschte einen kurzen Blick mit ihrem Vater aus. So richtig hatte sie über diese Frage noch gar nicht nachgedacht. Aber irgendwie traute sie dem Plan von Frau Berglund nicht.

»Ich weiß nicht«, murmelte sie. »Ich meine, natürlich kennt sich die Polizei mit Entführungen aus. Aber normalerweise werden sie bei ihrer Arbeit nicht magisch manipuliert.«

»Genau meine Rede!« Jo hielt triumphierend ein Kuchenstück in die Höhe. »Solange Frau Berglund der Polizei nicht die ganze Wahrheit sagt, kann sie die Situation auch nicht richtig einschätzen.«

Paula verzog den Mund. »Glaubt ihr nicht, dass sie das schon hinbekommen?«

»Selbst wenn sie die Polizei nicht manipulieren müsste, wäre da immer noch die Tatsache, dass es bei unseren Gegnern um die Institorier geht«, warf Bernd ein. Seine Stimme klang eindringlich. »Diese Leute haben mehr Erfahrung in Sachen Entführung, Folter und Mord, als sämtliche Polizeiorganisationen zusammen. Und sie agieren seit Jahrhunderten im Geheimen. Die Polizei kann sie also gar nicht richtig einschätzen. Glaubt mir, gegen diese Organisation hat die Polizei keine Chance. Nicht ohne die Hilfe von Magiern.«

Jo sah ihn erstaunt an. »Woher wissen Sie das alles?«

Nora warf ihrem Vater einen erschrockenen Blick zu. Bernd sah aus, als würde er sich am liebsten auf die Zunge beißen. Offensichtlich waren ihm seine letzten Worte einfach so herausgerutscht. Jo und Paula sahen neugierig zwischen Nora und ihrem Vater hin und her. Nora schluckte. Das musste dringend geklärt werden.

»Papa, ich denke nicht, dass du Frau Berglund …«

»Auf keinen Fall.« Bernd hob die Hände. »Sie würde mich hochkant hinauswerfen, wenn sie erfahren würde, dass …«

»Aber es würde ihnen weiterhelfen, wenn sie wüssten …«

»Nora.« Bernd sah sie eindringlich an. »Ich habe dir versprochen, dir bei Marks Rettung zu helfen. Und ich werde alles tun, was notwendig ist. Aber ich bin nicht bereit, mich von dir zu trennen. Ich will nicht, dass Frau Berglund mich wegsperrt oder verzaubert oder sonst irgendetwas mit mir anstellt, nur weil sie glaubt, dass …«

Nora nickte langsam. Sie konnte ihren Vater durchaus verstehen. Wenn Frau Berglund erfuhr, dass ihr Berater ein ehemaliger Institorier war, dann würde sie ihm vermutlich wirklich nicht mehr gestatten, sich an ihrer Rettungsmission zu beteiligen. Ganz zu schweigen von all den anderen Dingen, die sie mit ihm vorhaben könnte. Sie holte tief Luft.

»In Ordnung. Aber wenn du mich wirklich unterstützen willst, dann bedeutet das auch, dass wir mit Jo und Paula zusammenarbeiten werden. Ich will, dass sie alles erfahren. Ich vertraue ihnen. Und das solltest du auch tun.«

Bernd sah sie noch einen Moment lang ausdruckslos an, dann nickte er und schob seine Brille noch ein Stück höher.

»Ich hatte es mir sowieso schon gedacht«, sagte er leise. »Dann leg los. Erzähl ihnen alles.«

Nora nahm Bernds Hand und drückte sie einmal fest. Dann wandte sie sich an Paula und Jo. Sie grinste. »Okay. Erst einmal solltet ihr wissen, dass mein Vater früher ein Institiorier war.«

»Wir müssen ihnen das Buch geben«, sagte Nora und kritzelte gedankenverloren mit einem Bleistift auf einem Blatt Papier herum. Nachdem sie Paula und Jo alles erzählt und sich die größte Aufregung gelegt hatte, hatten sie angefangen, an einem Plan zu arbeiten, wie sie Mark und Diana retten konnten. »Wir müssen es ihnen geben, warten bis Mark und Diana frei sind und dann müssen wir es ihnen wieder abnehmen.« Sie hob die Hände, als sie in Paulas skeptisches Gesicht sah. »Ich glaube, anders funktioniert es nicht.«

Jo, der zwischen den Bücherregalen auf und ab ging, nickte.

»Du hast recht«, sagte er. »Wir sind zu wenige, um offen gegen sie vorzugehen. Und zu schlecht ausgebildet. Wir müssen es mit einem Trick versuchen.«

Paula zuckte mit den Schultern. »Wir können ihnen einfach ein anderes Buch geben. Wir haben doch noch eine alte Ausgabe des Hexenhammers.«

Jo schüttelte den Kopf. »Das würden sie merken, Paula.«

Nora ließ den Stift fallen und rieb sich die Augen. »Wir müssen die Tatsache nutzen, dass wir wissen, wo ihre Zentrale ist. Sie wissen nicht, dass wir den Ort kennen. Das ist unser großer Vorteil.«

Paula sah von Jo zu Nora und wieder zurück. Sie hatte die Arme verschränkt und versuchte, mit nackten Zehen nach Noras Stift zu angeln.

»Verstehe ich euch richtig? Ihr wollt ihnen das Buch geben, warten, bis sie Mark und Diana freilassen, sie dann davonfahren lassen, um ihnen das Buch an der Zentrale wieder abzunehmen?«

Nora seufzte. Das war alles andere als ein sicherer Plan, aber was hatten sie sonst für eine Möglichkeit? Wenn die Institorier das Buch nicht bekamen, dann würden sie Mark und Diana nicht freilassen.

»Wenn sie erst einmal in der Zentrale sind, werden sie das Buch nicht mehr so gut bewachen, denn sie gehen nicht davon aus, dass wir wissen, wo sie mit dem Buch hinfahren. Das bedeutet außerdem, dass wir zaubern können. Sie wollen am Übergabeort keine Magie, aber an ihrer Zentrale rechnen sie nicht mit uns und damit auch nicht mit irgendeiner Form von Magie.« Sie sah zu Jo. »Du könntest ihnen das Buch einfach aus den Händen zaubern, oder?«

Jo nickte bekräftigend, wobei seine Locken wippten. »Klar, das sollte kein Problem sein.«

Bernd betrachtete Jo ein wenig unglücklich. Nora war klar, dass es ihm deutlich gegen den Strich ging, sie in Gefahr zu bringen. Und diese Aktion würde sie in Gefahr bringen, das war sicher. Aber ihm waren die Hände gebunden. Er hatte Nora versprochen, ihr bei der Rettung von Mark zu helfen, also musste er jetzt mitmachen.

»Was machen wir, wenn sie Diana und Jo nicht sofort freilassen, nachdem wir ihnen das Buch gegeben haben?«, fragte Paula. Sie hatte sich einen der Stifte geschnappt und kritzelte jetzt damit auf ihrer Jeans herum.

»In dem Fall nehmen wir ihnen das Buch trotzdem ab«, erklärte Bernd. Er klang bestimmt. »Wir gehen kein Risiko ein.«

Nora sah ihn stirnrunzelnd an, sagte aber nichts. Über dieses Detail konnten sie noch sprechen, wenn es so weit war.

»Jetzt müssen wir uns nur noch überlegen, wie wir ihnen das Buch übergeben«, murmelte Bernd. »Wir können nicht einfach um Mitternacht zum vereinbarten Ort fahren. Dort wird es von Polizisten nur so wimmeln. Und wir dürfen keine Magie anwenden, um uns zu tarnen.«

Alle vier senkten die Köpfe und grübelten eine Weile über das Problem nach. Wenn sie doch einfach zu einem Institorier gehen und ihm das Buch geben könnten, dachte Nora. Am besten zu diesem langhaarigen Begleiter der Dame in Rot. Der würde sie vielleicht nicht sofort kidnappen. Sie runzelte die Stirn. Hatte Frau von Krummstein nicht vorhin etwas über die Institorier gesagt? Dass sie hier überall herumliefen?

Nora sprang auf. Möglicherweise war es wirklich so leicht.

»Sagt mal, hat Frau Berglund nicht erzählt, dass der Erpresserbrief ganz normal über euren Briefkasten hierhergekommen ist?« Paula und Jo nickten erstaunt. »Und dass der Briefkasten nicht durch Magie geschützt ist?« Paula nickte wieder. Sie wirkte eindeutig irritiert über Noras Fragen, doch Jo und Bernd sahen sie nachdenklich an.

»Das könnte funktionieren«, meinte Bernd langsam.

»Was?« Paula sah zwischen den anderen dreien hin und her.

»Euer Briefkasten ist nicht gut geschützt«, erklärte Nora. »Darüber hat sich deine Mutter doch vorhin so aufgeregt. Sie hat Angst, dass es um den Briefkasten herum nur so von Institoriern wimmelt.« Ihre Gedanken überschlugen sich fast. »Das heißt aber auch, dass wir einen Ort haben, der von den Institoriern genauestens bewacht wird. Wir könnten ihnen also das Buch zum Briefkasten bringen und sicher sein, dass sie es bekommen.«

Einen Moment lang starrten sich alle Vier sprachlos an. Sie hatten es tatsächlich geschafft, einen Plan zu fassen. Einen nicht hundertprozentig sicheren Plan, aber einen Plan. Nora fühlte eine Welle der Erleichterung in sich aufsteigen. Sie würden Mark retten. Da war sie sich sicher.

»Wir haben allerdings ein Problem.« Paulas Worte rissen Nora aus ihren Gedanken. »Frau Berglund hat das Buch. Und nachdem sie es mit zahlreichen Schutzzaubern versehen hat, kommen wir nie im Leben ohne ihre Zustimmung daran.«

Nora starrte sie an. Na super. Jetzt konnten sie noch mal von vorne anfangen. Jos Blick nach zu urteilen hatte auch er nicht daran gedacht. Er ließ sich frustriert gegen ein Regal fallen und warf mit einem Stift auf die restlichen Kuchenstücke. Nur Bernd lächelte ein wenig unbeholfen und nahm seine Brille ab.

»Hatte ich eigentlich erwähnt, dass ich die komplette Ausgabe kopiert und gebunden habe? Inklusive Formel?«

KAPITEL 12

Die Übergabe verlief schnell und unspektakulär. Sie hatten noch eine Zeit lang hin und her überlegt, ob die Institorier die Kopie überhaupt akzeptieren würden, aber letztlich hatten sie sowieso keine Wahl. Das Original von Frau Berglund zu stehlen, war unmöglich, vor allem seit die Polizei aufgetaucht war und das Buch unter Verschluss hielt. Außerdem hatte Bernd angemerkt, dass es den Institoriern schließlich nur um die Formel ging. Ob Kopie oder nicht, sollte dabei keine Rolle spielen. Also hatten sie einen Brief verfasst, in dem sie sowohl das fehlende Buch als auch die abgewandelte Übergabe erklärten, und diesen oben an die Kopien geheftet.

Bernd hatte darauf bestanden, die Übergabe allein durchzuführen. »Das ist der riskanteste Teil in unserem Plan«, hatte er erklärt, »weil es darum geht, dass die Institorier mich sehen, wie ich die Kopien zum Briefkasten bringe. Ich möchte nicht, dass sich irgendjemand von euch in Gefahr bringt.«

Nora hatte zwar protestiert, da ihr Vater der Einzige von ihnen war, der überhaupt nicht zaubern konnte, doch Bernd war hartnäckig geblieben. Und letztlich hatte sich die Idee als sehr hilfreich erwiesen, als es darauf ankam, sich mit dem Buch aus dem Haus und zum Briefkasten zu schleichen. Sie hatten extra bis zur Dämmerung gewartet, doch auf Bernd achtete niemand. Sowohl den Magiern als auch den Polizeibeamten schien es egal zu sein, ob Bernd das Haus verließ oder nicht. Nora, Paula und Jo hatten sich dicht an ein Fenster gedrängt, doch bevor Nora vor Nervosität anfangen konnte auf ihren Fingernägeln zu kauen, kam ihr Vater schon wieder die Einfahrt hochgeschritten.

»Und, hat alles geklappt?«, fragte sie aufgeregt, als Bernd das Haus betrat. »Haben die Institorier dich gesehen?«

Bernd hob die Hände. »Keine Ahnung, sie haben mir nicht Bescheid gegeben. Aber ich habe mich am Briefkasten so auffällig wie möglich benommen, habe den Umschlag mit dem Buch in die Höhe gehalten und mich in alle Richtungen gedreht, bevor ich ihn abgelegt habe.« Er fuhr sich durch die Haare. »Wenn sie mich nicht bemerkt haben, dann weiß ich auch nicht, was wir noch machen sollen.«

Er schwieg und verharrte mit ausdrucksloser Miene neben den Kindern, als sich Frau Berglunds Bürotür öffnete und sich eine ganze Reihe von Menschen durch die Eingangshalle bewegte. Niemand achtete auf die kleine Gruppe am Fenster und schritt ohne ein weiteres Wort aus dem Haus und verteilte sich draußen auf die parkenden Autos.

»Sie wollen zum Übergabeort fahren«, erklärte Paula, die zuvor mit ihrer Mutter gesprochen hatte. »Ich weiß nicht genau, was sie dort vorhaben, aber zumindest wird der Ort extrem gut überwacht.«

Bernd nickte nachdenklich und sah auf seine Armbanduhr. »Nun, jetzt wo das Haus leer ist …«, er sprach den Satz nicht zu Ende.

»Wäre ein guter Zeitpunkt, um selbst zu verschwinden«, ergänzte Nora.

»Bist du sicher, dass sie noch kommen?«, fragte Nora zum fünften Mal. Sie kauerten hinter einer dichten Hecke, die den

Vorgarten eines alten Bauernhauses umgab. Näher hatten sie sich nicht an den Eingang herangetraut, doch mithilfe des Zaubers, den Jo letzten Freitag angewendet hatte, um die Dame in Rot in der Buchhandlung belauschen zu können, würden sie zumindest die Gespräche verstehen, die vor der Tür stattfanden.

Dank des Lageplans und der Adresse waren sie auf den Bauernhof gestoßen, der in unmittelbarer Nähe zum Rheinufer lag. Sie hatten das Auto in einiger Entfernung vom Hof geparkt und waren im Schutz der Dunkelheit zum Haus geschlichen. Das war nicht sonderlich schwierig gewesen, da das Hauptgebäude von allerlei Bäumen, Hecken, Schuppen und kleinen Ställen umgeben war. Es machte ganz den Eindruck, als ob sich die Bewohner abschirmen wollten.

Bernd seufzte. »Ich weiß es doch auch nicht«, sagte er, ebenfalls zum fünften Mal. »Aber ich vermute, dass sie nicht auf direktem Weg hierherkommen, sondern noch abwarten. Oder beim Übergabeort vorbeifahren, um sich davon zu überzeugen, dass wir im Brief die Wahrheit geschrieben haben.«

Nora strich sich nervös immer wieder die Haare hinters Ohr, die sofort zurück in ihr Gesicht fielen. Jetzt, wo sie endlich am Geheimversteck der Institorier angekommen waren, fühlte sie sich überhaupt nicht mehr sicher, was ihren Plan betraf. Was sollten sie machen, wenn die Institorier Mark und Diana nicht freiließen? Oder wenn sie die beiden schon freigelassen hatten, ohne dass sie es bemerkt hätten? Oder wenn sie das Buch nicht herbrachten? Nora stieß frustriert die Luft aus und spürte im selben Moment, wie jemand nach ihrer Hand griff. Sie sah auf und blickte in Jos Gesicht, der ihr aufmunternd zulächelte.

»Wird schon schiefgehen«, sagte er und hielt ihre Hand weiterhin fest.

»Was ich nicht verstehe«, sagte Paula leise, »ist die Nähe zum Rhein. So richtig nah ist das Wasser doch gar nicht, dass es Auswirkungen auf unsere Magie hat, oder?« Sie sah fragend auf.

»Die Institorier haben ein unterirdisches Wassersystem entwickelt, das aus dem Rhein gespeist wird«, erklärte Bernd leicht abwesend. Er hielt den Blick fest auf den Eingang des Bauernhauses gerichtet. »Das stand in Marias Aufzeichnungen. Sie hat geschrieben, dass –«. Er brach ab und hob die Hand.

»Ich glaube, es passiert etwas«, wisperte er. »Jo, der Zauber.«

Jo ließ Noras Hand los. »Audire«, sagte er leise, aber deutlich und steckte seine Hände in die Hecke.

Die Tür öffnete sich. Nora beugte sich weiter vor, um besser zwischen den Blättern hindurchsehen zu können. Obwohl es dunkel war und sie durch die Hecke nicht allzu viel erkennen konnte, wusste sie doch sofort, wer da aus der Tür trat.

Die Dame in Rot blieb auf der schmalen Treppe stehen, neben sich ihren langhaarigen Begleiter, und sah sich suchend um. »Ich hätte schwören können, dass sie hier auftauchen und uns angreifen würden.« Dank Jos Zauber war die Dame in Rot perfekt zu verstehen.

»Aber Sie wissen doch gar nicht, ob sie von unserem Versteck gewusst hat«, sagte der Begleiter.

Die Dame in Rot schnaubte. »Diese kleine verräterische Hexe, die sich damals bei uns eingeschlichen hat, hat es irgendwie geschafft, an das Buch zu kommen. Ich bin mir sicher, dass sie auch herausgefunden hat, wo sich unser Hauptquartier befindet. Und bestimmt hat sie diese Informationen weitergegeben.« Sie wandte sich an den jungen Mann. »Was glaubst du, warum wir dieses Versteck hier aufgegeben haben? Die ganze Sache war viel zu riskant geworden, als dass wir hätten hierbleiben können. Nein, ich bin mir sicher, dass sie von diesem Ort wusste. Allerdings habe ich die restlichen Magier wohl überschätzt.« Sie zuckte mit den Schultern. »Nun ja, was soll's. Es wäre schön gewesen, wenn wir sie hier hätten schnappen können. Aber die Hauptsache ist, dass wir die Formel haben. Und die ist inzwischen sicher an unserem neuen Hauptquartier eingetroffen. Und wir sollten uns auch langsam auf den Weg zum Chef machen.«

Nora spürte, wie ihre Knie weich wurden. Hätte sie nicht schon auf dem Boden gehockt, dann wäre sie mit Sicherheit umgekippt. Sie blickte sich hilfesuchend um, doch alles, was sie sah, waren die entsetzten Gesichter der anderen. Also hatte sie die Dame in Rot richtig verstanden. Die Institorier hatten gewusst, dass sie hierherkommen würden. Sie hatten davon gewusst, weil sie davon ausgingen, dass Maria die Lage ihres Aufenthaltsortes herausgefunden hatte. Und sie hatten nichts dagegen unternommen, weil sie ihr Versteck inzwischen geändert hatten. Dieser alte Bauernhof war nicht länger das Hauptquartier der Institorier. Hier war kein Buch, hier waren keine Diana und kein Mark. Hier war überhaupt niemand mehr. Und sie hatten alles verloren.

Plötzlich spürte Nora, wie sie auf die Beine gerissen wurde. Bernd stand mit grimmiger Miene vor ihr und deutete auf einen großen Schuppen, in dem die Dame in Rot und ihr Begleiter gerade verschwanden.

»Los, worauf wartet ihr?«, fragte er. »Wir haben keine Zeit zu verlieren.«

»Aber hast du nicht gehört –«

Bernd schnitt ihr mit einer Geste das Wort ab. »Natürlich habe ich sie gehört. Und ich habe gehört, dass die beiden Institorier nicht wissen, dass wir hier sind. Und dass sie sich auf den Weg zu ihrem eigentlichen Hauptquartier machen.«

Er wartete einen Moment und verdrehte dann die Augen, als niemand reagierte. »Nun macht schon, lauft zum Auto«, sagte er und setzte sich in Bewegung. »Wir folgen ihnen.«

Es stellte sich heraus, dass Bernd während seiner Zeit bei den Institoriern doch den ein oder anderen Trick gelernt hatte. Zumindest wusste er, wie man jemanden im Auto verfolgte, ohne dass derjenige es merkte. Sie hatten es tatsächlich geschafft, ihr eigenes Auto zu erreichen und rechtzeitig zum Bauernhof zurückzufahren, um zu sehen, wie der Wagen der Dame in Rot auf die Hauptstraße abbog. Seitdem beobachtete Nora erstaunt, wie ihr Vater immer wieder den Abstand zu den Institoriern veränderte, andere Autos zwischen sie ließ und mehrfach sogar kleine Schlenker fuhr, ohne die Dame in Rot und ihren Begleiter dabei zu verlieren.

»Man erhält eine Art Basisschulung«, erklärte er ein wenig verlegen, als er Noras Blick bemerkte. »Jemanden zu verfolgen gehört sozusagen zur Grundausbildung bei den Institoriern.«

Nora zog eine Augenbraue hoch, schwieg aber. Auch wenn sie es nach wie vor nicht in Ordnung fand, dass ihr Vater sie all die Jahre angelogen hatte, so war dieser ehemalige Geheimorganisation-Papa doch irgendwie cool.

»Sagt mal, kann es sein, dass wir wieder nach Freiburg fahren?«, fragte Jo vom Rücksitz.

Nora sah aus dem Fenster. Es stimmte, sie hatten gerade die Ausfahrt nach Freiburg genommen und fuhren jetzt auf dem Zubringer Richtung Innenstadt.

»Ungewöhnlich«, murmelte Bernd und sah konzentriert auf die Straße. Der Verkehr war wieder dichter geworden und in der Dunkelheit wurde es schwieriger den Wagen der Institorier im Auge zu behalten. Dennoch konnte Bernd ihm bis in die Stadtmitte folgen. Nora runzelte die Stirn, als sie das Münster immer höher vor sich aufragen sah. Noch größer wurde ihre Verwunderung allerdings, als der Wagen in die kleine Straße einbog, in der sich die Buchhandlung Brix befand. Bernd parkte das Auto an der Straßenecke, so dass sie die beiden Institorier beobachten konnten.

»Was wollen sie denn in der Buchhandlung?«, fragte Nora nervös. Diana hatte zwar die Schutzzauber um den Laden und die Wohnung verstärkt, aber letztlich konnten sie nicht sicher sein, dass die Institorier nicht doch hineinkamen. »Ich dachte, sie wollten zu ihrer Zentrale.«

»Ich weiß es nicht.« Auch Bernds Stimme klang angespannt. Wahrscheinlich dachte auch er gerade daran, dass Luisa ganz allein in der Wohnung schlief. »Vielleicht suchen sie nach Marias Aufzeichnungen.«

Sie beobachteten, wie die Dame in Rot aus dem Wagen ausstieg und die Straße Richtung Buchhandlung überquerte. Ihr Begleiter folgte ihr hastig. Doch statt die Buchhandlung anzusteuern, liefen die beiden zielstrebig auf das Nachbarhaus der Familie Brix zu.

»Wohnt da nicht dein Freund Mark?«, fragte Paula verblüfft.

Nora nickte abwesend. Was sollte das denn jetzt? Was wollte die Dame in Rot von den Lehmkuhls?

»Äh, ich glaube, sie hat einen Haustürschlüssel«, sagte Jo. Nora kniff die Augen zusammen. Jo hatte recht. Die Dame in Rot hatte in ihrer Handtasche gekramt und fingerte jetzt am Türschloss herum.

Doch bevor sie fertig war, wurde die Tür von innen geöffnet und Herr Lehmkuhl erschien im hell erleuchteten Türrahmen. Er schien wütend zu sein, die Dame in Rot zu sehen, aber keineswegs erstaunt oder erschrocken. Er fuchtelte wild mit seinen Armen herum und deutete auf das Nachbarhaus auf der anderen Seite zur Buchhandlung. Nora erkannte es auf die Entfernung nicht genau, aber es sah aus, als ob die Dame in Rot lachte und den Kopf zurückwarf. Schließlich traten alle drei ins Haus und die Tür wurde wieder geschlossen.

Einen langen Moment herrschte Schweigen im Auto. Dann räusperte Bernd sich und drehte sich zu den anderen um. Als er sprach, klang seine Stimme genauso ungläubig, wie Nora sich fühlte.

»Nun, ich glaube, Herr Lehmkuhl ist ein Institorier«, sagte er und schüttelte dabei den Kopf, als könne er seine eigenen Worte nicht glauben. Er setzte seine Brille ab und legte sie aufs Armaturenbrett. »Und in seinem Haus, beziehungsweise im Nachbarhaus, befindet sich das neue Hauptquartier der Hexenjäger.«

Auf seine Worte folgte wieder Schweigen. Nora starrte mit weit aufgerissenen Augen auf das vertraute Haus der Lehmkuhls, in dem sie so viele Stunden mit Mark verbracht hatte. Zumindest hatte sich das Haus noch bis vor wenigen Minuten vertraut angefühlt. Genauso vertraut wie ihre eigene Wohnung oder die Buchhandlung. Doch jetzt fragte sie sich, ob überhaupt irgendetwas in ihrem Leben so war, wie sie gedacht hatte. In letzter Zeit schien sich alles, was sie bisher über sich angenommen hatte, als große Täuschung herauszustellen.

»Das hätte ich nicht gedacht.« Bernd sah grimmig durch die Windschutzscheibe. Er sah ganz anders aus, so ohne die vertraute Fensterglasbrille, so entschlossen und angriffslustig. »Dieser arrogante Winkeladvokat. Ein Institorier. Und wahrscheinlich ein ziemlich hoher, wenn sich ihr Hauptquartier hier befindet.«

Nora fuhr sich über die Augen. Marks Vater war ein Institorier? Dieser unnahbare, trockene Typ, der sich überhaupt nicht für seinen Sohn oder dessen Freundin interessierte. Und er hatte ausgerechnet neben ihrer Buchhandlung das Hauptquartier der Institorier errichtet?

»Meinst du, er wusste, wer du bist? Und wer ich bin?«

Bernd holte tief Luft und sah Nora an. »Sie sind erst nach uns in diese Straße gezogen«, sagte er und verzog dabei den Mund. »Es wäre schon ein ziemlicher Zufall, wenn er es nicht gewusst hätte.«

»Aber warum hat er nicht schon vorher versucht, euch anzugreifen?«, fragte Paula. Nora drehte ihren Kopf. Jo und Paula wirkten beide überrascht, aber nicht ganz so erschrocken wie ihr Vater. Kein Wunder, dachte Nora, für sie hatte Herr Lehmkuhl bis jetzt auch keine wirkliche Rolle gespielt.

Bernd seufzte. »Sie waren hinter dem Buch her, aber sie konnten nicht wissen, ob ich es wirklich hatte. Wahrscheinlich haben sie uns die ganze Zeit beobachtet.« Bernd schlug sich mit der Hand gegen die Stirn. »Ich Idiot. Ich hätte das Buch einfach in diesem Schließfach verrotten lassen sollen.«

Nora tätschelte seinen Arm. Sie hätte ihm zwar am liebsten zugestimmt – ihnen wäre tatsächlich viel Aufregung erspart geblieben, wenn Bernd das Buch an Ort und Stelle gelassen hätte – aber man konnte die Dinge sowieso nicht mehr rückgängig machen.

»Aber wenn Herr Lehmkuhl ein Institorier ist«, Jos Stimme klang vorsichtig, als er sprach, »was ist denn dann mit diesem Mark?«

Nora öffnete den Mund, um etwas zu sagen, schloss ihn dann aber wieder. Mark. Natürlich. Herr Lehmkuhl war Marks Vater. Das bedeutete, dass auch Mark von der ganzen Geschichte betroffen war.

»Ich glaube nicht, dass Mark irgendetwas von dem Doppelleben seines Vaters wusste«, sagte Bernd. »Schon aus Sicherheitsgründen wird Herr Lehmkuhl ihn aus allem rausgehalten haben.«

»Ja, schon«, sagte Jo. »Aber was ist mit der Entführung? Sein Vater wird ihn doch wohl kaum in den Keller gesperrt haben.«

»Nein, das glaube ich auch nicht«, stimmte Bernd zu. »Die Entführung war in seinem Fall wahrscheinlich nur vorgetäuscht.«

Das Thema schien für Bernd damit abgeschlossen zu sein, aber in Noras Gedanken nagte es. Wenn die Entführung nur vorgetäuscht war, so musste Mark doch inzwischen wissen, was los war. Sein Vater hatte ihm mit Sicherheit erklärt, warum ihn die Dame in Rot erst mitgenommen und später wieder freigelassen hatte. Also musste er Bescheid wissen. Oder etwa nicht? Hatte ihm sein Vater irgendeine andere Geschichte als Wahrheit verkauft?

»Was machen wir denn jetzt?«, fragte Paula und holte Nora damit aus ihren Grübeleien. »Wir können doch nicht die ganze Nacht hier im Auto sitzen.«

»Natürlich nicht.« Bernd seufzte. »Wir werden in die Buchhandlung gehen und von dort aus Frau Berglund anrufen. Und dann werden wir warten. In der Buchhandlung sind wir ja einigermaßen sicher.«

Nora nickte. Sie öffnete ihren Gurt und wollte die Beifahrertür öffnen, als sie stutzte. Die Tür vom Nachbarhaus der Lehmkuhls war aufgegangen und eine Gestalt im Kapuzenpullover schlich sich vorsichtig hinaus. Sie sah nach links und rechts und hastete dann vorwärts.

»Meine Güte, das ist Diana«, rief Nora aufgeregt und deutete auf die Gestalt. »Diana! Sie muss irgendwie entkommen sein.« Sie riss die Tür auf. »Diana«, rief sie laut, bevor Bernd sie zurückzog.

»Bist du verrückt?«, fragte er. »Du kannst doch nicht so laut schreien!«

Einen Moment hielten alle den Atem an, doch weder im Haus der Lehmkuhls noch im Nachbarhaus regte sich etwas. Dafür hatte Diana aufgeblickt und sah nun ein wenig panisch in ihre Richtung. Sie sah sich noch einmal zu dem Haus um, dann lief sie geduckt zu ihrem Auto.

»Was … was macht ihr denn hier?« Diana streckte den Kopf zur Tür hinein. Nora fand, dass sie nervös und angespannt wirkte, aber offensichtlich hatte sie keine Verletzungen.

Bernd machte eine hektische Handbewegung. »Das ist eine längere Geschichte, für die wir jetzt keine Zeit haben. Kommen Sie, wir wollten gerade in die Buchhandlung gehen. Dort können Sie uns berichten, wie Sie entkommen konnten und wir rufen Frau Berglund an.«

Erleichterung machte sich auf Dianas Gesicht breit, doch dann schüttelte sie den Kopf. »Ich habe herausgefunden, dass sie das Buch in den Keller gebracht haben und irgendwann demnächst die Formel ausprobieren wollen. Ich wollte das Buch auf jeden Fall mitnehmen, bevor ich verschwinde.«

Bernd sah aus, als wäre er hin- und hergerissen. Nora konnte ihn verstehen. Das Buch in den Händen der Institorier zu lassen, wäre fahrlässig, andererseits war es natürlich auch extrem gefährlich, mitten in deren Versteck zu marschieren. Ursprünglich hatten sie ja vorgehabt, den Institoriern das Buch aus sicherer Entfernung aus der Hand zu zaubern. Doch das war offensichtlich keine Option mehr.

»Wir müssen das Buch auf jeden Fall mitnehmen«, sagte Nora entschlossen. »Wir müssen es versuchen.«

Bernd warf ihr einen kurzen Blick zu. »In Ordnung«, sagte er dann. »Aber ihr bleibt hier. Ich gehe alleine mit Diana.«

Diana biss sich auf die Lippen. »Ehrlich gesagt, wäre es gut, wenn die anderen mitkommen würden. Wir könnten unsere Magie gemeinsam nutzen und einen Schleier über uns legen. Allein habe ich nicht mehr so viel Kraft, aber zusammen könnten wir uns wesentlich besser schützen.«

Nora legte eine Hand auf Bernds Arm. »Bitte, Papa.«

Ihr Vater sah aus, als würde er sie am liebsten im Auto einsperren. Aber schließlich seufzte er. »Okay.« Er stieg aus dem Auto. »Aber wir beeilen uns besser, schließlich ist es nur eine Frage der Zeit, bis sie merken, dass ihre Gefangene entkommen konnte.«

Draußen fasste Diana Jo und Paula an der Hand und Paula griff nach Noras Hand, die wiederum ihren Vater festhielt. Nora hatte keine Ahnung, ob sie Diana auf diese Weise wirklich mit ihrer Magie unterstützen konnte, doch nach ein paar Sekunden spürte sie plötzlich ein Kribbeln auf ihrer Haut und sah erstaunt an sich hinab. Sie war zwar nicht komplett unsichtbar, aber irgendwie schien ihre Kleidung mit der Umgebung zu verschmelzen. In dem funzeligen Licht der Straßenlaternen sollte das ausreichen, um mögliche Beobachter, die vielleicht aus dem Fenster sahen, nicht auf sich aufmerksam zu machen.

»Los jetzt.«

Diana setzte sich in Bewegung und zog die anderen wie kleine Kinder hinter sich her. In dieser seltsamen Formation traten sie auf das Nachbargrundstück der Lehmkuhls und gingen bis zu einer kleinen Treppe, die nach unten zu einer schweren Tür führte. Langsam schlichen sie die Treppe hinunter, was gar nicht so leicht war, da sie sich nicht loslassen durften.

Diana legte ihre Hand auf die Türklinke, murmelte etwas und im nächsten Moment sprang die Tür auf. Sie drehte sich zu den anderen um.

»Noch etwas. Im Inneren des Hauses wird eure Magie nicht funktionieren. Ich weiß nicht, wie sie das machen, aber es geht einfach nicht. Und ich würde euch empfehlen, es gar nicht erst zu versuchen.« Sie verzog das Gesicht. »Es wird einem speiübel dabei.«

Die anderen nickten und folgten ihr ins Innere. Sie ließen sich los und Nora spürte sofort, dass sie wieder sichtbar war, auch wenn sie es nicht überprüfen konnte. Es war stockdunkel und Nora fragte sich, wie Diana in dieser Dunkelheit das Buch überhaupt finden wollte, als die Kellertür plötzlich mit einem lauten Knall zuschlug und ein grelles Licht den Raum erhellte.

»Gute Arbeit, Diana«, sagte eine kühle Stimme, die Nora sofort erkannte. Sie öffnete die Augen und blinzelte, bis sie sich an die Helligkeit gewöhnt hatte. Auf der gegenüberliegenden Seite befand sich eine weitere Tür. Und davor standen die Dame in Rot, ihr Helfer, zwei von den Motorrad-Typen und – in ihrer Mitte – Herr Lehmkuhl. Diana war neben ihn getreten und blickte schuldbewusst zu Boden.

»Wie schön, dass ihr alle zu uns gefunden habt.«

KAPITEL 13

»Ich kann es nicht glauben«, sagte Paula und krempelte sich dabei die Ärmel ihres Pullovers immer wieder hoch und runter. »Ich kann es einfach nicht glauben. Diana!« Sie hielt in ihren unruhigen Bewegungen inne und lehnte sich gegen eine der Betonwände. Die Institorier hatten sie in einen kleinen, fensterlosen Raum gepfercht, der aus nichts als nackten Betonwänden zu bestehen schien. Er erinnerte Nora an eine Gefängniszelle, nur dass Gefangene in der Regel Pritschen zum Schlafen hatten oder zumindest eine Bank, auf der sie sitzen konnten. Doch in ihrer Zelle befand sich nichts. Die einzige Abwechslung zu den kahlen Betonwänden bildete eine massive Tür, in der eine handgroße Aussparung eingearbeitet war, durch die man wahrscheinlich hindurchsehen konnte. Zumindest wenn auf der anderen Seite die hölzerne Klappe geöffnet wurde. Außerdem gab es einen abgetrennten, ebenfalls komplett betonierten Raum, in dem sich eine Toilette und ein Waschbecken befanden.

Seitdem die Institorier sie eingesperrt hatten, waren mehrere Stunden vergangen und niemand hatte sich bisher um sie gekümmert. Zuerst hatten sie noch versucht, nach jemandem zu rufen und Jo hatte sogar probiert zu zaubern, doch zumindest in diesem Fall hatte Diana offenbar die Wahrheit gesagt. Nicht nur, dass Jos Zauber nicht funktionierten, er war danach auch sofort in das kleine Klo gerannt und hatte sich mehrere Minuten lang übergeben. Danach war er an einer der Wände heruntergerutscht und hatte wie ein Häufchen Elend auf dem kalten Boden gesessen. Paula war zu ihm gegangen und hatte sich neben ihn gesetzt und auch Nora und Bernd hatten es sich irgendwann auf dem Boden bequem gemacht. Soweit man es sich auf kaltem Beton bequem machen konnte. Und dann waren sie alle, einer nach dem anderen, vor Erschöpfung eingeschlafen.

Jetzt, nach ein paar Stunden auf dem harten Betonboden, war Nora wieder aufgewacht. Ihr Vater und Paula waren ebenfalls schon wieder wach, nur Jo schlief noch in halb sitzender Position an die Wand gelehnt.

»Herr Lehmkuhl«, murmelte Bernd, beinahe ebenso fassungslos wie Paula. Angesichts ihrer Lage wirkte er erstaunlich wütend und Nora fragte sich, an welcher Stelle er den ängstlichen Buchhändler zurückgelassen hatte. Abgesehen davon, dass er schon seit einiger Zeit keine Brille mehr trug – ein Anblick, den Nora überhaupt nicht gewöhnt war – schien er insgesamt so entschlossen und zupackend wie Nora ihn noch nie erlebt hatte. »Herr Lehmkuhl und Diana.« Er schüttelte den Kopf. »Sie muss ihn die ganze Zeit mit Informationen versorgt haben.«

Nora rieb sich die Augen. Sie fühlte sich alles andere als ausgeruht, aber schlafen konnte sie an diesem Ort auch keine Minute länger. »Und das dürfte nicht sonderlich schwierig gewesen sein«, sagte sie. »Frau Berglund hat sie ja ständig zu Herrn Lehmkuhl geschickt.« Sie dachte daran, wie Diana nach Marks vermeintlicher Entführung zu Herrn Lehmkuhl gegangen war, um dessen Haus mit Schutzzaubern zu versehen. Sie hatte sich noch nicht einmal heimlich mit ihm treffen müssen, nein, sie war ganz offiziell bei ihm gewesen. Nora runzelte die Stirn. Ihr war noch etwas eingefallen.

»Die Schutzzauber«, murmelte sie. »Diana hat auch die Buchhandlung und unsere Wohnung mit Schutzzaubern versehen.« Paula sah sie fragend an, doch Bernd nickte bestätigend. »Deshalb konnten die Institorier so leicht durch diese Schutzzauber kommen und uns in der Buchhandlung überfallen. Es gab in Wahrheit keinen Schutz.«

Paula starrte sie an. Sie sah aus, als wäre sie den Tränen nahe. »Diana«, murmelte sie wieder mit erstickter Stimme. »Ich kann es einfach nicht glauben. Sie war meine Freundin.«

Nora schnaubte. Schöne Freundin. Sie ging zu Paula und legte ihr einen Arm um die Schulter. Diana hatte sie alle hintergangen. Und dabei war sie ihr so nett und freundlich vorgekommen. Wie die erwachsene Gabi von TKKG eben. Aber wenn sie jetzt darüber nachdachte, dann fiel ihr auf, dass sie Gabi eigentlich nie sonderlich gemocht hatte.

»Sie muss versucht haben, an die Formel zu kommen.« Bernd war gedanklich anscheinend schon einen Schritt weiter. »Sie hat Frau Berglund mehrfach vorgeschlagen, den Hexenhammer an sich zu nehmen. Doch Frau Berglund hat das Buch nicht aus der Hand gegeben und magisch geschützt. Als Diana klar wurde, dass sie nichts erreichen würde, wenn sie einfach weiter ihre Rolle spielte, hat sie sich von den Institoriern entführen lassen. Sie wussten, es war ein Risiko, aber sie haben wohl keine andere Möglichkeit gesehen.«

Nora nickte nachdenklich. Ihr Vater hatte recht. Diana hatte immer wieder versucht, alleine in die Nähe des Buches zu kommen, vielleicht, damit sie die Formel kopieren konnte, doch Frau Berglund hatte ihr andere Aufgaben zugeteilt.

»Sie hat mir das Zaubern beigebracht«, sagte Paula. Ihre Stimme klang immer noch fassungslos. »Sie hat mit mir an meiner Magie gearbeitet, seit ich sie das erste Mal gespürt habe.«

»Nicht besonders gut, nicht wahr?«

Nora sah nach unten. Jo war aufgewacht. Er hatte seinen Kopf gehoben und sich seine Locken aus den Augen gestrichen. Er wirkte immer noch sehr blass um die Nase, aber immerhin war das ungesunde Grün verschwunden. Jetzt sah er die anderen grimmig an.

»Was meinst du damit?«, fragte Paula, doch Nora ging langsam ein Licht auf.

»Das Unterrichten«, flüsterte sie und starrte Jo an, der mit versteinerter Miene nickte. »Sie hat uns unterrichtet. Sie hat uns alle unterrichtet. Und du bist nicht die Einzige, die Probleme beim Zaubern hat, Paula.«

Paula sah sie immer noch verständnislos an, doch Bernd war stehengeblieben und hatte die Augen zusammengekniffen.

»Ihr meint, dass sie euch bewusst falsch angeleitet hat, was den Umgang mit eurer Magie angeht? Das wäre ja wirklich eine gemeine Strategie.«

Paula runzelte die Stirn.

»Das glaube ich nicht. Ich hatte diese Probleme schon immer. Nicht erst seit Diana mich unterrichtet.«

Nora schüttelte den Kopf. Ihr leuchtete Jos Theorie absolut ein. »Ich will ja auch nicht sagen, dass sie für unsere Probleme verantwortlich ist. Sie hat nur nichts unternommen, um uns dabei zu helfen. Sie hat uns die falschen Strategien beigebracht. Überleg doch mal. Du hast mir selbst gesagt, dass sie dir diese Entspannungstechnik gezeigt hat. Ich hab zwar keine Ahnung, aber vielleicht wäre eine andere Strategie sinnvoller gewesen. Und Jo hat sie davon abgeraten, Zaubersprüche zu lernen. Das kann doch kein Zufall sein.«

Paula atmete tief aus. Sie schien immer noch nicht völlig überzeugt, doch sie widersprach auch nicht mehr.

»Aber warum sollte sie das tun?«, fragte sie schließlich. »Was hat sie davon?«

Jo lachte kurz auf. »Die eigentliche Frage ist doch: Warum um Himmels Willen arbeitet sie mit den Institoriern zusammen?«

Ein Riegel wurde zurückgeschoben und die schwere Tür öffnete sich. Im Türrahmen erschienen die Dame in Rot und Diana.

Nora starrte sie an. Fast hatte sie erwartet, dass Diana sich verändert hatte, dass sie eine Art Wandlung durchlaufen hatte, so dass man erkennen konnte, dass sie zu den Bösen gehörte. Aber natürlich sah Diana aus wie immer. Sie trug Jeans und Turnschuhe und hatte die Haare zu einem Pferdeschwanz gebunden. Sie sah genauso aus wie vor drei Tagen, als sie die junge Magierin das erste Mal getroffen hatte.

Paula stieß sich von der Wand ab und lief direkt auf Diana zu. Nora hatte für einen kurzen Moment die absurde Idee, dass Paula ihre Lehrerin umarmen wollte, doch im letzten Moment bremste Paula ab, holte mit dem Arm aus und gab Diana eine so gepfefferte Ohrfeige, dass ihr Kopf beinahe gegen den Türrahmen krachte.

Die Dame in Rot kreischte. »Wächter«, schrie sie und sofort erschienen zwei Motorrad-Gestalten in der Tür. »Fesselt das Hexen-Balg.«

Diana winkte ab. »Ist schon gut«, sagte sie und hielt sich die Wange, die krebsrot im matten Licht der Zelle leuchtete.

Paula hatte die Arme vor der Brust verschränkt und sah stur auf den Boden. Nora konnte sie verstehen. Sie wusste ja, dass sie sich immer gut mit Diana verstanden hatte, dass sie fast so etwas wie eine große Schwester für sie gewesen war. Und auf einmal stellte sich das alles als Lüge heraus. All die

Jahre, die Paula mit Diana zusammengelebt hatte, mussten ihr auf einmal wie ein einziger großer Verrat vorkommen. Nora warf einen unauffälligen Blick zu ihrem Vater. Bernd schluckte und warf ihr ein schmerzhaftes Lächeln zu. Ob er gerade auch daran dachte, wie er gestern Nora gestanden hatte, dass er sein Leben auf einer Lüge aufgebaut hatte? Aber immerhin hatte er Nora bei allem nur helfen wollen. Im Gegensatz zu Diana, die offensichtlich schon die ganze Zeit gegen Paula und die anderen Magier gearbeitet hatte.

»Warum?« Jos Stimme hörte sich ein wenig krächzend an, doch er hatte es immerhin geschafft, sich wieder aufzurichten. »Warum arbeitest du mit diesen Leuten zusammen?«

Diana schwieg. Sie sah auf ihre Turnschuhe und sagte kein Wort.

»Findest du nicht, wir hätten wenigstens eine Antwort verdient?« Inzwischen klang Jos Stimme wieder deutlicher. Und wütender. »Nach all den Jahren, in denen du uns falsche Magie beigebracht hast? In denen du uns manipuliert hast?«

Diana schwieg immer noch, doch die Dame in Rot lachte und klatschte begeistert in die Hände. Offenbar war dieses private Drama genau die Art von Unterhaltung, die sie sich für einen gelungenen Vormittag vorstellte.

»Habt ihr es also herausgefunden?«, rief sie mit schriller Stimme. »Habt ihr kleinen Hexenkinder gemerkt, dass sie euch Quatsch erzählt hat?« Sie trat einen Schritt in die Zelle hinein, dicht gefolgt von den Motorradwächtern. Sie trat auf Jo zu und bohrte einen rot lackierten Zeigefinger in seine Stirn. Nora konnte beinahe hören, wie er mit den Zähnen knirschte, doch er sagte nichts. »Habt ihr auch herausgefunden, dass sie hier drin war?« Sie klopfte gegen die Stirn. »In euren Köpfen? Sie hat euch tatsächlich manipuliert und zwar mehr, als ihr denkt. Sie hat zum Beispiel dafür gesorgt, dass du am Freitag zu diesem Computerladen gehst und dort auf

Nora triffst. Immerhin wusste sie von unserem Chef, dass sein Sohn zusammen mit ihr dort auftauchen würde. Er hatte ihn schließlich dorthin geschickt. Und später hat sie euch Kindern eingeflüstert, dass ihr auf jeden Fall das Buch aus der Buchhandlung im Alleingang holen müsst. Ohne die Hilfe der erwachsenen Magier. Auf diese Weise konnten wir euch leichter überfallen und an das Buch gelangen.«

Nora sah, wie Jo schluckte. Offensichtlich konnte er sich nur mühsam beherrschen, der Institorierin nicht an die Gurgel zu gehen. »Hat nur leider nicht so ganz geklappt, was?«, fragte er zwischen zusammengebissenen Zähnen. »Trotz magischer Manipulationen und schlecht ausgeführter Schutzzauber hat euer komischer Verein es nicht geschafft, an das Buch zu kommen.«

Die Dame in Rot bohrte Jo ihren Fingernagel in die Haut und ließ dann von ihm ab. »Das spielt jetzt keine Rolle mehr.« Sie schritt zurück zur Tür. »Wir haben das Buch. Und wir haben ein paar Magier, an denen wir die Formel austesten können. Also ist alles gut ausgegangen.«

»Genauso ist es.«

Nora sah hoch. Diana und die Dame in Rot waren zur Seite getreten und hatten einem weiteren Neuankömmling Platz gemacht. Herrn Lehmkuhl.

Nora, die Herrn Lehmkuhl eigentlich alle möglichen unfreundlichen Dinge hatte sagen wollen, erstarrte bei dem Anblick, der sich ihr bot. Doch es war nicht ihr Nachbar, der Institorier, der ihr das Gefühl gab, als hätte jemand eine Schicht aus Eis um sie herum gezaubert. Ebenso wie Diana sah Herr Lehmkuhl im Grunde genauso aus wie immer. Die gedrungene Gestalt korrekt in Anzug und Krawatte gekleidet, sah er sie durch seine randlose Brille an. In seinen Augen lag ein Funkeln, das Nora nicht richtig deuten konnte und das ihr keinesfalls gefiel. Doch den eigentlichen Schock bot die Person, die sich neben ihn gestellt hatte.

Mark.

Wie ein Kronprinz neben dem König stand Mark neben seinem Vater, der einen Arm um ihn gelegt hatte. Und wahrscheinlich war es genau diese vertrauliche Geste, die Nora so störte an dem Bild. Herr Lehmkuhl hatte noch nie, seit Nora ihn kannte, vor irgendwelchen Leuten seine Zuneigung gegenüber seinem Sohn gezeigt. Nora war zwar immer davon ausgegangen, dass er Mark irgendwie mochte, denn immerhin hatte er bei der Scheidung von seiner Frau dafür gesorgt, dass er das Sorgerecht bekam. Doch insgeheim hatte sie Mark immer bedauert wegen seines gefühllosen, unnahbaren Vaters.

»Mark?«, fragte sie leise. Was hatte das zu bedeuten? Warum stand er hier so dicht neben seinem Vater? Warum unternahm er nichts? Sah er denn nicht, dass sie gefangen waren?

Mark sah hoch und sah Nora einen Moment lang durch seine Brille hindurch an. Er sah aus, als täte ihm alles furchtbar leid, und doch …

»Ja, Mark.« Herrn Lehmkuhls Stimme klang stolz, als er seinen Sohn näher an sich heranzog. »Ich hätte mir wirklich keinen besseren Mitarbeiter wünschen können. Durch ihn war ich stets ganz nah an der ganzen Familie Brix. Ich hatte alle Informationen, die ich wollte. Ich musste ihn nur fragen.«

Nora traute ihren Ohren nicht. Das konnte nicht wahr sein. Nicht auch noch Mark.

»Heißt das, du hast Nora die ganze Zeit etwas vorgespielt?«, fragte Jo. Er klang noch wütender als vorhin bei der Dame in Rot. »Genauso wie Diana bei uns?«

Mark sagte immer noch nichts, aber er schüttelte den Kopf und sah weiter zu Nora, als würde er um ihr Verständnis bitten.

»Das wäre doch ein wenig zu riskant gewesen«, erklärte Herr Lehmkuhl großmütig. »Schließlich war er noch ein Kind, als wir hierherzogen und die ganze Operation begann. Nein, Mark weiß erst seit zwei Tagen Bescheid. Doch er hat sich wunderbar in unsere Organisation eingefügt.«

Eingefügt? Nora blinzelte und betrachtete Mark noch einmal genauer. Doch ihr Freund stritt die Worte seines Vaters nicht ab. Hieß das etwa, dass er mit den Institoriern zusammenarbeitete? Dass er jetzt einer von ihnen war? Für einen Moment hatte Nora das Gefühl, dass jemand ihr in die Brust griff und versuchte, ihr Herz im Brustkorb herumzudrehen. Wahrscheinlich hatte Paula sich vorhin genauso gefühlt, als sie die Wahrheit über Diana erfahren hatte. Aber bei Diana konnte sie sich inzwischen vorstellen, dass sie eine Institorierin war. So unglaublich es klang, aber es ergab alles einen Sinn. Bei Mark hingegen passte diese Vorstellung hinten und vorne nicht. Es war einfach … falsch.

»Sie sind also tatsächlich unseretwegen in dieses Haus gezogen.« Bernds Stimme klang sachlich, als er sprach, doch Nora spürte die unterdrückte Wut. »Sie haben diese ganze Geschichte seit Ewigkeiten geplant.«

Herr Lehmkuhl wandte sich lächelnd an ihn. »Ach ja, Herr Brix. Oder soll ich lieber sagen, Herr Damborin? Die Institorier haben einen langen Atem. Wir können warten, bis sich die passende Gelegenheit für uns bietet.«

Nora zwang sich, den Blick von Mark abzuwenden. »Aber woher kannten Sie meinen Vater überhaupt?«, fragte sie. »Ich dachte, niemand kennt sich so richtig bei den Institoriern.«

Herr Lehmkuhl nickte anerkennend. »Richtig. Allerdings gilt das nicht mehr ab einer gewissen Ebene«, sagte er. »Ich war damals zwar noch nicht der Leiter unserer Organisation, aber doch beinahe. Natürlich muss das obere Management genau wissen, wen es einstellt. Wir nehmen unsere Mitarbeiter genauestens unter die Lupe. Und wenn sich Ungereimtheiten ergeben, beobachten wir sie.«

Der Leiter also! Matthias Lehmkuhl war Leiter der Institorier. Nora schnappte innerlich nach Luft und musste sich zusammenreißen, um sich nichts anmerken zu lassen.

»Und bei mir hatten sich Ungereimtheiten ergeben«, mutmaßte Bernd.

»Ganz genau«, erwiderte Herr Lehmkuhl. Er klang fröhlich und sogar ein bisschen beschwingt, als würde er sich darüber freuen, dass er sich nicht länger verstellen musste.

»Warum haben Sie ihn nicht einfach … festgenommen oder so etwas, wenn sie wussten, was los war?« Nora hatte eigentlich fragen wollen, warum sie ihn nicht umgebracht hatten, doch Herr Lehmkuhl lächelte wissend, als ob er ihre wahre Frage ahnte.

»Weißt du, abtrünnige Mitarbeiter … festzunehmen war über hunderte von Jahren unsere bewährte Strategie«, erklärte er im Plauderton. »Immerhin galt es, unsere Geheimnisse zu bewahren. Aber als ich die Leitung übernommen habe, habe ich ein bisschen frischen Wind in das Unternehmen gebracht. Ich habe das Potenzial erkannt, das uns die Abtrünnigen bieten.« Herr Lehmkuhl nahm die Hand von Marks Schulter und deutete auf Bernd. »Sieh dir nur das Beispiel deines Vaters an: Indem wir gewartet und ihn in Sicherheit gewiegt haben, hat er uns direkt zu der Formel geführt.«

»Und dann haben Sie diese Festung errichtet?« Nora wollte eigentlich ironisch klingen, doch im Grunde war dieses Wohnhaus genau das: eine Festung.

Herr Lehmkuhl zuckte mit den Schultern. »Es war nicht schwierig die beiden Nachbargebäude der Buchhandlung zu erwerben, aus einem davon eine Privatwohnung zu machen und aus dem anderen unsere Zentrale. Bedauerlicherweise hat deine Mutter unseren ursprünglichen Aufenthaltsort entdeckt, so dass wir gezwungen waren, umzuziehen. Andererseits hatten wir schon lange vorher damit begonnen, an einer magieabwehrenden Substanz zu arbeiten, insofern brauchten wir die Nähe von fließendem Wasser nicht mehr.« Er lächelte und breitete die Arme aus. »Durch all diese Wände fließt Aquasul, eine Substanz, die die Eigenschaften von fließendem Wasser imitiert und damit hervorragend zur Magieabwehr geeignet ist.«

»Und zur Einrichtung von Zauberergefängnissen«, murmelte Jo.

»Unter anderem.« Herr Lehmkuhl lächelte immer noch und deutete auf die Motorradfahrer. »Oder zur Einarbeitung in unsere Schutzkleidung. Absolut magieresistent, wie bei dem kleinen Vorfall in eurer Buchhandlung ausreichend bewiesen werden konnte.«

Kleiner Vorfall. Nora schnaubte. »Ja genau, dort haben Sie so getan, als hätten Sie Mark entführt.«

Herr Lehmkuhl nickte anerkennend zur Dame in Rot hinüber. »Ein Geistesblitz meiner geschätzten Mitarbeiterin, Katharina.«

Katharina? Nora runzelte die Stirn. Es war ihr nie in den Sinn gekommen, dass diese furchtbare Frau einen ganz gewöhnlichen Namen besaß. Cruella de Vil hätte wirklich besser gepasst. Auch wenn sie offenbar nichts gegen Dalmatiner, sondern gegen Hexen hatte. Katharina schien sich über das Lob ihres Chefs zu freuen. Zumindest grinste sie Herrn Lehmkuhl mit ihrem grellroten Mund an wie ein Clown. Wie ein Clown aus einem Stephen-King-Roman.

»Was haben Sie mit Maria gemacht?«

Nora drehte ihren Kopf. Ihr Vater war einen Schritt nach vorne getreten und stand nun direkt vor ihr. Aus den Augenwinkeln konnte sie erkennen, wie er seine Hände zu Fäusten geballt hatte. Fast im gleichen Augenblick, in dem Bernd nach vorne getreten war, hatte sich einer der Wächter bewegt und sich seitlich neben Herrn Lehmkuhl aufgebaut.

»Ach ja, die liebe Maria.« Herr Lehmkuhl zog die Stirn in Falten. »Sie hat uns ganz schön in Schwierigkeiten gebracht.« Dann holte er tief Luft und lächelte wieder. »Sie war eines unserer ersten Versuchskaninchen. Wir haben eine Reihe von Experimenten mit Aquasul an magisch begabten Menschen durchgeführt. Da wir nicht im Besitz von Institoris' Formel waren, versuchten wir auf andere Weise die Magie aus Hexen und Zauberern zu entfernen.« Er hob die Hände. »Allerdings stellte sich heraus, dass Aquasul verheerende Auswirkungen auf den menschlichen Organismus hat, wenn es injiziert wird. Leider.«

Obwohl er wissen musste, dass er keine Chance hatte, trat Bernd mit erhobener Faust auf Herrn Lehmkuhl zu. Sofort warf sich ihm der Motorradfahrer in den Weg und schlug ihn brutal auf den Betonboden. Nora wollte zu ihm eilen, doch der Motorradfahrer packte sie am Arm und hielt sie fest. Wie wild schlug sie um sich, doch sie hätte genauso gut gegen eine Litfaßsäule kämpfen können. Der Institorier schien ihre Schläge nicht einmal zu bemerken.

Herr Lehmkuhl schüttelte seine Arme und deutete dann auf Nora und Paula. »Jetzt ist es genug. Es wird Zeit, dass wir zum eigentlichen Sinn eures Besuches kommen. Ihr beide kommt mit mir mit.«

Bevor Nora ein weiteres Wort sagen konnte, wurde sie herumgerissen und aus der Zelle geschubst. Hinter ihr knallte mit einem ohrenbetäubenden Krach die Zellentür zu.

KAPITEL 14

»Hey, loslassen.« Paula war wohl treffsicherer bei ihren Tritten und Schlägen gewesen, denn als Nora sich zu ihrer Freundin umdrehte, sah sie, wie sich der Motorradfahrer, der sie aus der Zelle geführt hatte, krümmte und sich den Bauch hielt. Grimmig nickte Nora ihr zu und reckte den Daumen nach oben.

»Dieses kindische Verhalten nützt euch überhaupt nichts«, sagte Herr Lehmkuhl, der sie stirnrunzelnd beobachtete. »Ihr macht es euch nur unnötig schwer.« Er gab Mark und der Dame in Rot ein Zeichen, worauf sie stillschweigend den Flur hinunter verschwanden. Nora sah Mark hinterher. Er hatte die Augen stur auf den Boden vor sich gerichtet und folgte der Institorierin, ohne sich auch nur ein einziges Mal umzublicken.

»Ihr habt die Wahl.« Herr Lehmkuhl hatte sich vor ihnen aufgebaut, neben ihm stand Diana. Die beiden Motorradfahrer hielten Nora und Paula fest am Arm. »Entweder ihr folgt mir freiwillig und benehmt euch dabei einigermaßen gesittet. In dem Fall werde ich die beiden Wachen wegschicken.« Er machte eine kleine Pause. »Oder ihr zappelt weiter rum und versucht euch zu wehren, dann werdet ihr weiterhin von den

Wachen begleitet und ich kann nicht dafür garantieren, dass sie euch nicht wehtun werden.«

Paula verzog trotzig den Mund und steckte ihre freie Hand in die Hosentasche.

»Mach es dir doch nicht unnötig schwer, Paula«, sagte Diana leise. Paula warf ihr einen bösen Blick zu.

»Ich mach es mir schwer?«, fragte sie. »Wer hat mich denn überhaupt erst in diese miese Lage gebracht?«

Diana seufzte. »Lass die Wächter gehen, Matthias. Ich kümmere mich um die Mädchen, wenn es sein muss.«

Bei ihren Worten stellten sich Noras Nackenhaare auf. Diana tat immer noch so, als wäre sie um ihr Wohlbefinden besorgt. Aber tief in ihrem Inneren musste sie ein wirklich skrupelloser Mensch sein. Sie würde sich um sie kümmern! Wie sich das schon anhörte.

Immerhin nickte Herr Lehmkuhl etwas verdrießlich und entließ die beiden Wächter. »Dann kommt mal mit«, sagte er knapp und setzte sich in Bewegung. Nora und Paula warfen sich einen kurzen Blick zu und folgten ihm dann. Diana bildete das Schlusslicht.

»Wir haben wirklich keine Kosten und Mühen gescheut«, erzählte Herr Lehmkuhl munter, während er eine Treppe hinunterging. Nora staunte. Soweit sie es mitbekommen hatte, waren sie immer noch im Keller des Nachbarhauses. Offenbar gab es hier so etwas wie eine zweite Kelleretage, in die diese Treppe führte.

»Die Arbeit an unserem Abwehrsystem ist wirklich sehr aufwendig und teuer, das könnt ihr mir glauben«, fuhr Herr Lehmkuhl fort. »Zum Glück haben wir ein paar sehr großzügige Sponsoren in unseren Reihen, die von unserer Mission überzeugt sind. Auf diese Weise haben wir jede noch so kleine Toilette mit Magieabwehr ausgestattet, jede Fensterscheibe.« Er strahlte sie an. »Ihr könnt hier also überhaupt nichts ausrichten.« Sie liefen immer tiefer, bis die Treppe vor einer schweren Metalltür endete.

»Ich könnte auch ohne Aquasul nicht viel ausrichten«, murmelte Nora.

»Ah ja, ich weiß«, sagte Herr Lehmkuhl, ohne sich umzudrehen. »Du und deine Freundin seid nicht zufällig diejenigen, mit denen wir anfangen. Ihr beiden seid die Magier mit den größten magischen Problemen, nicht wahr?«

Fast gleichzeitig drehten Nora und Paula sich auf der Treppe um und sahen Diana wütend an. Die Magierin zuckte jedoch nur gleichgültig mit den Schultern, als würde sie sich darüber wundern, dass Nora und Paula sich aufregten. Und aus ihrer Sicht hatte sie wahrscheinlich recht, dachte Nora. Als Spionin war es ihre Aufgabe gewesen, Herrn Lehmkuhl mit allen wichtigen Informationen zu versorgen. Und dazu gehörte auch, wer im magischen Verein die größten Zauberkräfte besaß. Und wer die geringsten.

»Äh, womit fangen Sie denn überhaupt bei uns an?« Paula hatte sich wieder umgedreht und in ihrer Stimme schwang eindeutig Sorge mit. Nora konnte es ihr nicht verdenken. Paulas Frage hatte sie wieder zurück in die Gegenwart geholt und sie daran erinnert, dass Herr Lehmkuhl sie nicht zu einem gemütlichen Kaffeeklatsch aus der Zelle befreit hatte.

Der drehte sich um und lächelte die Mädchen an. »Könnt ihr euch das nicht denken?«, fragte er und zog einen altmodischen Schlüssel aus seiner Hosentasche.

Nora schluckte. »Sie wollen die Formel bei uns austesten«, sagte sie und wunderte sich selbst darüber, wie fest ihre Stimme klang. »Aber warum wollen Sie dafür zwei Hexen mit magischen Problemen?«

Herr Lehmkuhl schloss die Tür auf, betätigte einen Lichtschalter und deutete dann mit beiden Händen auf den dahinterliegenden Raum. »Das, meine Damen, werdet ihr gleich erfahren.«

Nacheinander betraten sie den Kellerraum, der eine Mischung aus Labor, Arbeitszimmer und Bibliothek war. Überall an den Wänden waren Bücherregale aufgebaut, in denen sich vor allem alte Bücher zu befinden schienen. An einer Seite stand ein Steintisch mit einer tiefen Spüle, so ähnlich, wie Nora sie aus ihrem Chemie-Klassenzimmer kannte. Dahinter stand ein Regal mit Bunsenbrenner, Reagenzgläsern und anderen Glasbehältern in verschiedenen Größen sowie eine ganze Reihe von braunen Flaschen, auf die mit handschriftlich versehenen Zetteln der Inhalt geschrieben war. In der Mitte des Raumes stand ein Schreibtisch, der auch bei den von Krummsteins hätte stehen können: Es gab keinerlei elektronische Geräte, nur eine Gaslampe, eine alte Schreibmaschine und ein altes Telefon. In der Mitte des Schreibtisches lag ihre kopierte Version des Hexenhammers.

»Ihr zwei seid die perfekten Versuchspersonen für uns, schließlich könnt ihr keine gefährlichen Hexereien durchführen.« Herr Lehmkuhl breitete seine Arme aus. »Und außerdem kann ich euch gefahrlos diesen Raum hier vorführen«, sagte er und sah bedeutungsvoll in das Zimmer hinter sich. »Wir haben einen Raum eingerichtet, in dem gezaubert werden kann. Unter Laborbedingungen, selbstverständlich. Für diesen Raum wurde eigens eine neue Kellerebene ausgehoben, damit es keine Rückkopplungen mit der darüber liegenden Magieabwehr gibt.«

Nora sah sich um. »In diesem Raum kann man zaubern?«, fragte sie irritiert. Wozu sollte das denn gut sein? Vorsichtig prüfte sie, ob sie einen Unterschied bemerkte zu den anderen, magieabwehrenden Räumen, doch der direkte Zugriff auf ihre Zauberkraft war weiterhin versperrt. Vielleicht könnte sie sich in Wut reden, damit ihre Magie von allein tätig wurde. Das dürfte in ihrer Situation doch nicht allzu schwer sein. Sie sah zu Paula. Ihre Freundin hatte die Augen geschlossen und schien einen ähnlichen Plan zu verfolgen wie Nora, denn sie versuchte, unauffällig ihre Arme zu heben.

»Na, na, na«, sagte Herr Lehmkuhl tadelnd und Paula ließ ihre Arme sofort wieder fallen und öffnete die Augen. »Ganz so blauäugig bin ich dann doch nicht, Nora. Ich verlasse mich nicht darauf, dass ihr eure Magie nicht im Griff habt. Nein, für den Fall der Fälle steht Diana direkt hinter euch und wird einschreiten, sollte das nötig sein.«

Nora drehte ihren Kopf und überzeugte sich selbst von der Anwesenheit der schulterzuckenden Verräter-Gabi hinter ihr.

Yep, keine Chance, sich magisch zu wehren. Selbst wenn sie es könnte.

»Und warum haben Sie so einen Raum? Damit Diana nicht aus der Übung kommt?«

Aus den Augenwinkeln sah sie, wie Diana den Mund verzog. Herr Lehmkuhl ging nicht darauf ein. Er schritt um den Schreibtisch herum und beugte sich über die Kopien. Er rollte verzückt mit den Augen, wie ein Vater, der sein neugeborenes Baby betrachtete. »Auf diesen Augenblick habe ich mein Leben lang hingearbeitet. Heinrich Institoris' Meisterwerk endlich in meinen Händen. Seine … Formel, an der er selbst die meiste Zeit seines Lebens gearbeitet hat. Die Möglichkeit, magisch begabten Menschen ihre Magie zu entziehen.« Er hielt kurz inne und hob den Kopf. »Nun ist es endlich möglich, die Formel zu reproduzieren und zu testen.«

Er strahlte Nora und Paula an. »Für diese Versuche ist es notwendig, eine Umgebung zu schaffen, in der die Magier grundsätzlich auf ihre Magie zurückgreifen können.« Er breitete seine Arme aus. »Wir müssen schließlich wissen, ob unsere Experimente funktionieren. Nur für diesen Anlass wurde dieser Raum also eingerichtet.« Er verzog den Mund ein wenig und warf einen flüchtigen Blick durch den Raum. »Obwohl er über die Jahre zu einer Art Abstellkammer geworden ist.«

Nora fröstelte. Jetzt war es amtlich. Sie und Paula sollten als Versuchskaninchen herhalten, damit man die Formel von Institoris an ihnen testen konnte. Ihnen sollte die Magie entzogen werden.

»Was ist mit dir, Diana?« Paula hatte sich wieder zu ihrer ehemaligen Lehrerin umgedreht. Aus ihrem Gesicht war jegliche Wut gewichen. Sie sah einfach nur ungläubig aus. »Willst du dir auch die Magie entziehen lassen? Freiwillig? Oder schaust du nur gerne zu, wie das bei anderen passiert?« Sie hob die Hände. »Warum, Diana? Was haben wir dir getan, dass du zu diesen Typen übergelaufen bist? Ausgerechnet!«

Einen Moment lang glaubte Nora, dass Diana weiterhin schwieg. Dass sie ihnen niemals verraten würde, was ihre Motive waren. Doch dann entspannte sich ihre Körperhaltung ein wenig und sie warf einen kurzen Blick zu Herrn Lehmkuhl, der ihr aufmunternd zunickte.

»Hast du eine Ahnung, wie es ist, als Frau Berglunds Assistentin zu arbeiten?«, fragte Diana leise. »Kannst du dir vorstellen, was es bedeutet, Tag für Tag herumkommandiert und durch die Weltgeschichte geschickt zu werden, ohne eine eigene Meinung haben zu dürfen? Und dabei das eigene magische Talent völlig zu vernachlässigen?« Sie holte tief Luft, als müsse sie sich selbst ein bisschen beruhigen und Nora sah sie perplex an. Das war es also? Diana war unzufrieden bei Frau Berglund?

»Am Anfang war ich wahnsinnig stolz, als Frau Berglund mich fragte, ob ich ihre Assistentin werden will. Doch schon nach ein paar Wochen merkte ich, dass sie keinesfalls eine fähige Hexe an ihrer Seite brauchte, die selbst Verantwortung im magischen Verein übernehmen wollte. Nein, ich war die Praktikantin, die Kaffeekocherin, diejenige, die verwöhnte, unfähige Hexenkinder unterrichten musste. Ich arbeitete für eine total egozentrische alte Frau, die sämtliche unliebsamen Aufgaben auf mich ablud.« Sie verzog den Mund und Nora hatte den Eindruck, als würde sie am liebsten auf den Boden spucken. »Und wenn ich es wagte, meine Ambitionen im magischen Verein auch nur zu erwähnen, dann lachte sie. Lachte mich einfach aus. Sagte, ich müsse noch viel lernen und dass Verantwortung eben auch viel Arbeit bedeutete.«

Nora runzelte die Stirn. »Und hier, äh, hat man deine Ambitionen ernster genommen, oder was?« Sie konnte immer noch nicht begreifen, warum sie ausgerechnet zu den Institoriern gegangen war. Gab es für karriereorientierte Hexen keine Alternative zum magischen Verein? Mussten sie unbedingt zu den Feinden überlaufen?

Herr Lehmkuhl schaltete sich ein. »Hier haben wir ihr Potenzial zumindest erkannt und ihr die Möglichkeiten geboten, dieses vollständig zu entfalten.«

»Das Potenzial, andere Leute zu quälen und um die Ecke zu bringen«, murmelte Nora leise, doch Diana hatte sie gehört.

»Davon verstehst du nichts«, sagte sie abfällig und richtete sich wieder auf. Offensichtlich war ihr aufgefallen, dass sie sich bereithalten musste, falls eine von ihnen zauberte. Zumindest hob sie die Arme auf halbe Höhe, so dass sie jederzeit einen magischen Gegenschlag ausführen konnte.

»Dann erklär es uns«, sagte Paula. Der fassungslose Ausdruck in ihrem Gesicht war verschwunden und hatte unterdrückter Wut Platz gemacht. »Ich verstehe es nämlich auch nicht. Wenn es dir nur um Macht geht, wieso musst du dann für diese Hexenjäger arbeiten? Wie kannst du dein magisches

Potenzial entfalten in einem Haus, in dem nur in einem einzigen Raum gezaubert werden kann?«

Diana lächelte. »Die Antwort wirst du in wenigen Minuten selbst herausfinden.«

Während Nora und Paula sie verständnislos anstarrten, fing Herr Lehmkuhl hinter seinem Schreibtisch an zu kichern. »Ich würde sagen, sie werden es schon in wenigen Sekunden herausfinden.« Nora drehte sich zu ihm um und sah, wie er grinsend die Arme hob.

»Consilescere!«

Nora spürte einen leichten, warmen Lufthauch an ihrem Gesicht vorbeiziehen und hatte plötzlich das Gefühl, als ob Watte in ihren Ohren steckte. Alles wirkte mit einem Mal ein wenig gedämpft und sie konnte nur noch Geräusche aus ihrer unmittelbaren Umgebung wahrnehmen. Nicht dass es in diesem Verlies vorher laut gewesen wäre. Aber jetzt musste sie sich anstrengen, um etwas zu hören. So als hätte jemand einen Schalter umgelegt. Genauer gesagt, als hätte Herr Lehmkuhl einen Schalter umgelegt.

Wie war das möglich?

Perplex sah sie zu Paula, die Herrn Lehmkuhl mit großen Augen anstarrte. Nora folgte ihrem Blick. Herr Lehmkuhl hatte die Hände wieder gesenkt und sah sich mit einem zufriedenen Grinsen im Gesicht um, so als wäre ihm soeben ein außerordentlicher Coup gelungen.

»Sie sind ein Zauberer?«

Nora verstand die Welt nicht mehr. Sie hatten doch vor ein paar Stunden erst herausgefunden, dass Herr Lehmkuhl ein Institorier war. Und nicht irgendein Institorier, sondern der höchste, böseste und mächtigste von allen Institoriern! Und auch, wenn Nora erst seit ein paar Tagen wusste, was es mit dieser Gruppe auf sich hatte, so war ihr völlig klar, dass diese

Typen zur Gegenseite gehörten. Zu den Hexenjägern. Zu denjenigen, die Leute mit magischer Begabung jagten.

Und die mit Sicherheit nicht selbst zaubern konnten.

Und doch … Sie war überzeugt davon, dass es nicht Diana gewesen war, die den Zauber gewirkt hatte, der zu einer Dämpfung aller Geräusche geführt hatte. Es war eindeutig Herr Lehmkuhl gewesen. Nora schüttelte den Kopf. Hatte sie irgendwas verpasst?

Herr Lehmkuhl strahlte sie immer noch an. Ihre Verwirrung schien ihm Spaß zu machen.

»Da staunst du, was?«, fragte er schließlich und Nora spürte, dass er darauf brannte, endlich jemandem die Wahrheit sagen zu können. Also, irgendjemandem außer Diana, denn so wie die Magierin aussah, war das alles hier für sie keine Überraschung.

»Sie sind ein Zauberer?« Diesmal stellte Paula die Frage. Offensichtlich war auch sie völlig perplex.

Herr Lehmkuhl lachte. »Ja, meine Damen. Ich bin ein Zauberer.« Er hob die Arme erneut und richtete sie auf eine Kerze, die vor ihm auf dem Schreibtisch stand. »Conflabellare«, sagte er und eine kleine Flamme erschien.

Nora stöhnte. Das war alles noch viel verwickelter, als sie angenommen hatte. Reichte es nicht, dass sie eine Hexe war und Herr Lehmkuhl ein böser Mensch, der Hexen hasste? War es nicht schon kompliziert genug, dass Diana als eine Hexe bei diesem Verein mitmachte? Musste es noch einmal komplizierter werden?

»Weiß irgendjemand davon?«, fragte Nora. Inzwischen hatte sie das Gefühl, dass sie nichts mehr überraschen würde. Vielleicht stellte sich ja heraus, dass die gesamte Organisation der Institorier im Grunde eine Gruppe von bösen Magiern war. Und diese ganze Hexenjäger-Attitüde war nur Tarnung.

»Was? Du meinst Katharina und meine anderen Untergebenen?« Er nickte einmal in Richtung Tür. »Sie sind keine Magier. Und sie haben keinen blassen Schimmer, dass ich einer bin. Nein, die Einzige, die über meine wahre Identität Bescheid weiß, ist unsere liebe Diana hier.« Er betrachtete Nora und Paula. »Und jetzt ihr, natürlich.«

»Und die anderen haben nie etwas gemerkt?« Paulas Stimme klang ungläubig und auch Nora konnte sich nicht vorstellen, wie Herr Lehmkuhl ein solches Geheimnis bewahrt hatte. Auch wenn er seine Magie noch so gut beherrschte, es musste ihm doch mal ein ungewollter Zauber herausgerutscht sein. Und die Elektronik musste in seiner Gegenwart zumindest zeitweise verrückt gespielt haben.

Herr Lehmkuhl lächelte und breitete seine Arme aus. »In dieser magieresistenten Festung? In einem Haus, in dem Magie unterdrückt wird? Wie hätte hier irgendjemand etwas merken sollen?«

Okay, da hatte er natürlich recht. Er hatte sich selbst die perfekte Tarnung gebaut.

Nora stieß die Luft aus. »Und warum?«, fragte sie. »Ich meine, Sie wissen schon, dass es für Leute wie Sie einen extra Verein gibt. Den *magischen* Verein. Sie müssen nicht heimlich bei diesen Leuten mitmachen, um Freunde zu finden.«

»Sehr witzig.« Herr Lehmkuhl verzog den Mund. »Aber mach dich ruhig lustig. Das ist mir egal. Das ist uns egal. Schließlich war schon unser Gründer, Heinrich Institoris, selbst ein Zauberer.«

Das wurde ja immer schöner. Nora und Paula sahen sich einen Moment lang sprachlos an.

»Äh, nein«, sagte Paula dann vorsichtig. »War er nicht. Er war ein Hexenjäger. Er hat den Hexenhammer geschrieben.« Sie deutete auf die Kopien vor Herrn Lehmkuhl.

Herr Lehmkuhl winkte ab. »Natürlich war er ein Hexenjäger. Kannst du dir eine bessere Tarnung für eine magisch begabte Person vorstellen als einen besessenen Hexenjäger? Und habt ihr euch den Hexenhammer eigentlich einmal durchgelesen? All dieser Schwachsinn, der dort über Hexen verbreitet wird? Wenn man sich an den Hexenhammer hält, wird man nie im Leben eine richtige Hexe finden und zur Strecke bringen können.«

Nora verschränkte ihre Arme vor der Brust. »Und deshalb hat er diesen Verein gegründet? Um sich zu verstecken? Ist das nicht ein bisschen übertrieben? Und moralisch zumindest fragwürdig – ich meine, seinetwegen sind doch haufenweise Unschuldige gefoltert und ermordet worden.«

»Natürlich war die Tarnung nicht der einzige Grund«, erwiderte Herr Lehmkuhl. Nora fiel auf, dass er die Frage nach der Moral nicht beantwortete. »Er war tatsächlich daran interessiert, Hexen ausfindig zu machen. Mit seinem Wissen über Hexen ist ihm das vereinsintern auch gelungen. Er wusste schließlich, auf welche Anzeichen er achten musste. Andererseits ist es gar nicht so leicht, Hexen zu finden, die nicht gefunden werden wollen.« Er lächelte gequält. »Eine Tatsache, der auch ich mich beugen musste.«

Nora hob die Hand. »Ja aber, was war denn der Grund? Warum hat er überhaupt angefangen Hexen zu suchen?« Sie war immer noch nicht überzeugt von Herrn Lehmkuhls fixer Idee.

»Warum?« Die Augen von Herrn Lehmkuhl fingen an, leicht manisch zu leuchten. »Heinrich Institoris war ein Genie. Er hat viel mit Magie experimentiert und selbst atemberaubende Dinge zustande gebracht. Außerdem hat er bei anderen Magiern Experimente durchgeführt. Er hat es geschafft, die Magie anderer Zauberer nicht nur anzuzapfen, sondern ihnen diese langfristig zu entziehen und mit seiner eigenen zu koppeln. Auf diese Weise konnte er die anderen Magier schwächen und selbst der mächtigste Magier aller Zeiten werden.«

Nora wurde schlecht. Eine dunkle Ahnung hatte sie bei Herrn Lehmkuhls Worten beschlichen.

»Das Buch«, murmelte sie und starrte auf die Kopien, auf die Herr Lehmkuhl seine Hände gestützt hatte. »Es ist gar keine Formel, Paula. Es ist ein Zauber. Ein magisches Ritual.« Sie dachte einen Moment lang nach. »Deshalb hat deine Mutter nicht alle Symbole erkannt. Weil sie Teil des Rituals waren und nicht zu der alchemistischen Formel gehörten.« Sie stöhnte auf. »Es ist ein Zauber, mit dem Herr Lehmkuhl uns unsere Magie entziehen und seiner eigenen hinzufügen kann.«

Herr Lehmkuhl lächelte. »Und nicht nur meiner.« Er warf Diana einen liebevollen Blick zu. »Ich bin bereit, meine Macht mit ausgewählten magischen Menschen zu teilen.«

Nora drehte sich zu Diana um, die immer noch reglos hinter ihnen stand. Das war es also. Das war der Grund, warum Diana zu den Institoriern übergelaufen war. Hier hatte sie die Möglichkeit, ihre magischen Fähigkeiten zu vergrößern und eine wahnsinnig mächtige Hexe zu werden. Was auch immer sie mit dieser Macht anfangen wollte.

Herr Lehmkuhl raschelte mit den Kopien und holte tief Luft. »Diana, meine Liebe«, sagte er ruhig. »Ich denke, es ist Zeit, dass du gehst. Ich möchte nicht, dass du versehentlich ebenfalls getroffen wirst.«

Diana sah einen Moment lang unentschlossen aus. »Bist du sicher?«, fragte sie.

Herr Lehmkuhl nickte. »Aktiv können die beiden nichts gegen mich ausrichten«, sagte er. »Und falls die hier«, er deutete auf Nora, »zu emotional wird, dann komme ich damit schon zurecht.« Er zwinkerte ihr verschwörerisch zu. »Ich habe einen kleinen Beruhigungszauber über sie gelegt.«

Nora runzelte die Stirn. Er hatte was? Einen Beruhigungszauber über sie gelegt? Hm, das erklärte, warum sie nicht in Panik verfallen und den Raum noch nicht in Schutt und Asche gelegt hatte.

Diana warf einen durchdringenden Blick auf Nora, nickte dann knapp und verließ das Zimmer, ohne etwas zu sagen.

»Meine Lieben, macht es euch bequem.« Herr Lehmkuhl krempelte seine Ärmel hoch und beugte sich wieder über den Hexenhammer.

»Aber das können Sie doch nicht machen«, rief Paula verzweifelt. »Sie können uns doch nicht einfach die Magie entziehen!« Sie machte einen großen Schritt nach vorne an den Schreibtisch heran und hob die Arme, so als wollte sie das Buch einfach vom Tisch fegen.

Herr Lehmkuhl machte eine fast beiläufige Bewegung mit dem linken Arm.

»Subsistere«, sagte er und Paula blieb wie festgefroren mitten in der Bewegung stehen. »Ponere.«

Ehe Nora begriff, was geschehen war, flog Paula an ihr vorbei und landete unsanft auf ihrem Po, kurz vor der Tür. Sie verzog schmerzhaft den Mund und zog die Knie an sich. Nora stürzte auf sie zu und beugte sich zu ihr herunter, um zu sehen, ob es ihr gut ging.

»Solche Versuche sind absolut überflüssig«, sagte Herr Lehmkuhl, ohne vom Buch aufzusehen. »Sie verzögern die Prozedur ein wenig, aber mehr auch nicht. Und außerdem führen sie dazu, dass ich dem Ritual vielleicht den ein oder anderen Schmerzzauber hinzufügen werde.« Endlich hob er den Kopf und sah sie aus schmalen Augen an. »Haben wir uns verstanden?«

Nora und Paula sahen trotzig zurück, nickten aber beide nach ein paar Sekunden. Herr Lehmkuhl zog eine Augenbraue hoch und beugte den Kopf wieder über das Buch. »Na also«, sagte er leise und fing dann an, vor sich hinzumurmeln.

Paula sah Nora aus großen Augen an. »Was sollen wir machen?«, fragte sie flüsternd und Nora konnte die Panik in ihrer Stimme erkennen, die ihr selbst immer noch fehlte. Erst jetzt wurde ihr bewusst, wie komisch es vermutlich war, dass sie sich angesichts ihrer Lage nicht vor Angst in die Hose machte.

»Er nimmt uns unsere Magie.«

Nora nickte und dachte fieberhaft nach. Sie sah sich im Raum um und suchte nach einer Möglichkeit, mit der man Herrn Lehmkuhl ausschalten konnte. Der oberste Institorier war inzwischen ganz in den Zauberspruch vertieft, der glücklicherweise eine gewisse Vorbereitungszeit zu beinhalten schien. Unglücklicherweise hatte Nora keine Ahnung, wie viel Zeit ihnen blieb, bis der Spruch wirkte und sie vielleicht für immer von ihren Zauberkräften trennte. Sie sah zu dem kleinen Experimentiertisch hinüber und zu den vollgestopften Bücherregalen. Dort gab es jede Menge Gegenstände, die man auf Herrn Lehmkuhl werfen könnte, aber sie wäre nie im Leben schnell genug. Herr Lehmkuhl hätte sie in der Zwischenzeit mindestens dreimal ausgeknockt. Und einfach so auf ihn loszugehen, mit bloßen Fäusten, würde ihnen auch nicht weiterhelfen. Herr Lehmkunl würde sie ohne zu zögern in die hinterste Ecke des Zimmers katapultieren, so wie er es vorhin mit Paula gemacht hatte.

Nora schloss die Augen. Wenn sie doch nur einmal Zugriff auf ihre Magie hätte. Oder wenn Paula mehr ausrichten könnte, als einen Bleistift ein paar Zentimeter zu bewegen. Gut, Paula konnte tatsächlich mehr ausrichten – wenn sie sich umdrehte, könnte sie im hinteren Teil des Raumes möglicherweise einiges an Zerstörung erreichen ... Nora öffnete die Augen wieder und sah zu Paula, die sie gespannt anstarrte. Herr Lehmkuhl konnte nichts von Paulas eigentlichen magischen Kräften wissen, da Diana nicht darüber informiert war. Sollten sie es probieren und Paula mit dem Rücken zu Herrn Lehmkuhl zaubern lassen? Andererseits hatte Paula keine Kontrolle darüber, was hinter ihrem Rücken passierte. Es konnte also sein, dass ein Bücherregal umkippte, ohne dass Herr Lehmkuhl davon getroffen wurde. In jedem Fall würde Herr Lehmkuhl relativ schnell wissen, was los war und sie wären ihren Vorteil los.

Nora warf einen Blick auf Marks Vater und sah, wie dieser die Arme immer höher streckte und konzentriert auf die Kopien sah. Sie spürte, dass jetzt ihre einzige Chance war, um etwas zu unternehmen, da sich Herr Lehmkuhl so auf seinen Spruch konzentrierte. Wieder schloss sie die Augen. Sie dachte an Paulas Magie, die immer nach hinten losging. Und an ihre eigene Magie. Sie versuchte, sich an die Situationen zu erinnern, in denen sie bewusst gezaubert hatte. Sie hatte die Unterstützung einer anderen magisch begabten Person benötigt. Und sie hatte die Magie, die sie in ihrem Bauchraum gespürt hatte, direkt in ihren Zauberspruch fließen lassen. Allerdings war diese Strategie nicht sinnvoll gewesen, da zu viel Magie auf diese Weise verloren ging.

Moment mal.

Nora öffnete die Augen. Diese Geschichte, dass sie ihre Magie nicht im Bauch suchen sollte, hatte Diana ihr erzählt. Diana. Die Verräterin. Die Person, die auch Paula und Jo diese furchtbar miserablen Tipps in Sachen Zauberei gegeben hatte. Ha! Bestimmt hatte Diana ihr absichtlich falsche Informationen gegeben, damit sie keine Kontrolle über ihre Magie bekam. Ein triumphierendes Grinsen schlich sich auf Noras

Gesicht, das Paula zu einem Stirnrunzeln veranlasste. Doch Nora wusste, dass ihnen keine Zeit für lange Erklärungen blieb.

»Wie heißt der Spruch für *brennen*?«, fragte sie wispernd. Paula sah sie fragend an.

»Schnell«, sagte Nora, »ich habe einen Plan.«

»Flagare«, flüsterte Paula mit großen Augen.

»Und für *schießen*?«

»Jaculari.«

Nora nickte. »Dreh dich um und versuch, ein Buch herbeizuzaubern«, sagte sie leise und wandte kurz den Kopf, um zu prüfen, ob Herr Lehmkuhl immer noch in seinen Zauberspruch vertieft war. Der Institorier hatte seine Position nicht verändert, doch seine Stimme war lauter geworden. Paula sah sie fragend an, sagte jedoch nichts und folgte ihrer Anweisung.

Nora wartete, bis Paula in Position war und ihre Hände leicht vom Boden gehoben hatte. Wenn Herr Lehmkuhl jetzt aufschaute, würde er sich wahrscheinlich wundern, deshalb wartete Nora nicht lange, sondern fing sofort an. Sie ging in die Hocke und legte ihre rechte Hand auf Paulas Rücken. Einen Moment lang befürchtete sie, dass sie falsch gelegen hatte, doch dann war sie da.

Ihre Magie.

Sie spürte ganz genau, wie Paulas Magie durch ihren Rücken floss und in ihre Hand überging. Und als ob allein diese Berührung einen Hebel in Noras Körper umgelegt hatte, spürte sie plötzlich auch wieder ihre eigene Magie. In ihrem Bauch.

Es funktionierte.

Ohne zu zögern streckte sie den linken Arm aus und deutete auf die Kopien. »Flagare«, rief sie. Der kopierte Hexenhammer ging in Flammen auf, die Herrn Lehmkuhl ins Gesicht schlugen. Der Institorier schrie auf und hielt die Hände vor die Augen, doch Nora sah sich dieses befriedigende Spektakel nicht lange an, sondern deutete mit der linken Hand auf den Experimentiertisch.

»Jaculari«, rief sie und augenblicklich schossen der Bunsenbrenner, die Reagenzgläser und die anderen Gegenstände auf Herrn Lehmkuhl zu, der immer noch schreiend hinter dem Schreibtisch auf und ab hüpfte.

Nora grinste. Vielleicht waren sie und Paula für sich allein genommen die unbegabtesten Hexen auf der ganzen Welt, doch im Team konnten sie sich eindeutig sehen lassen. Sie richtete ihren Arm auf eines der Regale. »Jaculari«, rief sie erneut und schleuderte ganze Buchreihen auf Herrn Lehmkuhl.

Sie konnte nicht sagen, was den obersten Institorier letztendlich k.o. schlug, aber das war ihr auch egal. Irgendwann gab es einen lauten Knall und Herr Lehmkuhl lag bewusstlos auf dem Boden.

»Äh, wie heißt der Spruch für *löschen*?«, fragte Nora leicht panisch. Offensichtlich ließ mit Herrn Lehmkuhls schwindendem Bewusstsein auch dessen Beruhigungszauber nach. Zumindest spürte Nora Panik beim Anblick der Flammen in sich aufsteigen, die nun anfingen, von den brennenden Kopien auf die Bücher überzuspringen.

»Extinguere«, murmelte Paula mit gepresster Stimme. Offensichtlich arbeitete sie nach wie vor hochkonzentriert an ihrem Zauber.

»Extinguere«, rief Nora und die Flammen erloschen.

»Wir haben es geschafft!«, rief Nora und ließ Paulas Rücken los. »Wir haben —«

Doch in dem Moment öffnete sich die Tür und Diana stürzte herein.

Nora vermutete, dass auch der Abschirmungszauber mit Herrn Lehmkuhls Ohnmacht seine Kraft verloren hatte und Diana, die offensichtlich vor der Tür gewartet hatte, daraufhin den Lärm im Inneren vernommen hatte. Einen Moment lang blieb die Magierin perplex im Raum stehen und sah sich suchend um. Wahrscheinlich fragte sie sich, wo ihr Herr und Meister steckte, dachte Nora, deren Hand schnell wieder den Rücken von Paula suchte. Dianas Fassungslosigkeit würde bestimmt nicht allzu lange andauern und sie mussten ihr unbedingt zuvorkommen.

Doch noch bevor sie sich einen passenden Spruch überlegen konnte, passierten mehrere Dinge gleichzeitig.

Es drang ein ohrenbetäubendes »Nein!«, aus Dianas Kehle, so dass Nora für einen Augenblick glaubte, die Magierin hätte ihre Stimme magisch verstärkt. Im gleichen Moment spürte Nora, dass sich ihre Magie selbstständig machte, um sie vor dem Lärm zu schützen. Sie konnte nicht genau sagen, woran es lag, denn sie hatte Paulas Rücken noch nicht wieder berührt. Doch sie spürte genau, dass sich ihre Magie im Inneren regte.

Diana, die ihren Mund immer noch zu einem lauten Schrei geöffnet hatte, fing plötzlich an zu husten und zu würgen, als ein halbverkohlter Papierball mit voller Wucht in ihren Mund flog. Sofort begann sie, die Papierfetzen wieder herauszufriemeln, als die Tür erneut aufging und ein seltsamer Rettungstrupp in das Labor stürmte.

Angeführt wurde er von Frau Berglund, die mit aufgelöstem Dutt und erhobenen Armen auf Diana zurannte. Eine Sekunde später lag Diana gefesselt und mit einem professionelleren Knebel als ihrem Papierball versehen auf dem Boden und wand sich dort wie eine Schlange. Direkt hinter Frau Berglund taumelten zwei Personen herein, die Nora nicht kannte, bei denen es sich jedoch ihrem Verwesungszustand nach zu urteilen um zwei Zombies handeln musste. Hinter den Leichen trat Gregor ein, diesmal wieder in seinen Ringgeist-Umhang gehüllt, und dirigierte die beiden untoten Diener direkt auf den immer noch bewusstlosen Herrn Lehmkuhl zu, wo sie sich breitbeinig vor ihm aufbauten.

»Nora!« Eine Stimme riss sie von dem interessanten Anblick der Zombies los und ließ sie zur Tür blicken. Ausgerechnet ihre Mutter und Mark kamen ins Labor gerannt. Im Gegensatz zu den anderen Magiern, die noch folgten, liefen sie direkt auf Nora zu und zogen sie in ihre Arme.

»Oh Gott, Nora«, schluchzte Luisa und drückte sie so fest, dass Nora schwindelig wurde. »Geht es dir …, ist alles …, bist du in Ordnung?«

Noras erster Impuls war es »Ja, natürlich!«, zu rufen. Denn es war ja wirklich alles in Ordnung und außerdem wollte sie die aufgebrachte Luisa unbedingt beruhigen. Doch seltsamerweise kamen ihr die Worte nicht über die Lippen. Sie spürte, wie ihre Knie langsam weich wurden und alles vor ihren Augen verschwamm. Obwohl sie überhaupt keine Erfahrung mit diesen Dingen hatte, wusste sie, dass sie gerade eine Grenze überschritten hatte, was den Einsatz von Magie betraf. Sie hatte einfach ein bisschen zu viel gezaubert.

Sie bemerkte noch, wie sich die Tür ein weiteres Mal öffnete und ihr Vater und Jo in den Raum stürzten, bevor ihr endgültig schwarz vor Augen wurde und sie zu Boden sank.

KAPITEL 15

Als Nora erwachte, lag sie im Haus der von Krummsteins. Genauer gesagt im Wohnzimmer, auf einem der schweren, gemütlichen Sofas, eingepackt in Wolldecken und Kissen. Im Kamin knisterte ein warmes Feuer und auf dem Tisch dampfte eine Kanne heißer Kakao vor sich hin. Sie schaute nach oben und sah in die grinsenden Gesichter von Paula und Jo, die sich von hinten über die Rückenlehne gebeugt hatten. Als sie sahen, dass Nora wach war, stürmten sie um das Sofa herum und quetschten sich neben sie.

»Endlich«, rief Paula und umarmte Nora so heftig, dass diese befürchtete, vom Sofa zu fallen.

»Was ist passiert?«, fragte sie ächzend und schob sich behutsam wieder hoch.

»Ach, du hast einfach ein bisschen viel Magie auf einmal angewendet«, erklärte Paula strahlend. »Das hat dich ausgeknockt.«

Nora rieb sich den dröhnenden Kopf. So langsam kamen die Erinnerungen wieder. Sie hatte Herrn Lehmkuhl unter einem Stapel von Büchern begraben. Dann hatte sie Diana überwältigt. Die ganzen Leute waren hereingestürmt. Und dann …

»Was ist mit Herrn Lehmkuhl?«, fragte sie. Das musste sie unbedingt wissen. »Und mit den anderen Institoriern?«

»Die Institorier sind alle bei der Polizei«, erklärte Jo nach einem kurzen Zögern. »Das ganze Haus wurde hochgenommen und sämtliche Institorier verhaftet. Immerhin hatten sie Zellen in ihrem Keller und haben dort Leute eingesperrt. Das müssen sie erst einmal erklären können.«

Nora runzelte die Stirn. »Die Institorier«, wiederholte sie und sah dabei zwischen Jo und Paula hin und her, die ihrem Blick auswichen. »Meint ihr damit auch Herrn Lehmkuhl und Diana?«

Jo warf Paula einen kurzen Blick zu und seufzte dann. »Nein«, sagte er grimmig. »Sie konnten beide entkommen. Frau Berglund hat die Polizei gewarnt, dass sie sie nicht mitnehmen sollten, weil sie gefährlich sind, aber natürlich hat man ihr nicht geglaubt. Na ja, und für begabte Magier wie Diana und Herrn Lehmkuhl ist es natürlich nicht schwer, der nicht-magischen Polizei zu entwischen. Frau Berglund hat vorhin davon erfahren, dass Diana und Herr Lehmkuhl geflohen sind.«

Nora ließ ihren Kopf tiefer ins Kissen sinken. Das durfte doch nicht wahr sein. Da hatten sie all diese Strapazen überstanden, hatten es geschafft, die obersten Bösewichter zu überwältigen, nur damit die gleich wieder entwischen konnten.

»Aber immerhin haben sie jetzt keine Basis mehr, von der aus sie operieren können, oder?«, fragte sie hoffnungsvoll und hob den Kopf ein wenig an. »Ich meine, die Institorier sind doch jetzt besiegt. Oder nicht?«, fügte sie hinzu, als sie Jos Blick bemerkte.

»Bisher hat man lediglich die Institorier festgenommen, die sich in dem Gebäude befanden. Aber Frau Berglund meint, dass es sich bei den Institoriern inzwischen um eine international operierende Organisation handeln müsse und es würde sie wundern, wenn wir sie mit unserer Aktion völlig zerschlagen hätten. Aber zumindest haben wir ihnen ganz schön schaden können.«

Nora seufzte. Das wäre ja auch zu schön gewesen.

»Wie sind Frau Berglund und die anderen eigentlich so schnell zu den Institoriern gekommen?«, fragte sie neugierig. »Und wie konntet ihr aus der Zelle entkommen?«

Jo schwieg einen Moment und warf dann einen finsteren Blick zur Tür. »Ich glaube, das ist dein Stichwort«, rief er laut und die Tür öffnete sich vorsichtig.

»Mark!« Ihr Freund stand etwas verlegen im Türrahmen, doch er lächelte Nora an. Er sah ganz aus wie immer, die blonden Haare verstrubbelt und die Brille schief auf der Nase. Noch nie hatte Nora sich so gefreut, ihn zu sehen.

Langsam kam er zum Sofa.

»Tja, sieht aus, als wäre der Typ doch die ganze Zeit auf unserer Seite gewesen«, murmelte Jo, wobei sein Blick immer noch finster war. Paula hingegen klang geradezu überschwänglich, als sie ein Stück zur Seite rutschte und Mark Platz auf dem Sofa machte.

»Er hat deine Mutter und Frau Berglund benachrichtigt«, sagte sie begeistert. »Und er hat seinem Vater die ganze Zeit etwas vorgespielt.«

»Oh Mark«, sagte Nora und griff nach der Hand ihres Freundes. »Und ich dachte schon –«

»Ich weiß«, fiel Mark ihr ins Wort und rückte seine Brille zurecht, die daraufhin allerdings nur noch schiefer auf seiner Nase saß. »Und es tut mir auch wirklich leid, dass ich so tun musste, als würde ich alles okay finden, was mein Vater macht, aber das war die einzige Möglichkeit, euch zu helfen.« Er holte tief Luft und Nora drückte seine Hand fester. »Nachdem mein Vater mich aus dem Zimmer geschickt hat, habe ich sofort Kontakt zu deiner Mutter aufgenommen. Ich hatte mich schon vor eurer Ankunft mit ihr in Verbindung gesetzt und wir hatten gemeinsam überlegt, was wir unternehmen könnten. Leider seid ihr uns zuvorgekommen und wart plötzlich Gefangene in unserem Keller. Da mussten wir improvisieren.«

Nora seufzte. Und sie hatte gedacht, dass auch Mark zu einem Verräter geworden war. Dabei hatte er sie die ganze Zeit nur beschützen wollen.

»Hatte dein Vater gar keine Angst, dass du ihn hintergehen könntest?« Nora wunderte sich, dass Mark so einfach zu Luisa hatte gehen können.

Mark winkte ab. »Nicht wirklich. Er hat mir einen Aufpasser zur Seite gestellt, aber der war ziemlich leicht auszutricksen. Ich glaube, er hat wirklich angenommen, dass ich in seine Fußstapfen treten würde.«

»Aber das wirst du nicht.«

Marks Lächeln wurde ein wenig bitter. »Er ist mein Vater«, sagte er und Nora wusste in dem Moment ganz genau, was er fühlte. »Aber nein, das werde ich nicht.«

Jo hüstelte und Nora wandte sich zu ihm um. Jo hatte die Arme vor der Brust verschränkt und starrte auf Noras und Marks Hände. »Du solltest ihr noch diese Sache erklären«, meinte er und nickte ihm zu.

»Was? Ach so.« Mark löste seine Hand aus Noras und räusperte sich. Dann streckte er seinen Arm aus.

»Lucere.«

Obwohl der Anblick von Magie inzwischen nichts Neues mehr für Nora war, rutschte sie ein Stück mit ihrem Oberkörper zurück, als sie die kleine leuchtende Kugel über Marks Hand schweben sah.

»Du bist …, du kannst …, Mark, du bist ein Zauberer?«

Mark zuckte verlegen mit den Schultern und ließ die Kugel wieder verschwinden.

»Mein Vater ist ein Zauberer«, sagte er schlicht. »Nachdem er mir die Wahrheit gesagt hatte, war klar, dass ich wahrscheinlich auch ein Magier bin. Und so war es auch. Er hat mir gezeigt, wie ich auf meine Magie zugreifen kann, und … na ja, jetzt kann ich auch zaubern. So wie du.«

Nora schüttelte den Kopf. Natürlich. Im Grunde genommen war es nur logisch, dass auch Mark magisch begabt war. Und irgendwie war ja auch klar gewesen, dass *er* überhaupt keine Probleme mit seiner Magie zu haben schien. Typisch. So ein Streber. Sie grinste.

»Das ist ja super. Dann können wir jetzt zusammen trainieren«, sagte sie, doch plötzlich wurde ihre Miene ernst. »Was passiert denn jetzt mit dir? Ich meine, jetzt wo dein Vater …«

Mark zuckte mit den Schultern. »Ich werde zu meiner Mutter gehen«, sagte er. »Dass ich nicht längst schon zu ihr gezogen bin, lag ja nur an meinem Vater. Aber jetzt sehen die Gerichte bestimmt ein, dass ich bei Mama besser aufgehoben bin.«

Nora lächelte unsicher. »Ja schon. Aber er ist immerhin dein Vater.«

»Ich weiß.« Marks Augen wurden traurig.

Bevor Nora etwas darauf erwidern konnte, klopfte es leise. Die Zimmertür öffnete sich einen Spalt breit und die Gesichter von Bernd und Luisa Brix erschienen im Türrahmen. Paula, Jo und Mark sahen sich kurz an, dann standen alle drei vom Sofa auf und schlenderten zur Tür.

»Bis später«, murmelten sie verlegen und verließen das Wohnzimmer.

Nora starrte ihre Eltern an.

»Wir haben gehört, dass du wach bist«, sagte Luisa schüchtern. »Dürfen wir reinkommen?«

Nora nickte langsam. Bernd und Luisa setzten sich auf die Sofakante. Einen Moment lang wusste keiner, wie er sich verhalten sollte, dann beugte Luisa sich vor und strich Nora die Haare aus der Stirn. »Es tut mir leid«, sagte sie ernst. »Es tut mir leid, wie ich mich dir gegenüber verhalten habe. Das war nicht fair.«

Nora griff nach der Hand ihrer Mutter. »Das ist okay, wirklich.« Und das sagte sie nicht so daher. Dieser Satz entsprach genau dem, was sie dachte. »Ich kann dich verstehen. Und außerdem konntest du ja nicht wirklich etwas dafür.« Sie betrachtete ihre Mutter genauer. Luisa sah ein wenig fertig aus, aber sie wirkte lange nicht mehr so neben der Spur wie noch vor zwei Tagen. Vielleicht hatten sich die verschiedenen Realitäten, von denen Ada Mai gesprochen hatte, endlich zusammengefügt und es hatte sich alles ein bisschen normalisiert.

»Habt ihr … habt ihr euch wieder vertragen?«, fragte sie leise.

Luisa seufzte und schaute kurz zu ihrem Mann, der ein wenig niedergeschlagen neben ihr saß. »Sagen wir mal so. Ich kann verstehen, warum er so gehandelt hat.«

Nora nickte. Auch das konnte sie nachvollziehen. Sie konnte verstehen, warum Bernd sie all die Jahre belogen hatte. Vielleicht konnte sie sogar ein bisschen verstehen, warum er Luisa hatte magisch manipulieren lassen. Und vielleicht würde sie ebenfalls so handeln, wenn sie jemanden beschützen wollte. Trotzdem war sie nach wie vor wütend auf ihren Vater. Und das würde sie auch bestimmt noch eine Weile bleiben.

Bernd schluckte und sah mit hängenden Schultern zu seiner Frau und seiner Tochter. »Ihr wisst, dass mir das alles leidtut«, erklärte er heiser. »Aber ich glaube, wenn ich wieder vor der Entscheidung stehen würde, würde ich es genau so machen.« Er blickte beschämt zu Boden. »Nur würde ich dann hoffentlich früher den Mut finden, euch die Wahrheit zu sagen und nicht erst, wenn es schon fast zu spät ist.«

Nora zögerte kurz und ergriff dann auch die Hand ihres Vaters.

»Ich weiß«, sagte sie leise.

Für eine ganze Weile blieben die drei so sitzen und hielten sich einander an den Händen. Und Nora hatte das Gefühl, dass sie alles schon irgendwie hinbekommen würde. Ihr neues Leben. Ihre neue Beziehung zu ihren Eltern. Mark, Jo, Paula. Und nicht nur, weil sie jetzt eine Hexe war. Auch wenn das natürlich eine wichtige Rolle spielte. Aber in erster Linie wusste sie, dass sie alles hinbekommen würde, weil sie sie selbst war. Nora Brix.

Es geht weiter ...

Wenn euch die Abenteuer von Nora und ihren Freunden gefallen haben, dann könnt ihr euch auf den zweiten Band freuen, der voraussichtlich Anfang 2021 erscheinen wird.

Falls euch die Zeit bis dahin zu lang wird und ihr es absolut nicht erwarten könnt, Neues von Nora zu erfahren, dann folgt mir doch gern auf Instagram. Dort gebe ich schon vor der Veröffentlichung immer mal wieder Textausschnitte und Informationen zum Entstehungsprozess meiner Geschichten preis (https://www.instagram.com/inahoermeyer/).
Natürlich könnt ihr mir auch eine E-Mail schreiben unter ina.hoermeyer@t-online.de.

Ich freue mich auf euch!

Eure Ina